NAGEL & KIMCHE

Die Übersetzerin dankt dem Übersetzerhaus Looren,
dass sie dort trotz Corona-Zeiten in einem
sehr inspirierenden Umfeld arbeiten konnte.

1. Auflage 2021

Satz: im Verlag, gesetzt aus der
Sabon Next LT Pro
Druck und Bindung: CPI Books GmbH

ISBN 978-3-312-01208-4
Printed in Germany

DIE

LOUIS-PHILIPPE

BLAUE

DALEMBERT

MAUER

Aus dem Französischen
von Christine Ammann

NAGEL & KIMCHE

INHALT

Welche Welt jenseits dieses Meeres liegt, weiß ich nicht,
aber jedes Meer hat ein anderes Ufer,
und ich werde hinkommen.

CESARE PAVESE, *Das Handwerk des Lebens*

Yo vann tout sa yo genyen lakay
Pou yo vin chach oun meyè vi
Lè yo rive se nan prizon yo mete yo.
[…]
Gen nan yo k pa menm rive
Reken manje yo depi nan wout
Move tan bare yo sou dlo.

Sie verkauften das wenige, was sie besaßen
Auf der Suche nach einem besseren Leben.
Bei ihrer Ankunft warf man sie ins Gefängnis.
[…]
Andere kamen gar nicht erst an.
Wurden unterwegs von Haien gefressen.
Auf dem Meer vom Sturm überrascht.

MAGNUM BAND

LEINEN LOS!

Als der Kerkermeister das Lager betrat, brach über Sabratha gerade die Nacht herein. Mit einem Schlag machte die Sonne einem rabenschwarzen Himmel Platz, langsam stieg eine bleiche Mondsichel auf, über der angrenzenden Wüste standen die ersten Sterne. Der Mann richtete den Lichtkegel seiner Taschenlampe auf ein ergreifendes Gewirr aus zahllosen verknäuelten Leibern, die auf dem nackten Betonboden oder, wenn sie mehr Glück hatten, auf hie und da verstreuten Matten lagen. Als die Frauen hörten, wie der Schlüssel ins Schloss gesteckt wurde, rückten sie trotz der Schwüle noch enger zusammen. Als wollten sie sich vor einer Gefahr schützen, die nur von außen kommen konnte. Schnell breitete sich in dem Raum ein widerwärtiger Eau-de-Cologne-Gestank aus und vermischte sich mit der abgestandenen Luft. Der Lichtkegel schwenkte über von täglichen Schikanen und Entbehrungen entstellte Gesichter und machte schließlich auf einem halt, das sich vor Angst verzerrte. »*You. Out*!«, hallte es durch den Raum, ein entschieden ausgestreckter Zeigefinger räumte jeden Zweifel aus. Aber die junge Frau, die gemeint war, fasste sich trotz ihrer Verzweiflung schnell und nahm, um den drohenden Schlägen zu entgehen, das Bündel mit ihren Habseligkeiten hastig auf.

Normalerweise wählte der Kerkermeister, dieser oder ein anderer, drei oder vier Frauen aus. Stunden später, manchmal auch erst am Abend, brachte er sie zurück und warf sie den anderen, die am Boden kauerten, wie einen Müllsack vor die Füße. Die Frauen flüchteten sich dann meistens in eine Ecke, vergruben sich in ihren Schmerz oder in die Arme der wenigen, die noch ein bisschen Mitgefühl für sie übrighatten. Manche schluchzten leise, aber aus Scham- und Ehrgefühl höchstens kurz. Alle wussten, welche Hölle die »Wiedergängerinnen« durchmachten, wenn man sie der Gruppe entriss und irgendwann wieder ins Lager zurückbrachte. Auch die Neuankömmlinge: Sie wurden von den alten Häsinnen eingeweiht. Und sollte das nicht genügen, verriet ihnen der Zustand der Unglücklichen, die sich mit der einen Hand den Bauch, mit der anderen das Gesäß und manchmal auch das geschwollene Gesicht hielten, was sie demnächst erwartete, wenn sich der Schlüssel im Schloss drehte.

Doch an diesem Abend suchte der Aufseher wesentlich mehr Frauen als sonst aus und stieß sie, damit sie schneller machten, wüst schimpfend vorwärts: »*Move! Move!* Alles mitnehmen. Los, bewegt euren Arsch.« Gott allein wusste, wonach er die Frauen aussuchte, so schnell ging alles. Doch zufälligerweise gehörten Semhar und Chochona beide dazu. Wenn sie nicht gerade austreten mussten oder der Kerkermeister wie damals nur die eine holte, waren sie unzertrennlich. Wären da nicht die Unterschiede im Äußeren und der Herkunft – Semhar eine kleine, magere Eritreerin und Chochana eine füllige Nigerianerin – man hätte die beiden für eine Koala-Bärin mit ihrem Jungen halten können. Nicht nur schliefen sie eng aneinandergeschmiegt, teilten sich das wenige Essen, das sie bekamen, und sprachen sich auf Englisch, das Semhar als Nichtmuttersprachlerin ziemlich gut beherrschte, tröstende Worte der Hoffnung zu, beide beteten auch, zwar in einer der anderen unverständlichen Sprache, und summten ihre eigenen geheimnisvollen Lieder vor sich hin. »Egal was passiert«, dachte Semhar, »wenigstens haben wir uns.«

Schließlich standen in der Dunkelheit ungefähr sechzig Frauen vor dem Lager, drängten sich aneinander und warteten auf die Befehle des Zerberus. Instinktiv und durch Gerüchte, die sie gehört hatten, wussten sie, jede Flucht war sinnlos. Selbst wenn sie ihren Peinigern entkommen würden, wo sollten sie hin? Die Lagerhalle, in der man sie festhielt, lag weit von der nächsten Stadt entfernt. Eine Viertelstunde Fahrt über eine ungeteerte Piste, auf der aber offenbar nur die Aufseher mit ihren Geländewagen und die Pick-ups verkehrten, mit denen man sie in diesen gottverlassenen, baufälligen Kasten gebracht hatte. Andere Motorengeräusche waren jedenfalls nicht zu hören. Keine Chance, zufällig einer barmherzigen Seele zu begegnen, die den Mut hatte, ihnen zu helfen.

Die Wagemutigeren mussten teuer dafür bezahlen, vielleicht sogar mit dem Leben. Von diesen Draufgängerinnen hatte nie wieder jemand etwas gehört. Aber vielleicht hatten sie ihr Ziel ja doch erreicht. Wer weiß! Gott ist groß. *Elohim ha-Gadol.* Ihre Wanderschaft war zu Ende und sie lebten in einem Land, wo Milch und Honig flossen. Aber vorher mussten sie monate- oder jahrelang die Straßen der Kontinente durchmessen, Stürmen und Fluten, Wäldern, Wüsten und den verschiedensten Katastrophen trotzen. Um schließlich in einem miesen Land zu landen, das sie sich nicht ausgesucht hatten, in dieser namenlosen Hölle, in der man sie als Geiseln hielt. Wo sie zu Zwangsarbeiten aller Art verdammt waren und ungewollt mithalfen, ihre Verwandten in der Heimat zu erpressen. Weil sie auf eine Überfahrt hofften, die ganz und gar von den Launen der Schlepper abhing.

Die Frauen blieben also zusammen und wagten kaum zu atmen. Als weitere Taschenlampenkegel die Dunkelheit durchschnitten, erkannten sie, dass sie von drei bewaffneten Männern umstanden waren. Nach langen Minuten schließlich der Befehl des Aufsehers, voranzumachen. Wie immer in diesem harten Englisch, »*Move*!«, wie ein Peitschenschlag auf den Rücken einer Sklavin, und dann der gebrüllte Befehl auf Arabisch: »*Yallah! Yallah*!« Man trieb sie in Richtung zweier Pick-ups, die hundert Meter weiter standen. Um den Ladevorgang zu beschleunigen, waren die Klappen schon umgelegt. Trotz des Gedränges schafften es Chochana und Semhar auf dasselbe Auto; aber kaum hatten sie Platz gefunden, ließ ein lauter Knall alle zusammenzucken. Als habe man auf eine Flüchtende geschossen. Einer der Schlepper hatte hinter ihnen nur die Klappe zugeknallt. Die Frauen saßen auf der Ladefläche so dicht, dass sie sich kaum rühren konnten. Dann nahm der Kerkermeister vorn neben dem Fahrer mit Turban Platz, die beiden anderen Halunken stiegen in die Fahrerkabine des nebenstehenden Pick-ups. Der Kerkermeister streckte einen Arm durchs Fenster und schlug mit der flachen Hand gegen den Wagen, das Signal zum Aufbruch. Die Autos rasten los, bretterten eine halbe Stunde mit ausgeschalteten Scheinwerfern über die Piste, bis sie das Meer erreichten. Semhar und Chochana merkten es am Geruch und der rauschenden Brandung. Wie spät es war und welches Datum, wussten sie nicht.

Etwas früher am selben Tag warteten in der ungefähr 70 Kilometer entfernten Altstadt von Tripolis mehrere klimatisierte zwanzigsitzige Minibusse vor einem Dreisterne-Hotel mit einem gutmütigen, livrierten Portier. Schon von Weitem verrieten erste Wortfetzen die wirbelnden Kinder, die in einem deutlich anderen arabischen Dialekt als dem libyschen durcheinanderschrien. Dicht dahinter elegant gekleidete Erwachsene mit Rollkoffern, die sie zum Einladen neben dem Auto abstellten, das man ihnen zuwies. Die Männer, iPhone am Ohr, vorneweg. Die Frauen stolz mit Markenhandtaschen; ab und zu fischten sie nach einem Schminkspiegel, rückten eine Haarsträhne zurecht, nahmen einen Lippenstift oder das Handy heraus, daddelten mit sorgfältig manikürten Fingernägeln darauf herum. Manchmal zogen sie auch ein Bonbon oder einen Keks für ein Kind hervor, das mal kurz vorbeischaute, doch dann war es endlich Zeit zur Abfahrt und sie konnten hinter den getönten Scheiben Platz nehmen.

Dima, ihr Mann Hakim und ihre beiden Mädchen waren unter den ersten, die einstiegen. Ihr Kontakt hatte sie am Abend benachrichtigt, dass es morgen losgehen würde. »Und diesmal ist es sicher? Kein fauler Trick?«, hatte Dima gefragt. »Beim Heiligen Koran«, gab der Typ selbstbewusst zurück. Es war der 16. Juli 2014, und sie warteten schon einen Monat. Immer wieder fragten ihre Töchter sie, wann es denn endlich nach Europa losgehen würde, und sie hatte keine überzeugende Antwort parat. Seit ihr Vorrat an glaubwürdigen Erklärungen erschöpft war, musste sie sogar auf Gemeinplätze wie »In zwei Tagen, *inschallah*, meine Süße« zurückgreifen und hoffte jedes Mal, dass die Mädchen es vergessen würden. Eines Tages sagte Hana, ihre Älteste, genervt, Allah wolle wohl, dass ihre Familie in diesem Hotel bleibe, zu viert in einem Zimmer, wo sie keine Freundinnen habe und sich, anders als zu Hause, ein Zimmer mit der kleinen Shayma teilen müsse. »Hör auf, das ist Gotteslästerung!«, hatte Dima geschrien. Wenn ich dich noch einmal dabei erwische, setzt es was.« Und hinzugefügt:

»Die Wege Allahs sind unergründlich. Nur er kennt das Schicksal der Sterblichen.« Sie wusste, dass sich hinter ihrem Ärger eigentlich Ohnmacht verbarg. Aber was blieb ihr anderes übrig? Und als der Typ dann sagte, am nächsten Tag würde es endlich losgehen, konnte sie, nachdem er weg war, die Freudentränen nicht zurückhalten.

Sie hatte es satt, sich zu viert in diesem 18-Quadratmeter-Zimmer zu verkriechen. Schon nach einer Woche hatte es ihr gereicht, in Tripolis und Umgebung die Touristin zu spielen. Darum waren sie schließlich nicht hier. Sie konnte es nicht mehr sehen: die Zitadelle Saint Gille, den Clock Tower, den Souk Al-Harajb, den Ezzedine Hammam und die zig Moscheen der libyschen Hauptstadt (Möge Allah in seiner Barmherzigkeit ihr verzeihen). Und sie wollte auch keine Leute mehr treffen, erst recht nicht zum Schein, die sie in Aleppo nicht einmal gegrüßt hätte. Gemeinsam Tee trinken, essen und dabei noch lächeln.»Wir sitzen doch alle im selben Boot«, sagte Hakim, um ihr den sauren Apfel schmackhaft zu machen. »Es sind doch Landsleute.« Na und? Und sie hatte auch genug von diesen verstohlenen Umarmungen, wenn die Kinder schliefen, wo sie doch gern richtig vögelte. Eigentlich sollte das Ganze nur drei Tage, höchstens eine Woche dauern. Und jetzt versauerten sie schon seit einem Monat in diesem schäbigen Zimmer. Wenn sie nicht aufpassten, würden sie hier noch Wurzeln schlagen. Es fehlte nicht viel, und sie war mit ihrer Geduld am Ende. Schmiss alles hin und kehrte nach Syrien zurück. Komme doch, was wolle! Und dann sagte der Typ, dass es losgehen würde. Endlich.

In der Nacht machte Dima kaum ein Auge zu. Sie dachte an ihre Familie, ihre Freunde, ihr Land, den sicheren Job, an alles, was sie zurückgelassen hatte: Wenn sie mit der zweiten

Reiseetappe jetzt Tripolis verließen, würde der Abstand zur Heimat noch größer werden. Dann gab es wohl kein Zurück mehr. Und dabei wussten sie nicht einmal, wie man sie dort aufnehmen würde. Ob man sie als Flüchtlinge anerkannte und sie ein neues Leben beginnen konnten. Auf jeden Fall würden sie eine neue Sprache, einen anderen Lebensstil, neue Sitten und Gebräuche lernen müssen. Ihren Gaumen an fremde Gerichte gewöhnen, die es mit der syrischen Küche bestimmt nicht aufnehmen konnten. Doch wenn sie es nach alldem wirklich nach England schaffen würden, wäre die Pille nicht ganz so bitter. Für ihre Töchter wäre das auch eine Chance. »Englisch kann man überall gebrauchen.«

Doch bislang stand nur eins sicher fest: dass sie das Schiff nach Lampedusa bringen würde. Dieses dreihundert Kilometer entfernte und gottverlassene Sandkorn mitten im Mittelmeer gehörte offenbar schon zu Italien. Wie Dima auf Google Maps gesehen hatte, lag die Insel auf Höhe von Tunesien, südlicher als manche nordafrikanische Stadt. Wenn man ihrem Kontakt glauben konnte, dauerte die Überfahrt eine Nacht und den folgenden Vormittag. Und wenn der Seewetterdienst recht hatte, vielleicht noch weniger. Allerdings hatte sie in diesem Monat gelernt, dem komischen Kauz zu misstrauen. Das Mittelmeer war hoffentlich vertrauenswürdiger. Ihren Lebtag hatte sie ja noch kein Schiff bestiegen, sie lebte schließlich weit entfernt vom Meer. Zum zehnten Hochzeitstag hatte ihr Hakim eine Woche Urlaub am goldenen Sandstrand von Lattakia versprochen und jeden Abend eine Schiffsrundfahrt mit Diner.

Aber drei Monate vorher kam der Krieg nach Aleppo und sie hatten andere Sorgen, mussten ihr tägliches Überleben sichern. Am Ende waren sie zu ihrem Bruder in Damaskus

15

geflüchtet und hatten sich dann, eigentlich undenkbar, dazu entschieden, über Schlepperrouten nach Europa zu gelangen. Nächtelang hatte sie wach gelegen und gegrübelt. Und für alle Fälle Tabletten gegen Seekrankheit in ihre Handtasche gesteckt. Wer wusste schon, wie ihr und der Magen ihrer Töchter reagieren würde. Und jetzt war der Tag plötzlich da und zog sich fast unerträglich in die Länge. Eine Stunde kam ihr wie eine Woche vor. Dann auf einmal der heiß ersehnte Anruf. Sie sollten herunterkommen und bloß nicht vergessen, die Rechnung an der Rezeption zu bezahlen. Die Busse würden vor dem Hotel warten.

Erst als sie ausstiegen und aus dem Chaos der Fahrt langsam wieder auftauchten, begriffen Semhar und Chochana es wirklich. Zuerst dachten sie, sie wären einfach an einem anderen Ort. Das kam vor. Manche Frauen brachte man nach Tripolis, Zuwara oder in andere libysche Städte, ehe sie dann in der Lagerhalle strandeten. Und es war auch kein schlechter Scherz dieser Henker. Es ging wirklich los. Der große Tag war da. Genau dafür hatten sie, in wörtlichem wie übertragenem Sinn, den hohen Preis gezahlt, Grausamkeiten und Entbehrungen ausgehalten, zig Misslichkeiten erlitten. Doch es blieb kaum Zeit, sich zu freuen, schon schob man sie auf überfüllte Schlauchboote, in denen sie aber dennoch auf weitere Passagiere aus Minibussen warten mussten. Dann erst brausten die Boote in Richtung offenes Meer los. Nach dreißig bis vierzig Minuten legte das Schlauchboot, in dem die beiden Freundinnen saßen, an einem Schiff bei, das in der Dunkelheit riesig schien, also sicher. Das war Chochanas erster Gedanke. Semhar dachte etwas ganz anderes, nämlich das Mittelmeer rieche nicht so streng, irgendwie lieblicher als das Rote Meer.

Als sie mit Hochklettern an der Reihe waren, hingen sie plötzlich an der Strickleiter und kamen nicht weiter. Eine arabische Lady, die offensichtlich keinen Gedanken an die Passagiere hinter ihr verschwendete, versperrte den Weg. Chochanas Geduld hatte ihre Grenzen, doch ein Schlepper erstickte den sich entzündenden Wortwechsel glücklicherweise im Keim. Der Abendhimmel tauchte das Deck in ein schwaches Licht. Drei Männer geleiteten die Freundinnen zu einer Leiter, die in den Frachtraum führte. Unten angekommen, bahnten sie sich mühsam einen Weg durch die vielen Menschen, die anscheinend schon dort versammelt waren. »Willkommen bei den Frachtlern«, scherzte jemand in der Dunkelheit auf Französisch. Semhar und Chochana hielten sich wie zwei Ertrinkende an einer Rettungsboje noch immer fest an der Hand. Einige Minuten später hörten sie, wie weitere Schlauchboote an dem Fischtrawler beilegten, dann Schritte über ihnen auf dem Deck.

Hana und Shayma waren einfach nur glücklich, dass es endlich losging. Das Warten hatte ein Ende. Aufgeregt hingen sie an ihren Eltern, die nach einem passenden Platz zwischen den vielen Passagieren suchten, die man auf Deck zusammengepfercht hatte. Hakim vorneweg, Dima am Schluss. Schließlich fand ihr Vater eine Stelle, wo sie eher unbequem am Boden saßen, aber nah bei der Reling, falls sich einer übergeben musste. Mit dem Schiff, von dem Dima geträumt hatte, hatte das hier wenig zu tun. Doch das war wohl der Preis, den sie zahlen mussten, um dem Krieg und den Albträumen zu entkommen. Die Überfahrt würde ja nicht ewig dauern. Nicht so ewig jedenfalls wie die wochenlangen Bombenangriffe und Kreuzfeuer der verfeindeten Parteien. Wie lange hatten sie im

Keller ausharren müssen. Unter dem Arm die zwei Koffer, die ihr gesamtes Leben enthielten. Die Gesichter der anderen Passagiere konnte Dima im Halbdunkel kaum erkennen, aber Hauptsache, sie saßen nicht neben so komischen Leuten wie diesen beiden *sindschiyat*, diesen unverschämten schwarzen Weibern, mit denen sie sich beim Einschiffen in die Haare gekriegt hatte.

Als der Motor startete, stank es nach Diesel, und ein ohrenbetäubendes Knattern zerriss die mittlerweile pechschwarze Nacht. Kurze Zeit später merkte man, dass der Fischtrawler fuhr. Auch Chochana und Semhar unten im Frachtraum spürten die Bewegung. »Danke, mein Gott« und »*Baruch Haschem*« sagten sie jeweils im Stillen und hielten sich dabei so fest an der Hand, dass es schmerzte. Wie Kinder, die sich in der Dunkelheit Mut machen wollen. Semhar deutete bei ihren Worten ein Kreuz an, Chochana atmete einmal tief durch, um sich gegen das undurchdringliche Dunkel im Frachtraum zu wappnen.

Und auf Deck flüsterte Dima, eingezwängt zwischen ihrer Familie, anderen Passagieren und der Reling: »*Shukran Ya Rabbi*«. Als eine leichte Brise ihr Gesicht streifte, trieb es ihr die Tränen in die Augen, Tränen der Erleichterung und Hoffnung.

CHOCHANA

Wo Chochanas Heimatdorf von einer Dürre heimgesucht wird, so furchtbar wie die zehn Plagen, die *HaSchem* Ägypten sandte, damit der Pharao die Kinder Israels ziehen ließ. Der Fluss trocknet aus, die Erde wird unfruchtbar, die Herden schrumpfen, und schließlich treibt es die Jugend auf allen Wegen übers Mittelmeer.

Gedenke an ihn in allen deinen Wegen,
so wird er dich recht führen

Sᴘʀᴜᴄʜᴇ, 3,6

DER AUFBRUCH

Daran würde sich Chochana bis ans Lebensende erinnern. Es war ein Samstagabend nach dem Sabbat, und schon am Vorabend bereitete sie alles vor. Na ja. »Alles« war eigentlich nichts weiter als ein Rucksack mit dem Allernotwendigsten: Hose, zwei Oberteile, drei Mal Wechselwäsche, Monatsbinden. Essen für drei Tage, eine anderthalb Literflasche mit Wasser, die sie unterwegs nachfüllen würde. Das Geld verteilte sie auf mehrere Rucksackfächer, Schuhabsätze, Hosentaschen und ihren Jeansbund. Falls sie von Straßenräubern überfallen würde. »Man darf nicht alles auf eine Karte setzen, das weiß jede Fünfjährige.« Außerdem ihren »Hand der Fatima«-Anhänger, der einen Davidstern in der Mitte hatte – dieser Anhänger hielt böse Geister fern und half ihr in der Not. Wenn sie ihn wie im Dorf am Hals trug, würden ihr die Wahnsinnigen von Boko Haram, sollte sie denen in die Hände fallen, totsicher die Gurgel durchschneiden. Darum lag er ganz unten im Rucksack, unter lauter Kleinkram gut versteckt, in einer doppelten Tasche mit sicherem Reißverschluss. So hatte sie ihn jederzeit in Reichweite. Nur eine Tora packte sie nicht ein, obwohl ihre *Mum* das wollte, und natürlich hatte sie eigentlich recht, doppelt hielt besser, aber das war wirklich *too much*.

Das bereitete Chochana am Abend vor ihrem Aufbruch vor. Alles andere hatte sie schon seit Monaten, wenn nicht Jahren minutiös geplant, genauer gesagt, seit sie sich damit abgefunden hatte, dass es in ihrem Heimatland keine Zukunft für

Menschen ihres Alters gab. Und sie nicht Jura studieren konnte, wie es ihr Vater erträumte, der sie schon als Staranwältin in Lagos oder Abuja sah, wo sie den Großkopferten das Maul stopfte. Irgendwann hatte sie das auch selbst geglaubt. Aber dann kam die große Dürre, so grausam wie eine elfte Plage, und hörte nicht mehr auf. Doch sie war nicht der Mensch, der sich aus einer Laune heraus für irgendetwas entschied. Sie nahm sich die Zeit, alles abzuwägen, von den Erfahrungen anderer, Erfolgen und Misserfolgen, zu profitieren. Den Alten zuzuhören, die nicht nur den Verhaltenskodex der Gemeinschaft bestimmten, sondern oft auch die richtige Richtung wiesen. Nach ihrer Meinung hatten sich die Zeiten geändert und verhießen nichts Gutes. Im Gegenteil. »Es werden noch dunklere Tage kommen«, prophezeite ihr einer mit dem weißen Vollbart des Patriarchen.

Wenn man früher, vor dieser finsteren Zeit, ein Samenkorn in die Erde legte, dann wuchs es von ganz allein. Man musste nichts tun. Manchmal schüttete man sogar nur Abwasser mit Tomatenkernen irgendwo hin, und ein paar Wochen später rankten schon die schönsten Pflanzen vorm Haus. Der Regen fiel so reichlich vom Himmel wie das Manna, das *HaSchem* den Israeliten in der Wüste vierzig Jahre lang schickte, um ihren Hunger zu stillen. Man konnte in Hülle und Fülle ernten, es reichte ein Jahr lang für die ganze Familie, und die Überschüsse verkaufte man noch in der Stadt. Und wenn es manchmal überreichlich regnete, sammelte man das Regenwasser als Vorrat für Äcker und Tiere. In der Erntezeit hatten die Familien gar nicht genug Arme und Hände, um alles zu ernten. Freunde und Freundesfreunde mussten mithelfen, damit die Früchte nicht am Feld verfaulten. Tage- und sogar wochenlang gab es genug Arbeit für alle. Frauen und Männer teilten sich die Aufgaben auf. Pflücken, Einkochen, je nach Können und Lust. Auch die ungeschickten Kinderhände halfen mit. So lernten sie für die Zukunft. Es war ein einziges großes Fest. Nach getaner Arbeit und trotz der müden Glieder redete, sang und tanzte man bis spät in die Nacht. Bis die Sterne am Himmel standen oder die ersten schon langsam verloschen. Beim ersten Tageslicht waren dann alle erneut auf den Beinen. Tagelang wurde nur gepflückt, außer in Familien wie der von Chochana. Dort begann am Freitag mit Sonnenuntergang der Sabbat, sie arbeiteten erst Samstagabend oder Sonntagmorgen wieder.

Nach den Worten der Alten fehlte es an nichts, und Chochana glaubte ihnen aufs Wort. Ihre Familie besaß unzählige Tiere. Soweit man gucken konnte, erklärte sie Semhar Jahre später. Schafe, Ziegen und sogar Kühe. Sie schaute gern beim Melken zu, und als Kind habe sie es mehrmals selbst versucht. Die sahnige, lauwarme Milch an den Fingern zu spüren, sei einfach göttlich. Einmal erwischte ihr Vater sie, als sie neben einer Ziege hockte, eine Hand am Euter. Er schimpfte sie aus, aber freundlich, denn ihr *daddy* liebte sie, seine Nachzüglerin, die er noch spät mit einer jüngeren Frau bekommen hatte, heiß und innig. Ihre Mutter tadelte ihn darum ununterbrochen. »Du vergötterst sie, Hiram. Du vergötterst sie geradezu.« Das sei keine Arbeit für seine Windrose, hatte ihr Vater damals noch hinzugefügt, er habe für sie größere Pläne.

Schakale oder Hyänen schafften es manchmal, die Hütehunde an der Nase herumzuführen, sich der Herde zu nähern und ein unerfahrenes Jungtier wegzuschleppen, das den Jäger nicht gewittert und die leisen Schritte überhört hatte. Die Hirten bemerkten den Verlust erst, wenn sie Wochen später das

ausgeweidete Gerippe mit sonnenvergilbtem Gebiss entdeck-
ten. Aber das, so sagten die Alten, sei eben die Natur. Und da
nütze es nichts, sich querzustellen, es sei denn, man wolle, dass
manche Arten aussterben. Aber diese Entscheidung stehe
dem Menschen nicht zu. Jeder trage seinen Teil bei, jeder komme auf seine Kosten, das Leben gehe trotzdem weiter. Aber
natürlich nur, wenn der Mensch nicht zu sehr unter den Folgen leide.

Dann wuchs das Dorf: Die Zahl der Geburten war hoch und
auf der Flucht vor Unwettern, Naturkatastrophen und men-
schengemachten Plagen zogen viele aus anderen Landesteilen
dorthin. Die Neuankömmlinge wohnten in provisorischen,
schnell errichteten, schmucklosen Häusern. Das Dorf wandel-
te sich in kürzester Zeit, bei ihrer Bat-Mitzwa-Feier traf Chochana Leute, die sie noch nie im Leben gesehen hatte. Das
Dorf verlor seinen Charme und seine Seele. Dann wurde der
Regen seltener, die Erde trockener, und die Tiere starben, ohne
dass man wusste, warum. Die einen zeigten mit dem Finger
auf die vielen »Fremden«. Die Erde gebe genug, aber so viele
Münder könne sie nicht ernähren. Andere meinten, die Neuankömmlinge, die den Boden nicht mit dem Schweiß und
Blut ihrer Ahnen getränkt hätten, würden animistischen
Riten anhängen und gewalttätige Geister wie Shango oder
Ogun, den Hundefresser, herbeirufen. Und das würde Gott
nicht gefallen. Dem Einzigen. Wahren.
    Wenn man morgens aufstand, fand man sechs, sieben leb-
lose Tiere, die Bäuche so aufgequollen, als hätten sie giftige
Pflanzen gefressen. Auf den Kadavern saßen die Fliegen, dann
kamen die Aasfresser und wurden langsam zum festen Be-
standteil der Landschaft. Weil sie dort bequem schlemmen

konnten, bewohnten sie bald Himmel und Erde. Chochana sah sie stundenlang über ihrem Kopf kreisen oder mit ihren großen Flügeln und krummen Schnäbeln auf der reglosen, toten oder sterbenden Beute hocken. Nicht selten stritten sich Schakale, Hyänen und Geier um die besten Stücke, während die Menschen hilflos zuschauten und nicht einmal mehr versuchten, sie zu verjagen. So musste man wenigstens keine Erde ausheben und die Kadaver zum Schutz vor Epidemien vergraben. Mit einem Flügelschlag war die Meute der Aasfresser da und räumte auf.

Offenbar lag ein Fluch über der Erde, die so unfruchtbar war wie Saras Leib, ehe *HaSchem* die Frau Abrahams in seiner unendlichen Güte gebenedeite und sie ein Kind gebar. Eine Erde, so hart wie trockenes Brot und voller Risse, die so breit waren wie zwei Erwachsenenhände. Wenn man barfuß lief, bekam man an den Fersen Schürfwunden. Mit dem Regen versiegten, anders als die Tränen der Menschen, auch die Wasservorräte. Chochana lief mit den anderen Kindern kilometerweit, nur um einen Eimer Wasser auf dem Kopf nach Hause zu balancieren. Die Brunnen der Umgebung reichten nicht mehr für alle. Doch niemand konnte sich das Unglück erklären. Sonst hätte man es vielleicht besser bekämpfen und wie in den gesegneten Zeiten, von denen die Alten sprachen, noch einmal von vorn anfangen können. Die Agraringenieure, die aus Abuja, Lagos oder mit NGOs aus aller Welt herbeieilten, sahen die Ursache einstimmig in der Erderwärmung. Aber niemand wusste, wie man die Erde herunterkühlen konnte. Wie man den Eltern helfen konnte, die Träume wahr zu machen, die sie für ihre Kinder hegten. Oder was man tun konnte, damit die Kinder ihren Vater nicht wie eine überempfindliche Frau weinen sehen mussten und glaubten, er fasele nur und die von ihm heraufbeschworenen gesegneten Zeiten seien nichts als Hirngespinste.

Chochana war sich nicht sicher, aber genau damals verließen wohl die ersten Leute das Dorf. Selbst die Neuankömmlinge gingen woandershin. Viele suchten ihr Glück in Lagos, aber kamen völlig hoffnungslos und starr vor Enttäuschung wieder zurück. Die größte Stadt des Kontinents mit ihren einundzwanzig Millionen Einwohnern sei das reinste Inferno. Voll endloser Verheißungen, die sich am Ende in Luft auflösten. Dort treffe sich das Übel aller Welt, Sodom und Gomorrha seien nichts dagegen. Die Dörfler sagten sich, dass sie weiter in die Ferne irren müssten, und machten sich ins Ausland auf. Überall dorthin, wo es irgendwie nach einem Leben aussah. In die Golfstaaten, wo sie, wenn die Gerüchte stimmten, wie Sklaven behandelt wurden. Die Männer Lasttiere, die Frauen Mädchen für alles waren. Doch sie bissen die Zähne zusammen, beugten sich, das war ja nicht ihr Land. Oder auch nach Libyen, wo die Bauindustrie im Höhenflug war und man gefügige Arme brauchte, die etwas aushalten konnten. Dorthin gingen vor allem zigtausende Männer. Die Frauen folgten später.

Die wirklichen Traumziele lagen in den nahen europäischen Ländern, während die weit entfernten Vereinigten Staaten wie eine Fata Morgana schienen. Den Atlantischen Ozean konnte man nicht eben mal so überqueren wie die Mittelmeer-Pfütze. Es sei denn, man gewann bei der jährlichen Einwanderer-Lotterie, die aber mehrere Hundert Dollar kostete. Da ist man zu sehr vom Zufall abhängig, sagte sich Chochana, als sie langsam ernsthaft überlegte zu gehen.

Nachbarn und Freunde aus Kindertagen war es nach zig mageren Jahren irgendwann gelungen, in Italien oder

Deutschland Fuß zu fassen. Oder in England, in der alten Hauptstadt, wo mittlerweile eine große Diaspora lebte. Zu zwei früheren Freunden hatte Chochana noch Kontakt. Glaubte man ihnen, dann war Europa eine so uneinnehmbare Festung wie die Eiswand in dieser Serie, der sie gerade verfallen war, *Game of Thrones*. Man brauche Jahre, um dort hinzugelangen, und noch länger, um hineinzukommen. Als liege dieser Kontinent auf einem anderen Planeten, Lichtjahre von der Erde entfernt. Aber vielleicht erzählten die Leute aus der Diaspora das nur aus Egoismus?, fragte sich Chochana. Der Letzte macht die Tür zu, die Regel war doch so alt wie die Menschheit. Nach und nach wurden ganze Straßen im Dorf zu Geisterorten und verwandelten sich durch die Fantasie der Kinder, etwa von Chochanas kleinem Bruder Ariel, in Spielplätze.

Auch vor den Familien der Gemeinde, die lange verschont geblieben war, machte das Unglück nicht halt. An einem Samstag nach dem Sabbat trafen sich die Alten, darunter auch Chochanas Vater, und beratschlagten in der Synagoge die ganze Nacht. Als sie die Versammlung im Morgengrauen und nach endlosen Haarspaltereien verließen, empfahlen sie den auswanderungswilligen Gemeindemitgliedern das *Alyah*. Es sei besser, nach Israel auszuwandern, als sich auf den unsicheren Pfaden der Welt unkalkulierbaren Gefahren auszusetzen oder die Meere zu überqueren, die schnell zum Grab werden würden und sich nicht öffneten wie damals das Rote Meer für die Hebräer auf der Flucht vor den Soldaten des Pharao. Schließlich gebe es für alle Juden das Rückkehrrecht *Ibos Bnei Israel*. Im Heiligen Land würden die Dörfler Aufnahme unter Menschen ihrer Religion finden. Die äthiopischen Juden, die Falaschen, seien vor Jahrzehnten dank der Operationen Moses und Salomon ins Land Israel heimgekehrt. Jetzt seien sie an der Reihe.

Man schickte einen Abgesandten in die Hauptstadt Abuja, der einen Diplomaten der Botschaft kontaktieren und sich über die Situation informieren sollte. Es gebe, so erfuhr er, in Israel tatsächlich eine Kommission für Einwanderungsangelegenheiten, Integration und Diaspora, die sich allerdings an das Groß-Rabbinat von Jerusalem wenden müsse, das dann darüber entscheide, ob jemand Jude sei oder nicht. Und ob es sich um eine echte Gemeinde handele. Wenn sie als Juden anerkannt würden, gelte für sie das Rückkehrrecht. Und dann könne man die entsprechenden Schritte zur Einwanderung ins *Eretz Israel* in die Wege leiten. Im Übrigen könne die Gemeinde vollkommen beruhigt sein, ihr Vorgang liege ihm sehr am Herzen. Und der Regierung ebenso. Das Treffen, von dem der Bote in allen Einzelheiten berichtete, ließ die Gemeinde hoffen. Es sei, sagten die Alten, nur eine Frage der Zeit. Schließlich seien sie seit jeher Kinder Israels.

Ein langes Jahr später wurde der Abgesandte in die Botschaft von Abuja geladen. »Wir unterhalten uns besser von Angesicht zu Angesicht.«, sagte der Beamte mit einem an Verfolgungswahn grenzenden Misstrauen, »Mit den neuen Technologien weiß man ja nie, Sie verstehen schon.« In der Botschaft wurde dem Sondergesandten dann mitgeteilt, dass die Prüfung durch das Groß-Rabbinat länger dauern würde als erwartet. Man habe noch keine greifbaren Beweise für ihr Judentum gefunden, dafür, dass sie beispielsweise von einem der zehn verlorenen Stämme des Königreich Israel abstammten oder einem schwachen Moment König Salomons mit der Königin von Saba. Aber er könne ganz zuversichtlich sein, man nehme sich ihres Falls an oberster Stelle mit höchster Gewissenhaftigkeit an. Als der Bote den Alten davon berichtete, meinten sie, es handele sich dabei wohl wieder einmal um eine Talmud-Geschichte und die könnten Jahrhunderte dauern. Da führe eine Frage zur nächsten und jede wiederum zu neuen Haarspaltereien.

Solange das Ganze noch dauere, sollten sich die jungen Gemeindemitglieder, sofern sie die Mittel dazu hätten, ruhig woanders in Sicherheit bringen. Die Älteren blieben da, für sie sei es zu spät. »Ein Jegliches hat seine Zeit, und alles Vorhaben unter dem Himmel hat seine Stunde«, habe schon der Prediger Salomo gesagt, urteilte der alte Hiram. Aber sie würden mit offenen Augen über die Synagoge wachen. In diesen unruhigen Zeiten mit Boko Haram wolle man schließlich nicht das Land verlassen und dann im Ausland erfahren, dass die Synagoge wie der erste Tempel Salomos zerstört worden sei. Und wenn die Antwort aus Jerusalem nicht erst nach biblischer Zeitrechnung eintraf, wäre jemand da, der sie entgegennehmen und alle Gemeindemitglieder informieren könne. Das Wichtigste sei, dass sie, egal, wohin sie auswanderten, mit der Gemeinde in Kontakt blieben. »Wir sind seit Jahrhunderten schwarz und jüdisch und werden das auch in Zukunft sein. Auch wenn es Jerusalem nicht gefällt.«, wetterte der Vater von Chochana, der sämtlichen Bärtigen der Heiligen Stadt am liebsten die ewige Verdammnis an den Hals gewünscht hätte.

ON THE ROAD

Nachdem Chochana alle Für und Wider, alle Chancen und Risiken sorgfältig gegeneinander abgewogen hatte, beschloss sie, sich ebenfalls auf die Reise zu machen. Die Alten und ihre Eltern gaben ihr den Segen. Und sie akzeptierten auch, ihre Mutter allerdings nur widerwillig, dass sie das Abenteuer mit ihrem siebzehnjährigen Bruder Ariel wagte. »Hier hat er keine Zukunft«, flehte Chochana und brachte alle Argumente vor, die während der langen Überlegungsphase in ihr gereift waren. Das weckte die Bewunderung ihres Vaters, der seinen Traum von der Tochter in Anwaltsrobe nun endgültig aufgeben musste. Ohnehin waren die Geschwister ja unzertrennlich. Ariel hing seiner älteren Schwester von klein auf am Rockzipfel. Er folgte ihr auf Schritt und Tritt, auch wenn er manchmal so müde war, dass seine große Schwester ihn auf dem Rückweg Huckepack nehmen musste und ihn anmotzte: »Ich bin nicht dein Packesel. Warte, bis du größer bist, dann ist es aus damit!«

Aber das hatte sich nicht geändert. Halb widerwillig, halb amüsiert schleppte Chochana ihn überall hin mit. Im Spaß warf sie ihm oft vor, dass er ihr von morgens bis abends an den Fersen klebe und sie so nie einen Freund finden würde. Und ihr schlagfertiger kleiner Bruder: »Du kapierst es nicht, *sis*. Ich bin doch dein Liebster.« Dann rannte er weg und Chochana, die ihm hinterherlief, drohte ihm Peitschenhiebe an, sollte sie bis fünfundzwanzig keinen würdigen Freund aufgegabelt haben. »*HaSchem* sei mein Zeuge.« Sofort ging Choulamite, ihre Mutter, die die Ohren immer gespitzt hatte, ärgerlich dazwischen und erinnerte ihre Tochter an das zweite Gebot: *HaSchems* Namen nicht zu missbrauchen. »Außerdem bist du ein schlechtes Vorbild für deinen Bruder.« Chochana, die sich umfassend informiert hatte, warnte ihren Bruder. Das hier wäre kein Spaziergang oder einer seiner Abenteuerfilme, die er so abgöttisch liebte.

Vor ihrer endgültigen Entscheidung fragte Chochana noch Rachel, ihre beste Freundin aus Kindergartenzeiten, um Rat, und die packte die Gelegenheit sofort beim Schopf. Schon seit Ewigkeiten spiele sie mit dem Gedanken, dieses Kaff endlich zu verlassen, sie habe die Nase gestrichen voll, aber so was von. »Das kannst du dir gar nicht vorstellen, ewig läuft man einem Job oder einem Typen hinterher, der dir dann erzählt, er könne keine Familie ernähren, sich aber eigentlich zu nichts verpflichten will. Sie wollen dich schwuppdiwupp flachlegen, aber es soll bitte sehr nichts kosten, verstehst du, keine Verpflichtungen bitte.« Chochana meinte, sie müssten vielleicht noch ein oder zwei weitere Männer auftun. »Du meinst wirkliche Männer, nicht nur Chochanas Filzlaus?«, wie Rachel Ariel nannte. Chochana gab zu, dass Ariel noch grün hinter den Ohren und zu sehr Muttersöhnchen sei, aber das stehe außer Diskussion, Ariel komme auf jeden Fall mit. Doch andere Männer würden ihnen vielleicht den Arsch retten, für alleinreisende Frauen sei es einfach noch gefährlicher. »Das ist das einzig Gute an den Typen. Nachts wird es verdammt kalt in der Wüste, du weißt, was ich meine?«, sagte Rachel lachend. Die Frage war nur: Wen?

»Keine Sorge, darum kümmere ich mich. Männer sind mein Gebiet«, sagte Rachel.

»Aber du sagst mir vorher, auf wen du ein Auge geworfen hast«, antwortete Chochana. »So oder so.«

Am Ende waren sie zu fünft. Chochana kannte Ezechiel und Nathan nur um drei Ecken, aber nachdem sie Lebenslauf, Stammbaum und Führungszeugnis geprüft hatte, gab sie ihr Okay. Alle fünf, außer Ariel, waren gleich alt, alle Gemeindemitglieder. Man kannte sich zumindest entfernt. Im Ernstfall, wusste Chochana, würde sich jeder auf jeden verlassen können.

Die junge Nigerianerin brauchte fast ein Jahr, um die richtigen Kontakte herzustellen. Sie wollten schließlich keinen Gaunern auf den Leim gehen. Von denen es in dem Land genug gab. Jeder suchte für sich irgendwie einen Ausweg, also einen Dummen, den man schröpfen konnte. »Wir haben so lange gewartet, da können wir auch noch länger warten. Wir dürfen nichts übereilen, sonst fallen wir auf Betrüger herein.«, sagte Chochana, pingelig wie immer, während die anderen langsam ungeduldig wurden, ihre Heimat unbedingt hinter sich lassen und in eine bessere Zukunft aufbrechen wollten. Dank der Buschtrommeln und Informationen, die sie im Internet fanden, waren sie gegen die plumpesten Tricks gewappnet. Die ersten sogenannten Agenten, also Bauernfänger auf Kundensuche für ihr Schleppernetzwerk, mit denen sie Kontakt aufnahmen, versuchten vergeblich, sie nach Benin City zu locken. Chochana lehnte das Angebot rundum ab.

Benin City, drei Stunden von der Hafenstadt Onitsha entfernt, hatte den Ruf, Zentrum eines Frauenhändlerrings zu sein, in dessen Netzen sich immer wieder naive Anwärterinnen auf eine Europareise verfingen. Zunächst nimmt man Kontakt mit einer »Madame« auf, einer ehemaligen Prostituierten und

Puffmutter, die einem Arbeit in einem Kosmetiksalon in Italien oder Frankreich verspricht. »Du musst nur in dem Salon arbeiten, bis du deine Schulden für die Flucht zurückgezahlt hast.« Vor der Abreise wird das Mädchen noch einer Zeremonie, dem *juju*, unterzogen, das angeblich Glück bringen soll. In Wahrheit handelt es sich um ein Unterwerfungsritual, bei dem das Mädchen den magischen Kräften eines Zauberers erliegt und bei der Göttin Ayelala schwört, alle Befehle zu befolgen. Schon ist sie lebenslang an die Madame gebunden, von der sie selbst aus der Ferne überwacht wird. »Wenn du den Bund brichst«, sagt ihr der Zeremonienmeister, der mit der Madame unter einer Decke steckt, »ist Ayelala sehr verärgert. Deine Familienangehörigen sterben einer nach dem anderen wie die Heuschrecken. Und dann bist du an der Reihe, und dein Tod wird fürchterlich sein.« Das Mädchen wieder zu entzaubern, ist höllisch schwer.

Solchen und anderen Fallstricken konnte Chochana entgehen, und schließlich trieb sie einen Kontakt auf, der die fünf über Agadez in Niger nach Libyen bringen wollte, wo sie sich dann nach Europa einschiffen würden. Allerdings für eine ansehnliche Summe, die ratenweise vor jeder Etappe zu zahlen war. »In spätestens drei Monaten werdet ihr in Europa sein, garantiert.«, sagte der Agent, und gab ihr sogar sein Ehrenwort, dass sie von Abuja die Westroute nach Niger nehmen und so die gesetz- und gottlosen Banditen von Boko Haram meiden würden, die sich im Nordosten des Landes mehr und mehr breit machten. Selbst der Teufel würde diese Typen meiden wie die Pest, sagte der Agent, selber Muslim.

»Wir sind also vernünftige Leute und kümmern uns um eure Sicherheit. Aber ihr könnt gern anderswo nach Besserem suchen«, fügte er mit trockenem Humor hinzu.

Zunächst ging es um den Preis: 1200 Dollar pro Kopf nur bis Agadez. Aber Chochana, eine harte Geschäftsfrau, konnte auf 1000 Dollar herunterhandeln. Und damit nicht genug. Als sie den Rabatt herausgeschlagen hatte, verhandelte sie nach. Sie könnten doch auf eigene Faust bis nach Sokoto reisen, und in der Stadt, ungefähr hundert Kilometer vor der nigerianischen Grenze, würde sie die Karawane dann an einer vereinbarten Stelle aufsammeln. Sechshundert Dollar schienen ihr dafür angemessen. So würden sie ordentlich sparen, dachte sie, und argumentierte, was das Zeug hielt. Der Typ verteidigte seinen Happen wie ein hungriger Schakal, doch da kannte er Chochana schlecht, auch sie gab keinen Millimeter nach. Der Typ hatte Blut gerochen, das wusste sie, und wollte jetzt auch zum Zuge kommen.

»So funktioniert das nicht«, sagte er schon leicht verärgert. »Erstens haben wir unser Transportnetzwerk, für uns bliebe so nichts übrig. Zweitens ist es für alle einfacher. Nach der Abfahrt kann man nicht mehr herumtrödeln, sonst ist die Chance noch vertan. Da kann man nicht hier und da noch Leute aufklauben.«

Nach endlosem Schlagabtausch einigten sich Chochana und der Agent schließlich auf siebenhundertfünfzig Dollar. Dafür mussten sie auf eigene Kosten am festgesetzten Tag in Abuja erscheinen, sonst und das sei ganz einfach – für den Agenten war immer alles ganz einfach , würden sie eben nicht mitfahren. Und sie bräuchten nicht auf die Idee zu kommen, die Organisation würde ihnen dann die Rate zurückzahlen. Das sei hier ein Geben und Nehmen. Zu gegebener Zeit würde er ihnen die Kontaktdaten von der Person nennen, die sie am Busbahnhof abholen würde. Und der sie dann, ehe sie in den

Geländewagen stiegen, die zweite Hälfte der Rate übergeben müssten.

Derweil stürzte sich der Club der Fünf, wie Ariel die Gruppe nannte, in einen Wettlauf gegen die Zeit, um das Geld für die Etappen aufzutreiben, die mit zunehmender Entfernung immer teurer wurden. Die Strecke Nigeria/Niger kostete noch weniger als Niger/Libyen, die ihrerseits günstiger war als die Mittelmeerüberfahrt. Für Letztere brauchten sie tausendfünfhundert pro Nase; nicht verhandelbar, wie der Kontakt sagte. »Und wir müssen auch noch unvorhersehbare Zwischenfälle miteinplanen«, mahnte Chochana. Die fünf nahmen jede Arbeit an, die sie auftreiben konnten. Ariel wollte unbedingt die letzten Fische aus dem Fluss angeln, der nur noch ein lächerliches Rinnsal in einem riesigen Flusskieselbett war. Doch er glaubte fest daran, er könne Tilapia fischen und auf dem Dorfmarkt verkaufen. Großzügige Verwandte und Freunde im Ausland, die sie anbettelten, warnten sie davor, große Summen dabeizuhaben, boten sich aber an, bei Bedarf bereitzustehen.

Chochana und ihr Bruder konnten außerdem auf ihre Eltern zählen, die für die Ausbildung ihrer Kinder etwas zurückgelegt hatten, auch wenn das Ersparte durch die schwierige Situation der letzten Zeit beträchtlich geschrumpft war. Wenn sie in Agadez, in Niger, angekommen wären, würden die Eltern die zweite Rate per Hawala überweisen, über das von den Schleppern bevorzugte informelle und spurenlose Überweisungssystem. Die junge Nigerianerin besorgte außerdem Sonnenbrillen und Sturmhauben, um für den Staub in der Sahelzone und den Sand in der Sahara gerüstet zu sein. Ein Alter aus der Synagoge schenkte jedem eine warme Jacke für die kühlen Wüstennächte. Wenigstens das Geld konnten sie sparen und mussten es nicht diesen Mistkerlen in den Rachen werfen.

Der Abschied am Samstag nach dem Sabbat war kurz, damit es kein Geflenne gab. Choulamite warf ihrem Mann zwar Gefühlsduselei hinsichtlich seiner Tochter vor, aber wenn es um ihren Sohn ging, ihr eigen Fleisch und Blut und Augenstern, sah es bei ihr nicht anders aus. Chochana spürte einen Stich im Herz und suchte schnell nach einem Scherz. »Keine Panik«, sagte sie zu ihrer Mutter, »ich pass schon auf dein Baby auf.« »*Masel tov*«, sagte der Vater und drückte beide fest an sich. »Bestimmt werdet ihr heil und gesund ankommen, *Beezrat Haschem*.« Dann brachen Chochana und ihr Bruder zu dem Treffpunkt auf, den sie mit den drei anderen ausgemacht hatten.

DIE CHEFIN

Ehe sie aufbrachen, stellte Chochana erst mal ein paar Dinge klar. Erstens sei das ihre Idee. Außerdem habe sie sich des Langen und Breiten und mehr als alle anderen mit der Sache beschäftigt. Also gebe es jetzt auch nichts zu meckern: Sie allein sei die Chefin und bestimme, wo es lang geht.

»Das hier ist verdammt noch mal kein Talmud-Kreis.« Ihre Mutter war nicht hier, da nahm sie kein Blatt vor den Mund. »Die Demokratie mag ihre guten Seiten haben, aber wenn wir über alles und jedes diskutieren, gibt es kein Halten mehr. Und bei unserem Gegenüber, da haben wir nichts zu lachen. Das sage ich vor allem dir, Rachel. Ist das klar?«

»Klar wie Eiswürfel, Chefin«, sagte Rachel.

»Sehr klar«, sagten Ezechiel und Nathan, ihre anderen Mitreisenden.

»Yes, Sir«, trumpfte Ariel auf.

»Und du hörst sofort mit dem Quatsch auf. Falls du es noch nicht gemerkt hast, ich bin kein Mann. Boss, meinetwegen, aber Sir nicht.« Und da sie schon in Schwung war: »Abmarsch, los!«

Die selbst ernannte Chefin führte ihre Truppe zum Busbahnhof, um dort ein Taxi-Brousse nach Abuja zu nehmen. Die zwölfsitzigen Minibusse nahmen selten weniger als sechzehn Leute mit, in jede Reihe quetschte man noch einen dazu. Manchmal fanden auch zusätzlich ein oder zwei auf dem Trittbrett oder neben dem Beifahrer Platz, das kostete dann aber mehr. Mit dem Zug wäre es natürlich bequemer gewesen, aber man konnte den fünf nicht versprechen, dass sie bis Sonntag Abend ankommen würden. Die Züge krochen nicht nur im Schritttempo, sondern hielten auch mitten in der Pampa, ohne dass man wusste, warum. Mit dem Minibus, bei dem sich zwei Fahrer abwechselten, und selbst den Pipipausen waren sie am nächsten Morgen gegen halb elf am Busbahnhof Abuja.

In der brütenden Hitze wimmelte es vor Menschen aus ganz Nigeria, die in alle Winkel des Landes oder des Kontinents wollten. Und vor Taschendieben, deren Arbeitstag schon früh begann. Auch Behinderte strandeten hier und bettelten um Almosen, weil anderswo keiner einen Funken Mitleid für sie übrighatte. Da Abuja zentral lag und Verwaltungshauptstadt des Landes war, kamen alle hier vorbei. Ein Kommen und Gehen von Männern, Frauen und Kindern, die sich in Pidgin-Englisch, Yoruba, Hausa, Igbo und anderen Sprachen etwas zuriefen.

Die fünf, die in ihrem Leben vielleicht ein oder zweimal in Onitsha, der nächsten Stadt, gewesen waren, fühlten sich verloren. Und Rachel spielte sich natürlich wieder auf: »Lass mal, ich mach das.« Darum mussten sie mehrmals nach dem Weg fragen. Doch dass ihre Kindheitsfreundin Rachel scheiterte, stärkte Chochanas Autorität. Sie wusste, wenn sie ihrer Freundin jetzt die Zügel überließ, würde sie ständig machen, was sie wollte.

»Vergiss nicht, was wir gesagt haben, Rachel. Ich entscheide hier, ich frag' dich schon, wenn es nötig ist ...«

»... wie Eiswürfel, Frau Chefin«, sagte sie, noch ehe Chochana fragen konnte, ob das klar sei.

Der Kontakt, ein knapp Dreißigjähriger mit verfilzten Haaren und Rasta-Armband, wartete am vereinbarten Ort. Er gab jedem die Hand, zog ihn entschlossen zu sich heran und umarmte ihn mit dem freien Arm so herzlich, als wären sie beste Freunde. Dann ballte er die rechte Faust vorm Herz und sagte: »*Jah Rastafari*.« Nach Ende des Rituals verkündete er unvermittelt, dass sich die Abfahrt verschieben würde. Zwei der Geländewagen seien in der Werkstatt, man habe sie noch nicht wieder zurück.

»Ihr könnt euch vorstellen, vor einer solchen Fahrt braucht der Wagen eine Generalüberholung. Wir haben drei Tage Fahrt vor uns, wenn alles gut geht. Besser, die Kiste ist gut in Schuss«, sagte der Typ.

»Und das wusstet ihr nicht vorher?«, antwortete Chochana schlagfertig.

»Ganz ruhig, *sister*.«

»Wann geht es jetzt also wirklich los?«

»In drei Tagen, *inschallah*«, sagte der Typ. Und sang lachend einen Bob Marley-Song:

Don't worry about a thing
,Cause every little thing gonna be alright.

Kurzum, Chochana brauche sich nicht aufzuregen. Alles würde gut, wenn auch mit etwas Verspätung. »So was kommt vor.« Im Übrigen könnten sie und ihre Freunde natürlich auch einen Rückzieher machen, sagte der Schlepper ironisch und schaute Chochana direkt in die Augen. Offensichtlich war sie der Kopf der Gruppe, und er musste sie überzeugen. Routiniert griff er zu seinen bewährten Tricks. »Ihr habt also die Wahl«, sagte er, hob die Hände in Brusthöhe, Handfläche nach außen. Wenn sie trotzdem mitfahren wollten, könnten sie ins Hotel gehen oder in das *Connection House* am Stadtrand, das er ihnen empfehlen würde. Letzteres biete zwei Vorteile: »Erstens ist es billiger. Zweitens fährt der Konvoi von da ab.« Warum? So vermeide man neugierige Blicke und Checkpoints, wo uniformierte *Babylon* sich einen Spaß daraus machten, Passagiere und Fahrer abzuziehen. Manchmal würde ihnen sogar das Fahrzeug abgenommen. Und dann müsste alles auf den Sankt-Nimmerleins-Tag verschoben werden. »Das wars dann mit Niger, Libyen und Europa.« Chochana scharte ihre Freunde kurz um sich, man steckte die Köpfe zusammen und hielt Rat, während der Schlepper in einiger Entfernung belustigt zuschaute. Schließlich teilte sie ihm mit, dass man sich für Lösung Nummer zwei entschieden habe.

Der Rasta-Typ ließ sie in eine Schrottkiste steigen, ähnlich den meisten Autos auf den Straßen, und summte die ganze Fahrt über ununterbrochen: »*Everything gonna be alright*.« Nach einer Dreiviertelstunde holpriger Fahrt, Hupkonzerten und plötzlichen Bremsmanövern im dichten Stadtverkehr wurden die Freunde in ein Haus ohne jeden Komfort geführt. Vier Mauern mit einem Wellblechdach und überall offen. Türen hatten die Schlepper nicht für notwendig erachtet. In einer Ecke saßen schon andere Reiseanwärter und quatschten, einige pennten auch seelenruhig, trotz Hitze und Schwüle.

Die fünf Freunde verbrachten die drei Tage im *Connection House*; Rachels Vorschlag, Abuja zu besichtigen, lehnte Chochana ab. »Darum sind wir schließlich nicht hier. Was, wenn ihre blöden Geländewagen früher fertig sind und wir nicht da? Du glaubst doch nicht, dass die auf uns warten; die reiben sich die Hände, wenn sie die Plätze an andere vergeben können und unser Geld behalten. Also, nichts da.« Zum Schlafen legten sie sich auf den nackten Boden mit dem Rucksack als Kopfkissen. So waren ihre wenigen Habseligkeiten wenigstens gut geschützt und auch das Geld der zweiten Rate, das die drei anderen schon dabeihatten. Was ihnen etwas abseits eine ordentliche Kopfwäsche vonseiten der Chefin einbrachte. »Ihr habt wohl nur Stroh im Kopf oder was? Ich habe gesagt, keine großen Summen.« Die beiden Jungen sollten, damit sie nicht beklaut würden, nachts abwechselnd unauffällig Wache halten.

Die Toilette bestand aus einem Loch im Boden mit fester Backsteinumrandung. Als Sichtschutz hatte das Haus eine zwei Meter hohe Außenmauer, sonst schützte sie nichts vor neugierigen Blicken. Zum Abwischen gab es Zeitungspapier oder falls das fehlte, Kiesel. Rachel verkniff sich in diesem Fall lieber den Gang, bis wieder Zeitungsnachschub kam.

»Spiel ruhig die Vornehme«, sagte Chochana. »Aber beschwer dich nicht, wenn du hinterher Bauchschmerzen hast. Es gibt Schlimmeres. Stimmt doch Jungens, oder?«

»*Yes, boss, yes,*« antworteten die drei einstimmig.

Die drei Tage vergingen ziemlich schnell. Wie der Rasta-Typ versprochen hatte, konnten die fünf, Chochana vorneweg, am Mittwochabend mit ungefähr zwanzig anderen auf eine Pick-up-Ladefläche steigen. Zum Festhalten gab es spezielle metallene Querstangen, so wurde man nicht herausgeschleudert, als es nun volle Fahrt losging. Nur einmal tauchte wie aus dem Nichts eine Patrouille auf, drei Polizisten mit Waffe und Taschenlampe im Anschlag. Als hätten sie die Route gekannt und sie abgepasst. »Routinekontrolle«, sagten die Männer mit unterem Dienstgrad, während sie sich auf die Fahrzeuge verteilten. »Keine Mucken jetzt«, zischte Chochana, »es wird gemacht, was sie sagen.« Die Botschaft kam an. Jeder griff ins

Portemonnaie und gab Geld ab, die Bullen verschwanden, so plötzlich wie sie gekommen waren, und der Konvoi aus drei Fahrzeugen setzte sich wieder in Gang.

Sie fuhren die ganze Nacht über holprige Straßen und erreichten durchgerüttelt im Morgengrauen die Vororte von Sokoto. Wieder wurden Chochana und ihre Freunde in einem *Connection House* untergebracht. Der Tag verging quälend langsam, die Nacht wollte und wollte nicht kommen. Dann kam sie doch, und der Konvoi setzte sich wieder in Richtung Niger in Gang, wieder Full Speed. Als der Wagen für eine Pipipause hielt, erkannte Chochana, dass sie die Grenze überschritten hatten. Trotz tiefer Nacht wusste sie, dass sie jetzt im Sahel waren, diesem breiten Übergangsgürtel vor der Wüste. Und als sie am Morgen an einer Straßensperre hielten, sah sie auch das typische Ockerbraun. Wieder wurden sie unter dem Vorwand der Polizeikontrolle mitleidlos erpresst. Dann erneut ein Halt an einem *Ghetto*, der nigrischen Entsprechung des *Connection House*. Am Abend setzte der Konvoi seine Fahrt auf bewährte Weise fort, fraß Kilometer für Kilometer. So wie die Passagiere auf der Ladefläche Staub. Die Schlepper saßen indes im klimatisierten Fahrzeuginnenraum.

Weil Chochana vorgesorgt hatte, litt ihre Truppe nicht ganz so schlimm. »Wer ist also der Boss?«, fragte sie, als die fünf Sonnenbrille und Sturmhaube aufsetzten. Ansonsten gab es wenig zu sagen, nur die mitgebrachten Lebensmittel zu verteilen, die allerdings im Nu dahinschwanden. Am Ende begnügten sie sich mit der Kost, die man ihnen in den Ghettos gegen klingende Münze servierte.

Ohne sich groß bitten zu lassen, gab Chochana Ariel, der schon immer einen guten Appetit hatte, von ihrer Portion ab. »Ich hab was zuzusetzen«, sagte sie und schlug sich demonstrativ auf den runden Hintern. Es sollte bloß keiner schlecht von ihrem Bruder denken.

Sicherlich hatte die junge Nigerianerin nicht erwartet, dass die Reise so lang und ermüdend sein würde, und dabei waren sie noch längst nicht da. Sicherlich mobilisierte sie alle inneren Kräfte, um ihre Freunde und ihren Bruder tatsächlich ans Ziel zu bringen. Und auch wenn sie nicht wusste, wo genau die Grenzen lagen, eins wusste sie sicher: Sie würde die anderen an den Ort ihrer Träume bringen. Sie hatte sie mit ins Boot geholt, das war sie ihnen schuldig. Beim nächsten Morgengrauen erreichten sie den Stadtrand von Agadez: das Tor zur Wüste.

DAS TOR ZUR WÜSTE

In Agadez, vielmehr in der Nähe von Agadez, da die Schlepper belebte Innenstädte mieden, brachte man die Reisekandidaten in einem noch erbärmlicheren Ghetto unter, mitten im Nirgendwo. Beim geringsten Windhauch wirbelte eine hellbraune, staubige Erde auf und setzte sich bedrohlich in Augen, Nase und Ohren fest. Nur einige tapfere rachitische Sträucher kämpften noch den tausendjährigen Kampf gegen die vereinte Macht von Sahel und Sahara. Hinter der Umgebungsmauer aus Lehm verbarg sich nichts als ein großer sandiger Hof mit ein paar Pfosten, über die durchlöcherte, dreckstarrende Planen gespannt waren. Doch mit solchen Details hielten sich die Reisenden schon gar nicht mehr auf. Außer Chochanas Freundin aus Kindertagen, die von den Jungen wegen ihrer Damenhaftigkeit Lady Rachel genannt wurde und das auch gern hervorkehrte, da sie stets Aufmerksamkeit brauchte und die anderen aufheitern wollte.

Um unter den hie und da verstreuten Zelten Schutz zu finden, mussten Chochana, ihre Freunde und alle anderen den ganzen Tag dem Lauf der Sonne folgen und von Schatten zu Schatten wandern. Andere Schutzmöglichkeiten gab es nicht. Wenn man sich nicht ein Grab schaufeln und hineinlegen wollte. Wie Kain, der seinen Bruder Abel erschlug und so vergeblich Schutz vor *HaSchems* Zorn suchte, relativierte Chochana die Lage. Eine kurze Atempause bot allein das Ende des Tages, der kurze Moment zwischen Sonnenuntergang und der plötzlich hereinbrechenden Nacht, wenn die Temperatur auf einmal abrupt abstürzte und man sich beeilen musste, der gnadenlosen Attacke von Mutter Natur zu trotzen. Um sich vor der gefährlichen Kälte aus der Wüste zu schützen, drängte sich der Fünferclub dicht aneinander. Glücklicherweise fehlte es ihnen, auch dank Ariel und Lady Rachel, nicht an Selbstironie. Wenn sie wenigstens ein bisschen Wärme finden wollten, mussten sie sich trotz ihrer Jacken so eng aneinanderschmiegen, dass Chochanas Bruder eines Abends sagte:

»Siehst du, *sis*, hab ich's dir doch gesagt, irgendwann sind wir verlobt.«

»Sei froh, dass ich zu kaputt bin, sonst würd' ich dir eins überbraten«, antwortete seine Schwester.

Und Rachel sagte zu Ezechiel, der für ihren Geschmack ein wenig zu dicht an ihr klebte:

»Ze, was ist das, dieses harte Ding an meinem Hintern? Du hast hoffentlich keine Waffe dabei. Wenn, dann räum sie gefälligst woanders hin. Ich brauch keinen Stress mit diesen Bluthunden.«

Alle lachten belustigt. Außer Chochana, die ihrer Mutter versprochen hatte, auf ihren Bruder aufzupassen. Sie sagte ärgerlich:

»Hör mit deinen blöden Scherzen auf. Wir haben schließlich einen Minderjährigen dabei!«

»Ey, *sister*, ich bin doch kein Baby! Ich bin siebzehn, falls du es vergessen hast. Und ich hab Sachen gemacht, das glaubst du nie …«

»Das will ich gar nicht wissen.«

Doch trotz solcher seltenen lustigen Momente war Chochanas Stimmung eher gedämpft. Ihr Ziel lag noch immer in weiter Ferne, dabei waren sie schon seit Ewigkeiten unterwegs, und mit jeder Etappe wurde es schlimmer. Seit sie in Abuja in das Taxi-Brousse gestiegen waren, hatte sich ihre Lage fortlaufend verschlechtert. Sie hatte die Dinge gern im Griff, und jetzt saßen sie hier in diesem *Ghetto* und warteten darauf, dass die Schlepper so gnädig waren, sie nach Libyen zu bringen. Und *HaSchem* allein wusste, was sie auf der anderen Seite der nächsten Grenze erwartete. Mittlerweile hatte sie auch kurz mit ihren Eltern telefoniert, damit sie per Hawala die zweite Rate an den Vermittler zahlten, den ihr das Schleppernetz genannt hatte. In dem Gespräch hatte sie ihre Eltern beruhigt, alles laufe bestens. Sie mussten ja nichts von den Zweifeln wissen, die sie nachts plagten. Sie waren nie weiter als nach Onitsha gekommen. Wie sollten sie sich vorstellen können, dass ihre Kinder auf diesen unheilvollen Routen unterwegs waren, zu einem Ort, der ihnen nicht das Geringste sagte? »Ariel strotzt vor Gesundheit. Er ist rund geworden«, log sie, damit sich ihre *Mum* keine Sorgen machte. Bald würden sie in Libyen sein. »*Baruch HaSchem*«, antwortete ihre Mutter.

Als die Schlepper das Geld kassiert hatten, zeigten sie sich von einer anderen Seite. Zunächst einmal gruppierten sie die Reisekandidaten nach Nationalität oder Ethnie. So gab es kein Chaos und die Herde ließ sich besser lenken. Die Strecke war ohnehin beunruhigend genug, unter jeder Nomadenkarawane konnten sich Straßenräuber oder IS-Söldner verbergen. Da mussten ihnen diese Habenichtse nicht auch noch auf den Sack gehen. Dafür wurden sie schließlich nicht bezahlt. Jede Gruppe stand unter der Fuchtel eines Bosses, der ihre Sprache beherrschte. So kapierten sie besser. Man musste nicht alles wiederholen und den Anweisungen gegebenenfalls anders

Nachdruck verleihen. Die Idioten zu verprügeln, war bei der Hitze viel zu anstrengend.

Zu Chochanas Gruppe gehörten Sudanesen, Ghanaer und Nigerianer. Man sprach Englisch. Die kleine Welt unterstand einem Hausa, einem äußerst brutalen Nordnigerianer, der auf einem Süßholzstück herumkaute, das er nur aus dem Mund nahm, um seinem Gegenüber herausfordernd ein schwarzes Etwas vor die Füße zu spucken. Auf jeden Fall fasste er sie nicht mit Samthandschuhen an. Chochana verdächtigte ihn, sich an dem Wasser und Essen zu vergreifen, das man an sie verteilte, um es dann gegen Dollar oder nachts bei den Frauen gegen sexuelle Dienstleistungen einzutauschen. Da er die in seinen Augen exotischen Äthiopierinnen und Eritreerinnen bevorzugte, blieben Chochana und Rachel vor seinen Klauen verschont.

Wenn die Schlepper mit jemandem kein Geschäft machen konnten, war er für sie nichts als ein Stück Scheiße. »Dich hat keiner gefragt, Sklave«, sagten sie zu Ariel, als er sich zu erkundigen wagte, wann sie denn nach Libyen aufbrechen würden. Da waren sie schon seit über einer Woche im *Ghetto*, als einzige Ablenkung die Sorge, nicht bis nachts warten zu können und den Darm unter Dutzend Blicken von dem Wenigen entleeren zu müssen, was sie zu sich genommen hatten. Auch wenn Ariel seine Schwester nicht enttäuschen wollte, wurde er langsam ungeduldig. Daher die Frage, die ihm den Zorn des Kapo einbrachte. Wenn Frauen sich den Avancen des Hausa widersetzten, fand er eine sadistische Freude daran, sie zu quälen.

»Wartet's ab, in Libyen kommt euer großer Tag. Die Araber werden's euch zeigen. Die schenken keinem was und lassen wirklich kein Loch aus. Nur, damit ihr Bescheid wisst. Ich kann euch übrigens Präser verkaufen. Falls ihr wollt«, sagte er.

Mit seinem Süßholzstück zwischen den Zähnen lief er den lieben langen Tag herum und terrorisierte alle. Unter seiner dreckstarrenden, längst grauen Dschellaba verbarg sich nur mühsam eine gelinde gesagt beachtliche Körperfülle. »Das sind mindestens Vierlinge«, witzelte Nathan. Die Dschellaba fiel fast bis auf die Sandalen, aus denen vorn nackte Zehen mit schmutzigen, seit Ewigkeiten ungeschnittenen, wie Krallen aufwärts gebogenen Nägeln ragten. Chochana fühlte sich in dem *Ghetto* unter der Fuchtel dieses Imperators wie in einer Falle. Wenn sie bloß sah, wie sich in seinen Mundwinkeln gelbweißer Schaum sammelte, den er dann mit der Rückseite seiner langen Rinderzunge wegleckte, musste sie fast kotzen.

Und wenn sie einfach umkehrte? Vielleicht könnte sie in ihrem Heimatland ja doch noch etwas finden, das sie ernährte. Ohne andere anbetteln zu müssen, die sie dafür wie Dreck behandelten, wie einen elenden Makaken. Vielleicht schaffte sie es mit den anderen doch noch, sich gegen die Natur, die plötzlich verrückt spielte, zur Wehr zu setzen? Man kann vieles schaffen, wenn man zusammenhält und es wirklich und entschlossen will. »Josuas Hartnäckigkeit hat sogar die Mauern von Jericho zum Einstürzen gebracht«, grübelte sie vor sich hin.

Aber würde sie damit nicht ihr Scheitern eingestehen? Alle Nachbarn hatten ihnen hinterhergeschaut, als sie gegangen waren, die meisten neiderfüllt, weil ihnen die Mittel dafür fehlten. Der Ewige möge euer Begleiter sein. Wie sollte sie jetzt, mit gesenktem Kopf, allen Blicken ausweichend, eine wahre *Ibo Bat Israel*, zurückkehren? Und was sollte sie ihren Eltern sagen, die ihr gesamtes Geld in diese verdammte Reise gesteckt hatten? Die ihr vertrauten. Sie musste einfach am Ziel ankommen. Für ihre Eltern, für sich. Auch für Ariel. Wenn sie nicht einschlafen konnte, gingen ihr, trotz des wunderbaren

Nachthimmels an der Grenze zwischen Sahel und Sahara, so viele Fragen durch den Kopf. Ließen sich die Zweifel gar nicht beschwichtigen, umarmte sie schließlich ihren Bruder, der unbekümmert schlief und irgendetwas murmelte. Ihm waren solche Sorgen unbekannt, er hatte bloß ein Abenteuer vor Augen, das sicherlich gut ausgehen würde.

Doch eines Abends standen auf einmal drei Pick-ups und zwei Lkw vor dem Ghetto. Es wurde gerade dunkel, die Luft war noch lauwarm. Da stürmten die Schlepper in den Hof, knallten das große stählerne Gitter hinter sich zu und befahlen laut schreiend den Aufbruch. »Los, los. Dalli, dalli. Das kann doch nicht so schwer sein. Bewegt gefälligst euren Arsch, wenn ihr hier wegwollt.« Chochana hatte ihren Rucksack gerade gepackt, da wurde sie schon von einem Schlepper vorwärtsgeschubst, der den Menschenstrom in Richtung der Autos lenkte. Offenbar erfolgte die Verteilung auf die Wagen eher zufällig als nach einer bestimmten Logik. So hielt man ein Paar und sein ungefähr fünfjähriges Kind, dem Chochana in den langen Tagen des Wartes manchmal zugelächelt hatte, mit Fußtritten und Stockschlägen davon ab, auf die Ladefläche zu steigen, und trieb sie unter dem wachsamen Blick des Hausa zurück hinter die *Ghetto*-Mauern.

»Ihr da, ihr habt noch nicht alles gezahlt, weg da«, rief der nigerianische Zerberus, der darauf wartete, dass alle eingestiegen waren und er sich ans Steuer des vorderen Pick-ups setzen konnte.

Erleichtert fand sich Chochana im selben Lkw wieder wie ihre Schützlinge. Jetzt begann die nächste Etappe auf dem Weg zum Ziel. Wenn sie auch schief auf der überfüllten Ladefläche hing, wie Sperrgut in einem Schiffsbauch eingezwängt und sich nur mühsam mit einer Hand an einer speziellen Holzstrebe und mit der anderen an der Seitenklappe festhielt. An Bewegen war nicht zu denken, an Setzen erst recht nicht. Sie musste im Stehen fahren und wurde inmitten von Körpern und dem Gestank aus Schließmuskeln, die ihre Besitzer kaum noch unter Kontrolle hielten, hoffnungslos durchgeschüttelt.

Sieben Tage und Nächte fuhren sie ohne Unterbrechung durch die Sahara, zweitausendfünfhundert Kilometer unter Bedingungen, die selbst ein Kamel kaum ausgehalten hätte. Pro Tag wurde einmal angehalten. Ansonsten musste man sich zusammenreißen. Die Schwächsten wurden ohne einen Tropfen Wasser oder einen Bissen Brot in der Wüste zurückgelassen; ihnen fehlte die Kraft, aufzustehen und dem Lkw hinterherzulaufen. Und auch das Feuer in den Augen, um die anderen zum Widerstand zu bewegen. »Du bist jetzt still und sagst nichts«, zischte Chochana Lady Rachel an, die manchmal zur Rebellion neigte. Manche starben auch an Dehydrierung oder am Hunger. Die Mitreisenden warfen ihre reglosen Körper auf Befehl der Schlepper aus dem Wagen. Und dann auch auf eigene Initiative, weil sie die Stockschläge und Krankheiten fürchteten, wenn die Leichen länger an Bord blieben. In der Sonne würden sie sich schnell zersetzen.

Chochana und ihre kleine Truppe hielten durch, was sie sicherlich ihrer robusten Jugend verdankten. Und den »Reserven« der jungen Nigerianerin und ihrer ebenso rundlichen Kindergartenfreundin. »Viel Fett, viel Herz«, wie Rachel sagte. Aber am dritten Tag fing Ezechiel an zu halluzinieren, und wollte aus dem Wagen springen, um das Gelobte Land zu sehen. »Da vorn. Los!«, rief er und wies mit dem Zeigefinger in Richtung Horizont, auf die Sanddünen weit und breit. Chochana hatte eine Heidenangst, dass er im heiligen Hebräisch singen würde. Vielleicht versteckten sich IS- oder Boko-Haram-Anhänger unter ihnen. Das war das Hauptargument der europäischen Länder gegen die Aufnahme der sogenannten Flüchtlinge, wie sie dort hießen. Allerdings hatte sie aus anderen Gründen Angst. Doch sie bewahrte kaltes Blut und nahm die Dinge in die Hand.

Auf ihre Anweisung hin legte Ariel eine Hand auf Ezechiels Mund, als wolle er ihn beruhigen. Ihr Bruder hatte begriffen, wie gefährlich die Situation war. Seit sie ihr Dorf vor mehr oder weniger einem Monat verlassen hatten, war er unglaublich schnell älter geworden. Dass er den Rockzipfel seiner Mutter loslassen musste, verlieh ihm Flügel. Jetzt schimpfte ihn seine Schwester manchmal »kleiner Möchtegern-Macho«. Während sich ihre Freunde weiter bemühten, Ezechiel unter Kontrolle zu behalten, überredete Chochana einen Mitreisenden, ihnen ein paar Tropfen von seinem mühsam aufgesparten Wasser abzugeben, das sie Ezechiel ins Gesicht spritzten. Gleichzeitig versetzte Rachel ihm abwechselnd Ohrfeigen, fächerte ihm mit einem Stück Karton, das sie wer weiß wo aufgetrieben hatte, Luft zu, küsste und beschimpfte ihn und rief ununterbrochen: »Das kannst du uns nicht antun. Hey, du darfst uns nicht verlassen. Das machst du gefälligst nicht. Fuck! Reiß dich zusammen. So eine Scheiße. Bist du nun ein Mann oder nicht?«

Dann küsste sie ihn wieder: »Ze, Honey.« Schließlich kehrten Ezechiels Lebensgeister wieder zurück, sicher auch dank des *Tefilat Haderech*, des Gebets der Reisenden, das Chochana unhörbar leise murmelte: »Herr, unser Gott und Gott unserer Vorfahren, möge es Dein Wille sein, uns in Frieden zu leiten, unsere Schritte auf den Weg des Friedens zu richten und uns wohlbehalten zum Ziel unserer Reise zu führen.« Sie endete, immer noch flüsternd: »*Baruch ata A-donai schome-a tefila*.« Ze wirkte noch immer verstört, aber es ging mit ihm wieder besser.

WILLKOMMEN IN LIBYEN

Doch diese Misslichkeiten waren nichts gegen das, was Chochana und die Ihren auf der anderen Seite der Grenze erwartete. Eigentlich hätte sie schon hellhörig werden sollen, als sie
hinter dem Checkpoint, der nachts normalerweise geschlossen war, hörte, wie ihr Hausa-Landsmann deutlich und gut
verständlich zu seiner libyschen Ausgabe sagte: »Da sind wir.
Jetzt gehören sie dir.« Als wären sie Vieh oder schlimmer noch
Sklaven, die man verkaufte. Trotz ihrer tiefen Erschöpfung
kamen ihr die Worte seltsam vor. Aber der Schlafmangel, die
Ungewissheit, wie es nun weiterging, und die vielen Fragen in
ihrem Kopf ließen sie das Gesagte vergessen. Hinter der neuen
Grenze veränderte sich die Situation komplett. Als wäre es
nicht schon furchtbar genug, dass sie vier Tage und vier Nächte über Pisten fuhren, auf denen sie immer wieder aussteigen
mussten, um den Lkw aus dem Sand zu befreien, wurden sie
jetzt auch noch brutaler, erbarmungsloser und unmensch-
licher behandelt.

Schon als sie vor den Augen der komischerweise anwesen-
den, aber untätigen Zollbeamten die Fahrzeuge wechselten,
spürte Chochana, dass sich die Atmosphäre verändert hatte.
Die Schlepper mit Kalaschnikows und Schlagstöcken ertru-
gen kaum, wenn jemand langsamer ging. »Ab jetzt wird getan,
was wir sagen, ihr Niggerpack. Sofort, hier wird nichts zweimal gesagt«, schrie ein Typ, der immer Sonnenbrille trug. Ob
Tag oder Nacht, Hitze oder nicht, unter den neuen Herren

musste alles im Laufschritt gehen. Schläge mit dem Kolben, dem Stock, ein Lauf in die Seite gaben den Ton an, und dazu immer: »*Yallah! Yallah*!«

Chochana hörte das Wort zum ersten Mal. Auch ohne Arabisch zu können, begriff sie sofort. Manches muss man nicht übersetzen, vor allem nicht, wenn es durch Gesten der Gewalt unterstrichen wird. Andere Wörter wie *qird* (Makake) erschlossen sich durch die Art, wie sie einem ins Gesicht geschleudert wurden. Ehe Chochana reagieren konnte, packte der Typ mit der Sonnenbrille ihren Hintern wie Ware an einem Marktstand und flüsterte ihr ins Ohr: »Vorwärts, *habiba*, vorwärts.« Im Nacken spürte sie den Zigarettenatem des Schweins. Aber er schien es gut mit ihr zu meinen, zumindest stauchte er sie nicht wie andere zusammen oder pfefferte ihr eine. Trotzdem zitterte sie vor Wut und einem Gefühl der Ohnmacht. Vor allem durfte sie sich nicht provozieren lassen, keine Reaktion zeigen. Wahrscheinlich wartete der Dreckskerl nur darauf und hätte seinen Spaß daran, sie vor Publikum zuzurichten und ein Exempel zu statuieren. Sie biss die Zähne zusammen und lief schneller.

Ariel, Ze und Nathan kriegten dafür jeder einen Kolbenschlag auf die Schulter. »Herzlich willkommen im Chaosland«, sollte das wohl heißen. Jeder Clan und jede Miliz stellten hier ihr eigenes Recht auf. Aus Schwäche oder gegen Geld drückten die sogenannten offiziellen Behörden beide Augen zu. Auch darum waren die Schlepper gereizt. Durch den Stoß stürzte Ariel Gesicht vorneweg zu Boden, rappelte sich aber sofort wieder auf, klopfte sich gar nicht erst den Staub ab und beeilte sich, die anderen einzuholen. Seine Schwester lief zu ihm und murmelte: »*Everything's gonna be alright, babe. Everything's gonna be alright.*« Doch der Jugendliche wollte vor seiner Schwester und den anderen keine Schwäche zeigen, schließlich wollte er nicht der Klotz am Bein sein, den man mühsam mitschleppen musste, er hatte seinen Stolz. Im Gleichschritt gingen Bruder und Schwester nebeneinander her und kletterten dann mehr schlecht als recht mithilfe eines Seils auf die Lkw-Ladefläche. Der geschicktere Ariel war als erster oben und reichte seiner Schwester die Hand. Chochana nutzte die Gelegenheit, um ihm mit Nachdruck zu sagen: »Egal, was mit Rachel oder mir passiert, du rührst dich nicht, verstanden? Guck mich an: Hast du mich verstanden?« Ariel befürchtete das Schlimmste und rang nach den richtigen Worten. Schließlich nickte er einfach nur.

Die Fahrt in die Küstenstadt Sabratha, ungefähr sechzig Kilometer von der lybischen Hauptstadt Tripolis entfernt, bot wenig Abwechslung. Abgesehen von den Ohrfeigen, die die Schlepper bei jedem Halt verteilten, weil sie sich ablenken, die Zeit vertreiben oder den Fahrtstress loswerden wollten. Notgedrungen gewöhnten sich die Passagiere daran.

Einmal wurde die Karawane von zwei Pick-ups verfolgt, in denen Bärtige mit Turbanen saßen. Ob es IS-Kämpfer, Wüstenbanditen oder rivalisierende Milizen waren, die sich der wertvollen Europareisenden bemächtigen wollten, blieb unklar. Als sie mit ein paar Schüssen aus der Kalaschnikow empfangen wurden, gaben sie jedenfalls schnell auf. Wie Hunde, die laut kläffend einem Auto hinterherlaufen und plötzlich ohne ersichtlichen Grund stehen bleiben. In Chochanas Gruppe waren keine Verletzten zu beklagen. Trotzdem hatte sie um ihr Leben gefürchtet, auch wenn sie sich nichts anmerken ließ. Dafür nahm sie ihre Rolle als Verantwortliche der Gruppe zu ernst.

In Sabratha begann für Chochana dann ein regelrechter Albtraum. Bei ihrer Ankunft wurden ihnen ohne Umschweife die Handys abgenommen. Mit einer gründlichen Leibesvisitation stellte man sicher, dass sich nicht doch irgendwo eins versteckte. Man konnte ja nicht vorsichtig genug sein. Die Schlepper fürchteten wie die Pest, dass man sie unbemerkt filmen und der Film im Internet landen könnte. Das war schon passiert. Darum genoss Chochana eine Vorzugsbehandlung. Eine Hand glitt unter den BH – »Ihr Niggerweiber versteckt eure Geheimnisse ja zwischen den Brüsten« -, dann in den Slip, nachdem sie vor allen anderen ihre Jeans heruntergezogen hatte. Rachel konnte sich einen lächerlichen Widerstandsversuch nicht verkneifen: »Ey! Ich bin kitzelig!« Der Typ lachte trotzdem nicht, obwohl er das englische Wort für »kitzelig« verstanden hatte. Dann wurden Männer und Frauen vorschriftsmäßig getrennt, Ausnahmen gab es nicht. Zwei Jungen, die mit ihrer Mutter reisten, acht und zehn Jahre alt, landeten im Männerlager, die Mutter kam zu den Frauen.

Erschöpft fanden sich Chochana und Rachel in einer Lagerhalle wieder, deren Wellblechdach offenbar nur dazu diente, Tageshitze und nächtliche Kälte noch zu verstärken. Fragen waren nicht erlaubt. Informationen, wann sie nach Europa weiterreisen würden, gab es nicht. »Was Klo oder Dusche betrifft, guckt, was die machen, die schon länger hier sind«, bellte ein Zerberus, den Chochana später noch näher kennenlernen sollte. Früher, auf den Plantagen, wäre er der perfekte Sklavenaufseher gewesen. Die beiden Freundinnen legten sich auf den nackten Zementboden ihrer feuchten, schmutzigen und stickigen Herberge, zwischen unzählige andere junge Frauen und Mädchen aus ganz Schwarzafrika. Manche besaßen, wie Chochana feststellte, eine Matte oder ein Tuch, das sie zweifellos gegen grüne Scheine oder sexuelle Gefälligkeiten erhalten hatten. Wie konnte sie es schaffen, eins zu bekommen, um es dann mit Rachel zu teilen?

In der Lagerhalle verlor Chochana nicht nur jegliches Zeitgefühl, sondern auch jede Spur von Ariel und den beiden anderen Männern. Als sie bei den Schleppern wiederholt nachfragte, war das Ergebnis nichts als Hohngelächter oder eine Ohrfeige mit der Handrückseite, so wie man eine lästige Fliege verscheucht. Doch eines Morgens bot ihr ein dickbäuchiger Aufseher mit fortgeschrittener Glatze, flachem Schädel und vorstehenden Augen, der weniger wie ein Mensch als wie eine Riesenkröte wirkte, aus heiterem Himmel Informationen gegen einen Blow-Job an. In seinen Augen offensichtlich ein ganz normaler Deal.

»Natürlich könnte ich das auch so kriegen. Aber ich hab's doch lieber, wenn der andere halbwegs einverstanden ist. Is' ja immer besser, oder?«, erklärte er höhnisch lachend.

Angsterfüllt versuchte die junge Nigerianerin eine ganze Woche lang, dem Aufseher aus dem Weg zu gehen, damit er sie nicht erneut belästigte. Nicht einmal Rachel erzählte sie davon. Ihre Freundin aus Kindertagen hätte sicher lachend gesagt: »Hör mal, der Typ ist nicht beschnitten. Wie sollst du sein Dings in den Mund zu nehmen? In jeder Falte sitzt der Dreck von Tagen. Igittigitt.« Dann hätte sie ihr vielleicht geraten, nachzuverhandeln: »mit der Hand oder eine schnelle Nummer im Tiefschlaf.« Damit hätte Lady Rachel versucht, die Lage zu entkrampfen. Obwohl sie das nicht wirklich dachte oder höchstens halb. Das wäre ihre Hilfe gewesen. Chochana grübelte tagelang über den furchtbaren Vorschlag nach. Dann siegten ihr Verantwortungsgefühl und die Sorge um den Bruder. An jenem Abend kotzte sie alles aus, was sie im Magen hatte. Vorher wie nachher. Sie fühlte sich schmutzig, bis ans Ende ihrer Tage würde es nicht genug Wasser geben, um diesen Makel abzuwaschen, nicht genug Desinfektionsmittel, mit dem sie den Gestank von ihrer Seele wischen konnte. Und alles nur, um am Ende zu erfahren, dass ihr Bruder in einer anderen Lagerhalle dreißig Meter weiter sei, was sie nicht wirklich glaubte. Außer dem Wort des Wächters bekam sie keinen Beweis.

Einige Tage nach den »ausgetauschten Nettigkeiten«, wie der Typ nannte, zu was er sie genötigt hatte, erschien der Schlepper mit der dunklen Sonnenbrille in der Halle. Breitbeinig postierte er sich über einem Paar ausgestreckter Beine und erklärte, alle Frauen könnten jetzt ihre Verwandten anrufen, um ihnen zu sagen, dass sie das Geld für die Überfahrt schicken sollen. Die Ansage gab es auf Englisch, Französisch und Arabisch. Der Preis hatte sich seit der letzten mündlichen Absprache verdoppelt. »Wir sitzen in der Falle«, flüsterte Chochana Rachel halblaut zu. »Wirklich, sie haben uns hereingelegt.« »Es sei denn, einige haben die Knete schon irgendwo versteckt«, lachte der Mann dreckig, wobei er seine vom Nikotin zerstörten Zähne entblößte. Das Telefongespräch habe sich auf Betrag, Datum und Art der Geldübergabe zu beschränken. Er hoffe auf ihre engagierte Mitarbeit. Sicherlich wollten sie ja keinen Faustschlag ins Gesicht, fügte er noch hinzu.

Als Rachel an der Reihe war, wollte sie besonders schlau sein und ließ in das, wie verlangt, englische Gespräch ein paar Worte auf Igbo einfließen. Als der Zerberus ihr eine Ohrfeige versetzte, flogen Kopf und Telefon in die entgegengesetzte Richtung. Eine kleine Eritreerin wiederum verhielt sich zu zögerlich. Ihre Familie im Heimatland konnte nicht genug Geld aufbringen. »Wisst ihr, das ist für uns sehr viel Geld«, erklärte sie und wurde, während sie noch telefonierte, einer regelrechten Folter ausgesetzt. Als ihre Verwandten sie vor Schmerz schreien hörten, versprachen sie alles, auch wenn sie es nicht besaßen.

Auch Chochana redete an diesem Tag mit ihren Eltern. In dem kurzen Telefonat – »Ich habe nicht mehr genug Einheiten«, log sie –, beruhigten ihre Eltern sie, sie solle sich keine Sorgen machen, sie würden für sie und ihren Bruder zahlen, da würden sich schon Mittel und Wege finden, schließlich seien sie ja ihre Eltern, das sei ihre Aufgabe. Chochana legte als Erste auf, ehe ihr Vater noch ein *Beezrat Haschem* oder etwas in der Art hinzufügen konnte. Aus dem Gespräch schloss sie, dass ihr Verhandlungspartner ihr keine Lügenmärchen aufgetischt hatte. Ariel lebte.

Aber ihr Leid war damit noch nicht zu Ende. Eine Woche später – oder noch nicht einmal, die Zeit verging so langsam – teilte ihr der Mann mit der Sonnenbrille mit, dass der von ihren Eltern gezahlte Betrag nicht reichen würde. Und falls sie ihre Eltern nicht noch mal anrufen wolle, könne sie die fehlende Summe auch abarbeiten, als Putzfrau in einem der wohlhabenden Häuser von Sabratha und Umgebung.

»Meine Eltern kann ich auf keinen Fall noch mal belästigen«, sagte Chochana. Die hätten schon genug bezahlt. Und vor allem sollten ihre Eltern nicht denken, dass sie und ihr Bruder in irgendwelchen Schwierigkeiten seien. Trotzdem fragte sie noch nach, ob sie mit dem Job auch die Überfahrt von ihrem Bruder bezahlten könne. Als Antwort lachte ihr der Mann ins Gesicht.

»Hier gilt: Jeder für seinen eigenen Arsch und Allah für alle.«

»Tja, wenn das so ist«, sagte sich Chochana. Auf diese Weise kam sie wenigstens aus dem Lager, entging der widerlichen Luft und konnte dank der Essenreste in den Häusern, wo sie arbeitete, ihren Hunger stillen. Wenn es nicht koscher war, auch egal. Hier gab es nur einmal am Tag und manchmal auch nur jeden zweiten einen halben Liter brackiges Wasser und eine fade schleimige Suppe, die die Bezeichnung Essen nicht verdiente. Am Anfang verbrachte sie die meiste Zeit mit Durchfall- und Kotzanfällen auf dem Klo. Dann hatte sie sich daran gewöhnt, wenn man die Magenkrämpfe nicht gelten ließ, mit denen man irgendwie leben konnte.

Wenn sie draußen arbeitete, blieb sie außerdem von den Späßen verschont, mit denen sich die Schlepper die Zeit und Langeweile vertrieben. Wie an dem Tag, als sie angeblich duschen durfte, worauf sie schon seit zwei Wochen gewartet hatte, und sich unter den lüsternen Blicken der Männer ausziehen musste.

Sie wusste, sie hatte keine Wahl. Die Schlepper forderten sie auf, sich auf den Boden zu legen, was sie ohne großes Nachdenken tat. Der Jüngste nahm einen Gummischlauch und bespritzte sie mit Wasser. Sie schloss die Augen, um möglichst alles um sich herum zu vergessen und das harmlose Vergnügen, das in ihrer Situation ein Luxus war, zu genießen. Da spürte sie plötzlich einen schneidenden Stoß. Scheinbar ewig wand sich ihr Körper wie in einem epileptischen Anfall, während um sie herum eine Meute Hyänen in lautes Hohngelächter ausbrach und trotz ihrer Schmerzensschreie das Stromkabel, das auf dem feuchten Boden lag, nicht wegnahm.

Draußen war es auch leichter, mehr zu erfahren. Wie Chochana hörte, unterstand die Organisation, die sie gefangen hielt, einem mysteriösen Al-Ammu, dem wahren Paten auf dem Geschäftsgebiet. Der Onkel, wie man ihn nannte, sei der Kopf der Miliz »Brigade des Märtyrers Al-Dabbashi«, die in Sabratha die Fäden in der Hand halte, und angeblich bis über Libyens Grenzen hinaus bekannt und so mächtig sei, dass sogar die dreißig Kilometer von Sabratha entfernten Erdgasanlagen des italienische Energiekonzerns ENI unter seinem Schutz ständen.

Chochana arbeitete zehn, zwölf Stunden am Tag. Sie wechselte von einem wohlhabenden Haushalt zum nächsten und erhielt einen miesen Lohn, der ihr von den Kerkermeistern als Anzahlung auf den Preis der Überfahrt sofort abgenommen wurde. In einem Anfall von Menschlichkeit steckte ihr manchmal jemand ein paar Dinar zu. Trotzdem rührte Chochana in all der Zeit, von der sie nicht wusste, wie lange sie noch dauern würde, die Geldreserven, die sie in ihre Kleidung eingenäht hatte, nicht an. Die Erfahrungen der letzten Tage und Monate zeigten ihr, wie bodenlos das Böse war. Diese Hundesöhne, den Namen hatte sie von Rachel, würden ihnen das Geld noch ohne jede Gegenleistung wegnehmen. Außerdem reichte der Betrag längst nicht, um die Überfahrt zu bezahlen.

Um nicht in Selbstmitleid zu verfallen, vertraute sie auf Ihn, dessen Namen man nicht nennen darf, oder auch auf die Spottlust ihrer Kindheitsfreundin. Lady Rachel gehörte zu den Menschen, die selbst noch lachen können, wenn sie am Abgrund stehen, die stoßbereite Hand des Henkers im Rücken. Wenn Rachel sich über ihr Elend lustig machte, konnte Chochana dank eines gezwungenen Lachens ein wenig von dem Leid loslassen, das sich tief in ihr Fleisch und ihre Seele bohrte. Dann fasste sie wieder Mut und fühlte sich als die Chefin, die ihrer kleinen Truppe den Weg in eine strahlende Zukunft wies. Wie groß das Mittelmeer oder jedes andere Meer auch sein mochte, es gab auf der anderen Seite ein Ufer. Und da würde sie hinkommen.

DER GROSSE TAG

In diesem von Allah und dem Staat vergessenen Lager, in dem nur das Gesetz der Schlepper galt, lernte man die anderen so selten näher kennen, wie es in der Wüste regnet. Auch wenn die Verzweiflung, die Lebenswege und Hoffnungen dieselben waren, waren sie doch andere. Jede leckte ihre eigenen Wunden und verkroch sich im Schutz der nächtlichen Dunkelheit in sich selbst – sobald die anderen langsam todmüde und gequält von Fragen ohne Antwort in einen unruhigen Schlaf fielen, in dem der vergangene Tag oder die letzten Wochen zu Albträumen wurden. Oder das ganze Leben. Oder die Geburt an einem Ort, wo man vom ersten Tag an so sehr am Hungertuch nagte, dass man irgendwann zu dem Schluss kam, dies sei ein schlechter Geburtsort, aber man wolle trotzdem leben.

Wenn Chochana nachts hörte, was den anderen ungewollt über die Lippen kam, fragte sie sich am Morgen, ob sie sich im Schlaf, der eine tägliche Vorbereitung auf den Tod war, nicht vielleicht verraten und ungewollt gesagt hatte, was sie wirklich über die Herren dieses Ortes dachte. Auch wenn diese sich sicher keine Illusionen darüber machten, welche Gefühle ihre Opfer für sie hegten. Außer Rachel misstraute sie allen, die neben ihr schliefen. In einem Anfall von Verfolgungswahn sah sie, wie die Frau neben ihr, die sie manchmal freundlich anlächelte, ihre Nachbarin gegen kleine Gefälligkeiten verriet: für ein bisschen Fleisch im Essen, eine Dusche, ein Stück Seife ...

In dieser Halle traf sich ganz Afrika in seiner großen Trostlosigkeit und Menschlichkeit. In all seiner Vielfalt und Jugend. Wie Chochana an Tagen feststellte, an denen sie nicht zum Arbeiten rausging und die sich in der Schwüle und unter fruchtlosem Grübeln in die Länge zogen, waren die ältesten knapp über dreißig. Bei manchen trocknete noch die Pubertätsakne. Einige waren auf ihrer langen Irrfahrt schwanger geworden. Manche waren wie Rachel und sie vor einer immer unfruchtbareren Erde geflohen, vor einer Natur, deren Euter wie die Hand Jerobeams verdörrte, andere vor dem Krieg. Oder einer Diktatur, die ihrer Jugend jeden Zukunftstraum verwehrte.

So wie Semhar, eine zierliche Frau aus Eritrea, die man sich kaum anzufassen traute, so zerbrechlich wirkte sie, und die immer mit einer Landsmännin zusammenhockte. Die beiden klebten aneinander wie Chochana und Lady Rachel, verkrochen in ihre Sprache und ihren Schmerz. Wenn die eine auf Toilette musste, ging die andere mit und hielt draußen sinnlos Wache, der erstbeste Schlepper hätte sie mit einem Fingerschnipsen umwerfen können.

Eines Tages kehrte Meaza, Semhars Freundin, nicht ins Lager zurück. Keiner wusste, warum, man musste das Schlimmste befürchten, und auch die Schlepper sagten nichts, die man allerdings besser nicht ansprach, es sei denn, man wurde gefragt. Semhar sah so verloren aus, dass Chochana sie unter ihre Fittiche nahm und vor den anderen beschützte, die sie erbarmungslos traktierten, um ihr das bisschen Essen oder die Kleinigkeit abzunehmen, die sie von draußen mitgebracht hatte. In diesem Dschungel, in dem das Überleben jede Schäbigkeit rechtfertigte, nutzten die anderen aus, dass Semhar allein war.

Das verletzte, von der Herde zurückgelassene Tier lockte die Schakale an.

Mit ihrer militärischen Ausbildung hätte sich Semhar auch allein verteidigen können, wenn sie gewollt hätte. Doch seit ihre Freundin verschwunden war, hatte sie jede Lebensenergie verloren, den Mut zum Weitermachen, den Glauben an eine Zukunft auf der anderen Seite des Mittelmeers. Nichts schien sie mehr zu berühren, weder Beschimpfung noch Bewunderung, weder Schläge noch Zärtlichkeiten. Als Chochana das erkannte, sorgte sie dafür, dass man Semhar in Ruhe ließ. Auch Rachel half ihr, sich den anderen entgegenzustellen. Mit ihrer Schlagfertigkeit und entschiedenen Stimme hielt sie sogar die Draufgängerischsten auf Distanz. Die beiden Nigerianerinnen und die Eritreerin wurden bald zu einem eingeschweißten Trio, das gegenseitig auf sich achtgab.

Trotz der Nettigkeiten, die der Aufseher bald immer öfter von ihr verlangte, erfuhr Chochana nur einmal Konkretes über Ariel. Ansonsten vertröstete sie die Kröte auf morgen, nächste Woche, *inschallah*. Bestand aber als Gegenleistung dennoch auf den ausgetauschten Nettigkeiten. Chochana sträubte sich nicht länger, auch wenn sie ihn nicht ermutigte. Dass sie der Liebling der Kröte war, schützte sie wenigstens vor den anderen Raubtieren, wie ihr das furchtbare Aufstöhnen der anderen Frauen jede Nacht wieder ins Gedächtnis rief. Sie betete Tag für Tag, nicht schwanger zu werden. Der Mann machte sich nicht die Mühe von Vorsichtsmaßnahmen, wenn er sich mit einem Grinsen auf sie stürzte, wie ein ausgehungerter Hund auf einen Knochen, rücksichtslos in sie eindrang und ihr Innerstes zerriss. Noch dazu verlangte er, dass sie die Augen offen hielt, ihr Becken bewegte und so tat, als ob ihr das gefiel. Sonst fing sie sich eine Ohrfeige nach der nächsten ein, solange, bis sie sich unter dem Gewicht der Kröte bewegte, aber nicht zu schnell, sonst warf er ihr vor, sie wolle schnell zum Ende kommen und er bekäme nicht genug für seine Information. Schließlich stieß er hervor: »Das gefällt dir, was, du Schlampe! *You like it, bitch.*« Er pfählte sie, bis es nicht mehr weiterging, bis sein Glied keinen Platz fand. Unerschütterlich lag er auf ihr, mit dem Lächeln eines Fleischfressers, was sein Satansgesicht noch hässlicher machte.

Als sie eines Abends erschöpft von einem langen Putztag in fremden Häusern ins Lager zurückkehrte, brachte ihr der Typ eine kurze, hin gekritzelte Nachricht von ihrem Bruder, die im Wesentlichen besagte: *Everything's alright sister.*

Er arbeite draußen auf dem Bau, um das fehlende Geld für die Überfahrt zusammenzubekommen. Das war das Gekrakel ihres Bruders, voller Rechtschreibfehler, für Briefe hatte Ariel noch nie ein besonderes Talent. Dazu fehlte ihm der Ehrgeiz. Trotz aller Geistesblitze, die auf eine scharfe Intelligenz schließen ließen, besaß er nicht die nötige Geduld. Die Schule war ihm immer egal gewesen. Das musste man eben hin. Aber nur, bis er endlich ein weltberühmter Sänger sein würde, so wie seine Idole Tiwa Savage, Wizkid oder Yemi Alade, die auch Igbo war.

Als Chochana die drei hingekritzelten Zeilen auf dem fettigen Zeitungsfetzen las, begriff sie, dass Ariel nicht alles sagte, sondern wie alle anderen verschwieg, wie schlecht er behandelt wurde. Manchmal zerriss ein Schrei aus dem Männerlager die Stille rundherum. Ein röchelnder Schrei, dann eine beängstigende Pause, die Frauen hielten die Luft an und fragten sich, ob der Todesengel gleich ihr Lager betreten würde. Gott sei Dank hatte Chochana unter den schmerzverzerrten Stimmen noch nie die ihres Bruders gehört. Aber vielleicht hatte sie sich durch das Leid auch verändert.

An dem Abend, als Chochana Ariels kurze Nachricht las, konnte sie schlecht einschlafen. Noch schlechter als sonst. Nicht weil sie dachte, er würde ihr die Wahrheit verheimlichen, sondern weil sie sich vorstellte, welche Grausamkeiten er durchmachen musste, wenn er, um seine ältere Schwester zu beschützen, nichts davon erzählte. Wie sie gehört hatte, wurden die Männer von den Schleppern wie Sklaven versteigert. Oder zur Strafe oder aus Spaß zum Sex mit anderen Männern gezwungen. Wie sollte sie sich Ariel in einer solchen Situation vorstellen? Aber vielleicht wusste er auch bloß, dass der Überbringer seine Nachricht lesen würde und hatte deshalb nicht mehr geschrieben … Gegen Morgengrauen gelang es Chochana endlich, das Schweigen als Zeichen dafür zu nehmen, dass ihr Bruder älter geworden war. Dass er durch die Katastrophen zum Mann wurde. Sie dankte *Haschem* und schlief ein.

Als sie eine Woche später morgens aufwachte, rief man sie nicht zur Arbeit. Den Lohn hatte sie am Vorabend erhalten, wie immer hatte ihn ein Schlepper eingestrichen. Als sie danach ins Lager zurückgekommen war, ließ sie sich neben Rachel auf das Tuch fallen, das sie nach einem Monat erstanden hatten. Sie hörte kaum noch, wie ihre Freundin Gute Nacht sagte, da war sie schon eingeschlafen. Und am nächsten Morgen war Rachel schon zur Arbeit aufgebrochen. Der Tag verging unendlich langsam, wie immer bekam sie nichts zum Essen als die ewige, widerwärtige schleimige Suppe, die sie ohne einen Funken Appetit aß. Zum zigsten Mal erzählten Semhar und sie sich ihre Geschichte, fügten die Episoden hinzu, die sie beim letzten Mal vergessen hatten. Nachdem sie das erste Misstrauen überwunden hatten, waren sie offener geworden. Mittlerweile lasen sie in den Gedanken der anderen. Die sprachbegabte Eritreerin sprach Englisch fast wie ihre Muttersprache und mit einer Begeisterung, dass sie manchmal kaum zu bremsen war. Sie beneide sie darum, vertraute Chochana ihr an, dass sie am Ufer des Roten Meers geboren war, einem für sie so hochsymbolischen Ort. In der Schwüle wurde mal die eine, dann die andere schläfrig, und wenn sie wieder aufwachten, nahmen sie den Gesprächsfaden einfach an derselben Stelle wieder auf.

Die Sonne versank schon hinter dem Horizont und Rachel war gerade wieder zurück, als der Wächter auftauchte und auf eine Frau nach der anderen zeigte.

»Nehmt eure Sachen, *Yallah! Yallah!* Bewegt euren Arsch.«

Die Frauen wussten nicht, was sie davon halten sollten. Würden sie woandershin gebracht werden? Oder war endlich der große Tag gekommen? Und wenn, nach welchen Kriterien wurden sie ausgewählt? Sie drängten sich zusammen, mit ihrem Bündel oder Rucksack, in dem sich ihre zwei drei Habseligkeiten befanden, dann standen sie aufgereiht am Lagereingang, verfolgten gebannt den Blick, den Zeigefinger des Kerkermeisters. Die Frauen waren seit sechs Monaten, einem Jahr oder noch länger in dem Lager und hatten schon andere gehen sehen. Irgendwann mussten auch sie an der Reihe sein. Und wohin man sie auch brachte, schlimmer als in dem Lager konnte es ja nicht sein. Lippen murmelten Gebete, Finger glitten über einen abgenutzten Rosenkranz. Die Nigerianerinnen und die Eritreerin hielten sich schweigend, wie eine Gebetskette, an der Hand. Die Minuten vergingen, während aus dem Mund des Schleppers immer wieder ein gebieterisches

»*You! You!*« kam. Ein Gehilfe schob die Frauen in Richtung Ausgang. Chochana und Semhar wurden nacheinander aufgerufen. Rachel nicht.

Chochana zögerte einen Moment, sie ahnte Schlimmes. Dann löste sie sich von Semhars Hand und nahm die Hände ihrer Kindheitsfreundin fest in die ihren. Wie viel tausend Gedanken gingen ihr im Bruchteil einer Sekunde durch den Kopf. Würde Rachel auch noch ausgesucht? Würde sie zu den glücklichen Auserwählten gehören? Wenn nicht, was würde mit ihr passieren? Konnte sie trotzdem einfach gehen, sie in dem Lager zurücklassen, wo man ihr Menschsein, ihr Frausein Tag und Nacht mit Füßen trat? Mit dieser Situation hatte sie nicht gerechnet. Und würde Ariel dabei sein? Ihr Zögern machte den Schlepper wütend.

»Ey, Niggerpuppe. Willst du mit, oder was soll die Scheiße? Mir ist das egal. Wenn du nicht willst, gibt es genug andere, die liebend gern für dich einspringen. Deine Freundin zum Beispiel. Und wo wir schon dabei sind, sag ihr, dass sie gefälligst zahlen soll. Dann kann sie nachkommen.«

Jetzt war es heraus: Ihre Kindheitsfreundin würde nicht mitkommen. Rachel löste ihre Hände als Erste. Man musste die Dinge nicht noch schlimmer machen, als sie ohnehin schon waren. Sie strich Chochana über die Wange, dann gab sie ihr einen Schubs, aber nicht, ohne ihr vorher noch ins Ohr flüstern:

»Geh, *sister*. Los. *Haschem* will es so. Schau nach vorn. Ich bin alt genug und komm allein mit diesen Hurensöhnen klar. Wir treffen uns dann drüben. Auf der anderen Seite vom Mittelmeer. *Go!*«

Rachels Worte verliehen Chochana den Energiestoß, der ihr fehlte, um sich von diesem Ort loszureißen, wo sie die Hölle erlebt hatte, wo sie sich aber auch nähergekommen waren. Zögernd und ängstlich machte die Nigerianerin einen großen Schritt, während sie auf ein Wort, ein Zeichen des Mannes wartete, der breitbeinig zwischen ihnen stand. Ein Gehilfe, Farbeimer in der einen, Pinsel in der anderen Hand, malte ihr im Vorbeigehen einen grünen Strich aufs Haar, als Zeichen, dass sie gezahlt hatte und gehen durfte. Semhar folgte ihr wie ein Schatten. Beide stellten sich in die Reihe der Frauen, die am Ausgang warteten. Eine Viertelstunde später öffnete sich das riesige Stahltor mit lautem Krachen. Man befahl den Frauen, auf die beiden Geländewagen ein Stück weiter zu steigen. Auf jeder Ladefläche drängten sich wohl ungefähr dreißig Frauen. Die Nigerianerin und die Eritreerin ließen sich die ganze Zeit nicht eine Sekunde los. Chochana dachte an Rachel und an Ariel, den sie hoffentlich auf dem Schiff wiedertreffen würde. Vielleicht war er dabei. Semhar dachte kurz an ihre Freundin Meaza. Dann fuhren die Geländewagen in die hereinbrechende Nacht, einem unergründlichen Ungewissen entgegen.

AUF

DEM

SCHIFF

Wir müssen noch ein Meer überqueren
Oh, noch ein Meer überqueren

AIMÉ CÉSAIRE

WENN ICH DICH JE VERGESSE, JERUSALEM

Nach ungefähr einer halben Stunde Fahrt erreichte der Konvoi einen halbverlassenen Strand, in der Brandung rutschten Schlauchboote träge hin- und her. Chochana zählte insgesamt sieben. Die Motoren liefen schon, kreischten abwechselnd wie schwindsüchtige Katzen kurz vor dem Tod, beruhigten sich dann aber plötzlich, verfielen in ein gleichmäßiges Schnurren und wühlten das Wasser um sie herum auf. Die Kapitäne am Steuer warfen einen gleichgültigen Blick auf die frisch Angekommenen. Einer nahm, wie ein zum Tode Verurteilter, noch einen letzten tiefen Zug aus seiner Zigarette. Seine Wangen sanken ein, sein Brustkorb blähte sich. Der Enddreißiger, das Gesicht sonnen- und salzgegerbt, stieß den Rauch in kleinen Wolken aus, prüfte mit einem letzten Blick, ob die Kippe auch wirklich nichts mehr hergab und schnippte sie dann, fest zwischen Daumen und Zeigefinger gedrückt, im hohen Bogen ins Meer.

Vor dem Strand warteten schon andere Autos voller Menschen, die wer weiß wo hergekommen waren. Vielleicht aus Tripolis oder Zuwara, wo es weitere Sammellager gab. Oder aus der Lagerhalle, wo Ariel gefangen saß. Seit Chochana ausgestiegen war, erforschte sie im schwachen Licht eines fernen, wässrigen Halbmonds jedes Gesicht. Mit ein wenig Glück war ihr *baby brother* dabei. Magerer als früher. Mit Bart. So verwandelt, dass er fast wie ein Fremder aussah. Aber er war da. An seinem ewig jungenhaften Lächeln würde sie ihn erkennen. Denn er würde sie anlächeln, weil er sie zuerst erkannt hätte. Das Gesicht einer erwachsenen Frau veränderte sich kaum mehr. Auch wenn es durch die Strapazen der vergangenen Monate gealtert war, erkannte man es auf jeden Fall wieder. Das ihres Bruders aber nicht mehr. Er musste jetzt wirklich ein kleiner Mann sein. Oder ein großer, sie wusste es nicht mehr. Wie viele Monate hatten sie sich nicht gesehen? Sich nicht mehr umarmt? Wie lange hatte sie ihn nicht mehr wegen seiner zigsten Dummheit angemeckert? Und er sie in den Arm genommen, damit sie ihm verzieh? »Ey, *sister*. Ich bin doch dein geliebter Bruder.« Und sie versuchte, sich aus seiner Umarmung zu winden, doch er war schneller, packte sie und hielt sie fest. Sie war seine Gefangene, überwältigend von seiner Zärtlichkeit und ihrer Zuneigung zu ihm.

»Genau: Ich bin deine Schwester, nicht deine Mutter und auch nicht dein *girlfriend*. Du wickelst mich nicht ein«, hätte sie vergeblich versucht, ihre Achillesferse, dass sie ihrem Bruder einfach nichts abschlagen konnte, zu verbergen. Doch Chochana musste sich damit abfinden: Keins der Gesichter, bleich vom langen Warten, vor Erschöpfung und Leid, lächelte ihr zu. Die Enttäuschung schnürte ihr das Herz zu. Aber die Tränen hielt sie gerade noch zurück. Bloß keine Schwäche zeigen. Das machte verwundbar.

Unter den mürrischen Blicken bewaffneter Uniformierter stiegen sie in die Boote. Polizisten oder Soldaten, dachte Semhar und wunderte sich. Wer sollte hier an Flucht denken? Alle wollten doch raus aufs Meer und ihren Peinigern für immer entkommen. Doch nicht selten nutzten rivalisierende Banden diesen Moment und fingen die wertvolle Ware ab, ehe sie endgültig auf dem Wasser war. Für den »Onkel«, den Semhar nie zu sehen bekam, war das eine Frage der Ehre und Glaubwürdigkeit. Wenn er sich nicht verteidigte, würde er langfristig einen lukrativen Markt verlieren. Und für die Reisekandidaten würde alles von vorn beginnen, nun müssten sie die Überfahrt bei den neuen Herren anzahlen.

Unter den *Yallah! Yallah!*-Rufen der Schlepper stieg Semhar ein. Zum Abschied grabschte ihr einer an die Brust. Auf ihrem Schlauchboot waren sie ungefähr fünfzig. Das Gewicht der allesamt schwarzen Passagiere drückte das Boot tief ins Wasser. Manche kauerten am Boden, andere saßen auf dem Bootsrand, wo sie solange hin und her ruckelten, bis eine Pobacke irgendwie Platz fand. Wenn sie nicht kenterten, würden sie nicht über Bord gehen, so dicht klebten die Passagiere aneinander. Doch für ein besseres Gleichgewicht griff Semhar mit einer Hand nach Chochanas Oberschenkel neben sich.

Als die Freundinnen endlich saßen, tauchten plötzlich noch Minibusse auf und hielten. Zahlreiche Männer, Frauen, brüllende Kinder, großteils arabisch und gekleidet wie für eine Kreuzfahrt, mit dem Rollkoffer in der Hand, stiegen aus und wurden zu drei noch leeren Schlauchbooten geleitet. Gleichzeitlich postierten sich auf den übervollen Schlauchbooten jeweils zwei Bewaffnete, einer vorn, einer hinten. Als alle an ihrem Platz waren, gab einer, offensichtlich der Chef, das Zeichen zur Abfahrt.

In gebührendem Abstand starteten die Schlauchboote mit dröhnendem Motor und spritzender Gischt in Richtung offenes Meer, hinter sich ein einziges langes Kielwasser. Das Boot mit Semhar und Chochana fuhr an sechster Stelle. Schon nach wenigen Minuten hatte der Konvoi die Küste weit hinter sich gelassen. Man sah nur noch die Fahrer, die den zuletzt Angekommenen beim Einsteigen behilflich gewesen waren.

Keiner sagte etwas. Nach der ersten Erleichterung, endlich dem Ort der Geiselhaft entkommen zu sein, verrieten die Gesichter nun eine Mischung aus Angst und Anspannung. Auch Semhar und Chochana schwiegen. Ihre Gedanken waren schon dort, wo ihre Träume hoffentlich bald Wurzeln schlagen würden. Eine leichte Brise wehte ihnen ins Gesicht, konnte aber nicht die Fragen vertreiben, die ihnen, seit sie die Schlauchboote gesehen hatten, durch den Kopf gingen und die sie sich nicht trauten, laut auszusprechen. Würden sie die Überfahrt in diesen fragilen Booten machen? Und wenn der Motor ausfiel? Würde der Diesel bis nach Europa reichen? Und wenn sie unterwegs in einen Sturm gerieten? Auf dem Mittelmeer konnten blitzschnell und ohne Vorwarnung Wind und hohe Wellen aufkommen. Eine Frau hatte Semhar von ihrer bitteren Erfahrung erzählt. Nachdem sie sich drei Tage an die Wrackteile ihres Boots geklammert hatten, waren sie von der italienischen Küstenwache gerettet und den libyschen Kollegen übergeben worden. Zurück auf Start.

Chochana überkam plötzlich ein Gefühl der Leere. Der wachsende Abstand zwischen dem Boot und der afrikanischen Küste erfüllte sie mit Melancholie. Dabei hatte sie ihre Entscheidung lange und gründlich abgewogen. Wie viel Zeit hatte sie gebraucht, um endgültig zu akzeptieren, dass die Heimaterde sie nicht mehr ernähren konnte. Dass es dort keine Zukunft für sie gab. Wie oft hatte sie von diesem Aufbruch geträumt, hatte gekämpft, tausend Qualen überstanden und zig Hindernisse überwunden. Doch als ihr Traum jetzt wahr zu werden schien, war ihr auf einmal zum Heulen. Nicht nur, weil sie ihren Bruder zurücklassen musste und nicht wusste, was aus ihm werden würde. Sie hatte weniger das Gefühl, ins Unbekannte aufzubrechen, als ins Exil verbannt zu werden. Ohne jemals zurückzukönnen. Da drüben würde sie lernen müssen, sich zu verstecken; jahrelang würde sie im Verborgenen leben, bis sie endlich die notwendigen Papiere hatte und ihr Heimatland besuchen konnte. »Wie werden wir dort den Ewigen in Liedern preisen?«, fragte sie sich im Stillen immer wieder. Wenn einer von ihnen in dieser Zeit dort sterben würde, könnten sie ihn nicht überführen und in der Heimaterde begraben. Nicht das Kaddisch der Trauernden sprechen, damit seine Seele Frieden finde. Darum war ihr jetzt zum Weinen zumute wie damals als Kind, als der Fluss noch lebte und sie sie sich dort allein ans Ufer setzte. Und ihre Trauer einfach vom Wasser davontragen ließ. Es kostete sie alle Mühe, sich zu beherrschen, als sich das Schlauchboot, Bug in der Luft, seinen Weg durch die sachten Wellen bahnte, Welle um Welle beiseite drückte.

Der Bootsführer stand pfeifend am Bug. Nur sein Gesicht verriet wenn auch nicht Heiterkeit, so doch eine gewisse Gelassenheit. In dicker Regenjacke, die Haare im Wind, beide Hände am Steuer, war sein Blick fest auf das Boot vor ihm gerichtet. Schon bald konnte Semhar Küste und Horizont nicht mehr unterscheiden. Obwohl am Meer aufgewachsen, war sie beeindruckt. Aber eigentlich hatte sie das Fischerboot ihres Vaters auch nur ein einziges Mal bestiegen. Weil sie gedrängelt, gefleht, geschmollt, auf alle Mittel zurückgegriffen hatte, über die ein Kind verfügte. Ihr Vater kannte ihre Hartnäckigkeit und gab schließlich nach. »Aber versprochen, nur das eine Mal.« Egal, was kommen würde. Seine Tochter würde niemals Fischerin werden. Und er hielt Wort, auch wenn Semhar noch viele Male versucht hatte, ihn zu überlisten. Die kurze Bootsfahrt hatte sie begeistert, obwohl sie die Küste nie aus den Augen verloren. Sie fühlte sich wie die Prinzessin der See, die Makeda des Roten Meeres. Sie war zehn Jahre alt.

Rundherum nichts als die Weiten des Mittelmeers. Immer wieder schlugen seine Wellen den vorausfahrenden Passagieren in den Rücken. Das Dröhnen des Motors wurde ab und zu vom Pfeifen des Steuermanns unterbrochen. Wenn es die Oberhand erlangte, wieder verklang und von der Luft davongetragen wurde, drangen unbekannte Töne an die Ohren der Freundinnen. Plötzlich löste sich ein junger Mann aus der Menge, mindestens eins neunzig groß und kräftig, stand auf und brachte damit das Boot zum Schwanken. Mit verdrehten Augen, wie wahnsinnig, schrie er in einem Kauderwelsch aus Englisch und einer Semhar unbekannten Sprache. Er sei zum ersten Mal auf dem Meer, er habe Angst, das Mittelmeer sei gefährlich, er wolle aufs Festland zurück. Andere Passagiere ließen sich von seiner Panik anstecken und wollten ebenfalls zurück. Mittlerweile schaukelte das Schlauchboot hin und her, auf und ab. Vergeblich versuchten andere, den Hünen zu beruhigen, aber er schrie immer lauter, hysterischer. Der Steuermann machte verschiedene Manöver, um das Boot ruhig zu halten. Dann stellte er den Motor ab, wandte sich zu dem Uniformierten, der neben ihm im Bug saß, und brüllte:

»Mach endlich was. Bring den Nigger zum Schweigen, verdammte Scheiße!«

Der Uniformierte erhob sich, stieg über ein Gewimmel aus Beinen und Körpern, bahnte sich seinen Weg. Als er vor dem Mann stand, der die Rebellion angezettelt hatte, zog er seine Pistole und schlug ihm damit unvermittelt gegen die Schläfe.

»Ey, du Scheißkerl. Bist du jetzt endlich still? Leck mich doch am Arsch!«

Der Mann verstummte auf der Stelle und fiel auf die Beine seines Nebenmanns. Der Aufseher am Heck nahm sich seinen Kollegen umgehend zum Vorbild und richtete seine Pistole auf die übrigen Passagiere, die wie gelähmt, mit leerem Blick, *stante pede* schwiegen. Der Rebell wirkte verblüfft, wie ein Federgewicht, das die Unverfrorenheit besessen hatte, mit Iron Mike in den Ring zu steigen. Der allgemeine Adrenalinspiegel war gesunken, aber, das spürte man, es konnte jederzeit wieder losgehen. Die Menschen waren zu verängstigt. In das bedrückte Schweigen hinein sprach der Steuermann schließlich mit einer Stimme, die alle endgültig in die Schranken verwies:

»Jetzt ist Schluss mit dem Quatsch, okay? Damit das ein für alle Mal klar ist: Wir fahren nicht zurück. Keiner hat euch gezwungen, aufs Boot zu gehen. Wer zurück will, muss schwimmen. Weiter draußen wartet ein größeres Boot. Die Überfahrt dauert nur sechs Stunden. Und jetzt haltet einfach die Klappe. Kapiert? Ich will pünktlich ankommen.«

Dann startete er wieder, so wie der Steuermann im Boot dahinter, der sie eingeholt hatte, um nach dem Rechten zu sehen. Sie mussten den Abstand zu den vorausfahrenden Booten aufholen, die nichts von dem Zwischenfall gemerkt hatten, es ging volle Fahrt voraus. Hin- und hergerissen zwischen ihrer Wut auf die Schlepper und ihrem Ärger über die Meuterer, die am Ende noch ihren Traum aufs Spiel setzten, sagten die übrigen Passagiere kein Wort. Die bewaffneten Uniformierten ließen die Rebellen nicht einen Moment aus dem Blick. Ihre Pistolen blieben solange entsichert, bis sie das Schiff erreichten.

Auch Semhar und Chochana saßen stumm da, nur der Druck ihrer ineinander verflochtenen Hände war beredt. Die Schlauchboote fuhren wieder so schnell wie vor dem Zwischenfall, die verlorene Zeit würden sie aufholen. Der Abstand zum Vorgängerboot, der sich zusehends verringerte, war bald derselbe wie beim Start. Die Freundinnen beobachteten am Horizont einen Punkt, der langsam größer wurde. Mit jedem Wellental verschwand er, tauchte bald noch größer und näher wieder auf, um gleich erneut zu verschwinden. Es war das Schiff, von dem der Bootsführer gesprochen hatte. Trotz der Entfernung und der Meuterei hatten sie höchstens eine Stunde gebraucht.

In einer Reihe legten die Schlauchboote an dem Schiff bei, einem ungefähr dreißig Meter langen Hochseetrawler. Die Passagiere mussten eine Strickleiter heraufklettern, um an Bord zu kommen. Das kostete Zeit. Wer sich ungeschickt anstellte, den beschimpfte man und schaukelte ihn gleichzeitig hin- und her. Ging das nicht schneller? »*Yallah! Yallah!* Verdammt noch mal.« Einmal an Bord, wurden die Passagiere sofort aufgeteilt. Für die meisten ging es durch eine Luke und über eine ausziehbare Metallleiter in den Frachtraum. Die restlichen blieben an Deck und mussten sich einen Platz an Bug, Heck und neben den drei Kabinen suchen, von denen eine für die Bootsführer und zwei für sehr privilegierte Reisende reserviert waren.

Direkt vor Semhar und Chochana kletterte eine arabische Familie mit zwei Mädchen die Strickleiter hoch. Vorneweg der Vater mit der Kleineren auf dem Arm, in der Mitte die Ältere, am Schluss die Mutter. An Deck angekommen, blieben sie einfach mitsamt den Koffern stehen, versperrten den

Durchgang und hielten in aller Ruhe Ausschau nach einem passenden Platz. Ohne Rücksicht auf die, die hinter ihnen auf der Strickleiter warteten. Chochana bat die Frau, doch bitte weiterzugehen, andere wollten auch noch aufs Boot. Sie könnten sich nicht länger an der Strickleiter festklammern. Die Dame tat so, als ob sie nichts hörte oder nicht verstand. Als Chochana ihre Bitte, mit entsprechender Geste, wiederholte, warf ihr die Araberin einen giftigen Blick zu und sagte auf Englisch, damit die *sindschiyeh*, dieses unverschämte schwarze Weib sie auch verstand:

»Affen können das doch eigentlich, oder?«

Chochana durchbohrte die Frau mit Blicken, begleitet von einem lauten Tchip. In ihrer Sprache hieß das, sie setzte nun zum Angriff an, gleich würde sie die Schlampe an den Haaren reißen und erst aufhören, wenn sie ein Büschel in den Händen hielt. Das konnte sie nicht auf sich sitzen lassen. Auf dem Schulhof hatten welche schon wegen weniger in den Dreck beißen müssen. Gerade noch rechtzeitig griff ein Schlepper ein und forderte die Dame auf, weiterzugehen – »Meine Verehrte, wir möchten doch alle, dass es schneller geht.« Damit war die Auseinandersetzung beendet. Als schließlich alle Passagiere an Bord waren, drehten die Schlauchboote ab und fuhren zurück. Die Steuermänner und Uniformierten blickten sich nicht einmal um, um zu sehen, wie der Trawler losfuhr und Kurs auf Lampedusa nahm. Sie kannten das wohl schon.

UNTEN IM FRACHTRAUM UND
OBEN AN DECK

DASS DER FISCHTRAWLER so weit von Sabratha entfernt vor Anker ging, lag an einem Stillhalteabkommen, das die Schlepper
mit den lokalen Behörden geschlossen hatten. So wahrte man
wenigstens den Schein gegenüber der Europäischen Union,
die die Regierung beschuldigte, nichts gegen die Flüchtlingsströme zu unternehmen. Früher waren die Schlauchboote
von Stränden in Hafennähe, direkt vor den Augen der Küstenwache, abgefahren. Damit war es jetzt vorbei. Und darum gingen die Passagiere nun im offenen Meer vor Sabratha an Bord.
Die Stadt, in der Chochana und Semhar Monate unzähliger
Enttäuschungen verbracht hatten. Die Dunkelheit war gerade
hereingebrochen, das Mittelmeer in ein sanftes Mondlicht
getaucht, das bewegte Kielwasser glitzerte, der Mond am
Himmel schien dem Fischtrawler hinterherzureisen. An Deck
nötigte ein frischer Nordwind die dicht gedrängten Passagiere, Decken, Pullover und Jacken hervorzuholen. Mit über siebenhundertfünfzig Leuten, wie man später erfuhr, war der
Trawler rappelvoll. Man reiste je nach gezahltem Preis. Die
meisten, vor allem von südlich der Sahara, verbannte man wie
Chochana und Semhar in den Frachtraum. Die Frachtler, wie
sie sich selbst getauft hatte, kauerten dort unten eng zusammengepfercht. Wie Vieh, das nicht viel einbrachte.

Die Passagiere an Deck waren seltsamerweise fast alles Araber, hauptsächlich aus dem Mittleren Osten und den Maghreb

Staaten. Einige wenige Wohlhabende durften in den beiden Kabinen reisen, die hinter der des Captains lagen, mit Ausziehbett und weicher Matratze. Sie versuchten schon zu schlafen, vor Wind und den lauten Rufen ihrer Mitmenschen gut geschützt. Aber eigentlich verstand man sie kaum. Die Menschen redeten in den verschiedensten arabischen Dialekten, die sich über die Jahrhunderte in diesen Regionen entwickelt und verbreitet hatten. Manche klangen rau. Andere so sanft wie ein Streicheln, wie die Brise, die die Redenden umspielte. Höchstens eine Handvoll *snudsch*, wie Dima Schwarze bezeichnete, reiste an Deck. Kamen sie aus arabischen Ländern oder wie Semhar und Chochana von südlich der Sahara? Außer ihrem Aussehen ließ nichts auf die geografische Herkunft schließen. Doch eins war sicher: Wie alle Passagiere an Deck hatten sie den höheren Preis gezahlt.

Die Organisation stellte vor der Abfahrt sicher, dass alle den vereinbarten Preis gezahlt hatten und in der entsprechenden Schiffsklasse reisten. Eine so große Ladung erforderte schließlich eine angemessene Logistik und vor allem spezielle Begleiter unter den vielen Flüchtlingen, die bei eventuellen Konflikten und Meutereien beschwichtigten und sie in den Griff bekamen, und außerdem noch einen, der für den geregelten Ablauf der Überfahrt verantwortlich war. Man konnte so ein Schiff nicht einfach im Mittelmeer aussetzen wie kleinere Boote mit unter hundert Passagieren, denen man nur einen Kompass in die Hand drückte, auch wenn sie ihn nicht lesen konnten, und ein Satellitentelefon für den Notruf in internationalen Gewässern. Am Ende ging es immer um die Glaubwürdigkeit und Langlebigkeit des Unternehmens. Bei dem Fischtrawler vom 16. Juli 2014 überließ die Organisation nichts dem Zufall. Neben den Handlangern, die für ihre

Dienste einen Preisnachlass auf die Überfahrt erhielten, gab es noch den wahren Herrscher, der in der Vorderkabine neben dem Kapitän saß. Ein schweigsamer, undurchsichtiger Mann, der den Befehl zur Abfahrt gegeben hatte, ein Satellitentelefon besaß und wusste, wie die Sache lief, schließlich war es seine dritte Überfahrt, den Kapitän engagiert man dagegen jedes Mal neu. Die italienischen Ansprechpartner am Zielort hatten ihm die Daten für den SOS-Notruf gegeben, falls sie, noch ehe sie die Gewässer von Lampedusa erreichten, in Gefahr gerieten oder auf ein Marineschiff trafen. Und sie würden sich vor Ort auch darum kümmern, ihn wieder aus dem Auffanglager und nach Libyen zurückzuschleusen.

Unter den Reisenden an Deck war auch Dima mit ihrer Familie. Nach Abfahrt des Trawlers hatten sie mehr schlecht als recht zwischen einem Paar Beine oder an der Reling Platz gefunden. Da sah Dima plötzlich zwei *snudsch* neben sich, was ihr gleich die Laune verdarb, außerdem erinnerte sie die unerwünschte Nähe an den Wortwechsel, den sie beim Einsteigen mit dieser Schwarzen hatte. Die Unverfrorenheit der *sindschiyeh* kam ihr immer noch hoch. Wieder sah sie dieses Gesicht vor sich, wie ein, wie ein … sie suchte nach dem Wort, wagte es aber nicht auszusprechen, obwohl sie es vorher laut gesagt hatte. Wehe, dieses schwarze Weib käme ihr noch mal unter. Sie würde ihr in ihr … Gesicht spucken.

Ohne das helle Mondlicht wären ihr die beiden *snudsch* an Deck gar nicht aufgefallen. Sie seien alle unter Deck, dachte sie. Ihr blieb auch wirklich nichts erspart. Zum ersten Mal kamen ihr Schwarze so nah. In den Straßen von Tripolis hatte sie in sicherer Entfernung wohl schon einige gesehen. Nicht, dass sie wirklich etwas gegen diese Leute hätte, aber in ihrer Nähe fühlte sie sich unwohl. Sie redeten so laut und lachten andauernd. Hier in dieser Enge – wie Kamele auf einem Beduinenmarkt – gab es ja wohl nichts zu lachen. Und dieser Geruch, der aus ihren Achseln kam, wie nach verdorbenem Fisch. Ob die von Natur aus so rochen, fragte sich Dima.

Hamdullah, manchmal kam wenigstens eine Brise vom Meer, die frische Luft brachte. Noch besser kalt, davor konnte man sich schützen, als dieser Schweinestallgeruch. Was sollte sie ihren Töchtern sagen, wenn sie aufwachten? Hana und Shayma schliefen, seit das Schiff von Anker gegangen war. Aber wie sollte sie ihnen, die von Geburt an nur das Beste gewöhnt waren, erklären, warum sie unter solchen Bedingungen reisten? Selbst in Aleppo, im schlimmsten Bombardement, war die Situation nicht so katastrophal gewesen. Im Keller konnte sie wenigstens auf ihren beiden Kopfkissen schlafen und unter Nachbarn, denen sie völlig vertraute. Und obwohl der Strom manchmal ausfiel oder das Essen knapp war, konnten die Mädchen herumlaufen, wie sie wollten. Hier auf diesem zum Bersten gefüllten Schiff war das etwas ganz anderes.

Ihren Ehemann störte es wohl gar nicht, mitten unter *snudsch* zu sitzen. Den einen hatte er vorhin sogar angesprochen, auf Englisch, und er hatte in einem, das musste man ihm lassen, perfekten Schriftarabisch geantwortet. Das machte doch jeden vertrauten Austausch mit Hakim wirklich unmöglich. Blitzschnell zog sie ihre Töchter, eine rechts, eine links, an sich heran, sodass ihre Arme genau in der Mitte zwischen Pobacken und Oberschenkeln lagen. Man wusste ja nie, wozu diese Ungläubigen fähig wären, wenn sie, erschöpft wie sie war, in ihrer Wachsamkeit nachließ. Kinder können ja überall schlafen wie ein Stein. Ihr Ehemann fühlte sich dafür offensichtlich nicht verantwortlich. Hakim hatte einfach zu viel

Vertrauen in Fremde. Darum bat sie Allah – gesegnet sei sein heiliger Name –, dass sie nicht einschlief und ein Auge auf ihr Wertvollstes haben konnte.

Unter den Stimmen, die man im Dunkel hörte, erkannte Dima auch libysche Akzente. Ihr erzwungener einmonatiger Aufenthalt in Tripolis hatte also doch sein Gutes gehabt. Sie hatte schon immer ein musikalisches Ohr. Als Kind und Jugendliche hatte sie jahrelang Musik- und Klavierunterricht. Dadurch lernte sie erstaunlich leicht Englisch und auch ein wenig Französisch, während ihre Klassenkameradinnen kaum ein oder zwei Worte in einer Fremdsprache herausbrachten. Mit ein wenig mehr Ehrgeiz hätte sie sogar Solistin werden können. Die Stimmen lullten sie ein und übertönten das Kauderwelsch ihrer Nachbarinnen, sie ließ sich von den verführerischen arabischen Melodien davontragen. Auch, weil sie darunter syrische Tonlagen hörte, Klänge, die sie trotz dieser Reise in die Fremde an ihre Kindheit erinnerten, an ihre Heimat, an Geliebtes, das sie zurücklassen musste. Doch dann fing sie sich schnell wieder, das war nicht der richtige Moment für Schwäche.

Unter Deck im Frachtraum beschäftigten Chochana ganz andere Gefühle. Sie war immer noch wütend, wenn sie an den Anschiss von dieser Araberin dachte. Für wen hielt die sich eigentlich? Wäre der Schlepper nicht gekommen, hätte sie ihr geradewegs die Augen ausgekratzt. Doch ihr Ärger legte sich schnell. Andere Gefühle, denen sie noch hilfloser ausgeliefert war, gewannen die Oberhand. Anders als Semhar, die teilweise in einem verschlossenen Container nach Libyen gelangt war, konnte sie glücklicherweise die ganze Zeit im offenen Wagen fahren. Wohl dicht gedrängt, eingezwängt und eingepfercht,

Staub, Hitze und Kälte in der Wüste schutzlos ausgesetzt, aber immerhin mit Blick auf den Himmel. Tag und Nacht. Nur einmal war sie »geschlossen« unterwegs, auf dem kurzen Stück im Taxi-Brousse nach Abuja. Und selbst da konnte sie sich nicht beschweren. Sie saß nah an der Tür, konnte einen Arm oder den Kopf einfach mal durchs offene Fenster halten, und musste nicht den Fahrer unter irgendeinem Vorwand bitten, anzuhalten. Auch danach hatte sie auf der Fahrt, *Baruch HaSchem*, immer viel Luft um die Nase gehabt. Bis jetzt.

Seit die Maschinen liefen, fühlte sie sich schlecht. Zuerst dieses unerträgliche Gewusel. Dann hatte sie in dem ganzen Durcheinander nur einen Platz nahe dem dröhnenden Motor gefunden, wo sie sich kaum mit Semhar unterhalten konnte. Und noch weniger mit Ihm, dessen Name man nicht nennen darf. Natürlich betete sie – oder versuchte es jedenfalls – leise in ihrem Kopf und Herzen. Aber bei dem Motordröhnen fand sie nicht den richtigen Rhythmus und den Weg zu *HaSchem*. Die Leute schrien so laut, um sich zu verständigen. Nicht zu reden fiel ihnen schwer. Bestimmt machten sie sich so vor, dies sei eine ganz normale Reise. Wo sollten sie auch sonst hin mit ihrer Angst vor der Überfahrt ins Ungewisse? Durch all die Stimmen und Sprachen entstand eine unglaubliche Kakophonie, prallte gegen die Deckplanken über Chochanas Kopf und kam dann, zigfach durch Stöße und Töne verstärkt, wieder zu ihr zurück.

Und zu dem Lärm kamen zusätzlich die Gerüche. Ein strenger, schwerer, Übelkeit erregender Dieselgeruch mischte sich mit einem fauligen Fischgestank, der noch immer in jeder Planke, jeder Ritze des Frachtraums hing. Selbst wenn man alles tagelang mit Chlorbleiche scheuern würde, der Gestank ginge nicht weg. Garniert wurde das Ganze noch durch die

unangenehmen menschlichen Ausdünstungen, den schlechten Atem der vielen, die sich die Zähne nicht hatten putzen
können oder denen vor Hunger die Magensäure aufstieg.
Chochana, die seit der schleimigen Mittagssuppe nichts mehr
gegessen hatte, konnte ein Lied davon singen. Und die Frachtler klebten in einem unentwirrbaren Wirrwarr aufeinander.
Unmöglich, sich zu bewegen, wenn man sich nicht mühsam
aus der Masse der Körper herauskämpfen, darübersteigen und
auf das verknäulte Kuddelmuddel aus Kindern, Frauen und
Männern treten wollte. Durch die offenstehende Frachtluke
kam zwar etwas Luft herein, aber nicht so viel, dass sich die
Nase von dem widerlichen Gestank erholte.

Das Gefühl, jeden Moment zu ersticken, wurde noch dadurch verstärkt, dass Chochana seit jeher an Platzangst litt. In
engen Räumen fühlte sie sich schnell, als säße sie in der Falle,
weil sie bei Gefahr nicht fliehen könnte. Als würde die Luft
immer knapper, ein unsichtbares Gewicht drückte ihr auf den
Oberkörper und schnürte ihr den Brustkorb zu. So wie jetzt.
Ihr Hände wurden feucht, in Wellen brach ihr überall der
Schweiß aus. Die Schweißtropfen standen ihr auf der Stirn,
rannen über Hals und Rücken. Ihr Herz klopfte, als würde ein
Wildpferd nach Wochen in einer Zweiquadratmeter-Box in
die Freiheit entlassen. Sie stellte sich vor, wie es ihr aus dem
Mund sprang, den sie in der Hoffnung auf ein bisschen Luft
leicht offen hielt. Am liebsten wäre sie auf der Stelle an Deck
gerannt. Damit ihr Herz wieder langsamer, im normalen
Rhythmus schlug.

Mit neun oder zehn Jahren hatte sie zum ersten Mal dieses
Gefühl gehabt. Sie hatte mit Freundinnen gespielt und war
mit zwei anderen in einer Grotte gelandet. Als sie hineingin-
gen, war alles gut. Das geheimnisvolle Erdinnere zog sie ma-

gisch an. Aufgeregt fragten sie sich, was sie dort wohl finden würden. Doch als sie umkehrten, fanden sie den Ausgang nicht mehr, liefen scheinbar endlos im Kreis, jede einzelne Minute dehnte sich zu einer Stunde. Aber auch damals machte Rachel trotzdem Scherze. Und der Freund, der ebenfalls mit dabei war und an dessen Namen sie sich nicht mehr erinnerte, fand es lustig, sie zu erschrecken. Wahrscheinlich wollte er als echter Mann keine Angst zeigen. Chochanas Herz schlug immer schneller. Sie fühlte sich wie in einem tiefen Erdloch ohne Ausgang. Sie glaubte, keine Luft mehr zu bekommen, ein Gefühl, das durch die Dunkelheit der Grotte noch verstärkt wurde. Enge und Dunkelheit waren die beiden Seiten derselben Angst. Panisch und unkontrolliert fing sie an zu schreien. Erst beschimpften die anderen sie als Waschlappen, aber dann schrien sie, von Angst übermannt, genauso. Minuten später kamen Leute, die ihre Schreie gehört hatten, und führten sie nach draußen.

Und jetzt in dem Frachtraum fühlte sie sich fast genauso, zwischen den Hunderten von Frauen und Männer, die in ihrer Verzweiflung selbst ihre kleinen Kinder mitgenommen hatten. Manche Frauen stillten noch ein Baby. Die Frucht einer Vergewaltigung unterwegs, in der Wüste, in einem Lager? Chochana schaute, um sich von der beklemmenden Angst zu befreien, hoch zu der Luke, durch die wie ein Laserstrahl sanftes, warmes Mondlicht strömte. Das Licht fiel auf die vielen Menschen an Deck, in die Dunkelheit des Frachtraums und schließlich auf Chochana und Semhar. Während das Schiff weiterfuhr, spielte es mit ihren Schatten und verschaffte der Nigerianerin ein wenig Erleichterung, die Luft, Freiheit und Helligkeit, die sie so dringend brauchte, um auf der Überfahrt nicht zusammenzubrechen. Um nicht das Gefühl zu haben, dass sich ihr Herz, angezogen vom Nichts, in ihrem Innersten verkroch.

Semhar litt nicht unter Platzangst, aber auch sie klammerte sich an diese unsichtbare Kraft, die sie wie der Hirtenstern zu ihrem Ziel zu führen schien. Sie suchte sie in dem Himmelsausschnitt, den sie sehen konnte, und glaubte einen kurzen Moment, die milchige Sichel zu entdecken, doch dann verstellte ihr ein aufgewachter Junge den Blick. Aber das Licht blieb ihr Begleiter.

Semhar hatte seit der Abfahrt wenig gesagt. Damit ihr die Zeit nicht so lang wurde, dachte sie an ihre Freundin Meaza, dass sie nicht zurückgekommen war. Aber sie weigerte sich, dem einen bestimmten Namen zu geben, weil sie das Gefühl hatte, damit jede Rückkehr auszuschließen. Vielleicht, so hoffte sie, würde Jesus sie eines Tages wieder zusammenführen. An dem Ort, wo sie dann sein würde. Sie hatten sich versprochen, bei der Hochzeit der anderen die Brautjungfer zu sein. Die Patin des ersten Kindes. Und Semhar dachte an Meazas Verlobten, von dem sie nichts mehr gehört hatte. Und an ihre Eltern, mit denen sie so lange nicht gesprochen hatte. An ihre Geschwister, an den Bruder, ein begeisterter Fischer, der jetzt vielleicht mit ihrem Vater auf dem Meer war. Sie mussten vor Sorge fast umkommen. Was würde sie darum geben, jetzt ihre Stimmen zu hören. Dann würde sie sie beruhigen, sich beruhigen.

Und schließlich dachte sie an Rachel. Ein Segen, diese spottlustige Nigerianerin. Schade, dass sie nicht mit an Bord war. Sie hätte die richtigen Worte gefunden und dafür gesorgt, dass die Stimmung nicht ganz so niedergeschlagen war, das Licht gebracht, das fehlte. Die Leute hätten getanzt und gelacht. »Verdammt noch mal, ihr lebt!«, hätte sie gerufen. »Andere konnten gar nicht erst fahren oder sind unterwegs gestorben. Also, ich will von euch was hören, ihr Niggergerippe.« Drei Monate hatte sie mit dieser Lachnudel verbracht und sie hatte ihr genau so viel Kraft geschenkt wie Meaza.

Jetzt war Chochana an ihrer Seite. Sie verstanden sich auch ohne Worte. Seit sie in den Frachtraum geklettert waren, hielten sie sich an der Hand, versuchten, sich so gut wie möglich zu trösten. Semhar spürte dicht an ihrem Chochanas großen, festen, gewaltigen Hintern. Aber sogar ihre Reserven, wie sie es nannte, hatten durch das wenige Essen der letzten Monate gelitten. Unwillkürlich lächelte sie. Wie gern hätte sie ein bisschen von Chochanas Reserven, ihr Hintern war so mager. Selbst in Eritrea, wo die Frauen eher nicht so rundlich waren, nannten die Jungen sie »Schabenhintern«. Und seit sie aufgebrochen war, woran sie sich allerdings kaum noch erinnerte, stimmte das wohl erst recht.

Welcher Tag, welches Datum war heute überhaupt? Sie konnte es nicht sagen. Bei ihrer Ankunft würde sie es wohl erfahren, dachte sie. Wenn sie endlich den Klauen der Schlepper entkommen war, dann würde sie die Uhr ihres Lebens wieder stellen. Natürlich konnte sie die Tage, Wochen, Monate, die sie auf der Suche nach einem besseren Morgen verloren hatte, nicht wieder aufholen. Aber sie nahm sich vor, das Leben dann zu genießen, auch einmal einen draufzumachen. Und bis dahin war sie entschlossen, wie dieses Schiff voranzukommen. Nach vorn zu schauen. So wie jetzt in das Mondlicht, das durch die Luke und die staubige Luft fiel und sie mit seinem leuchtenden Strahl umfing. Warm und besänftigend. Das Schiff setzte unterdessen seine Fahrt zu diesem Ort fort, von dem sie noch immer träumte, und führte sie auf ihrer hoffentlich letzten Reiseetappe nach Europa, wo ihre Jugend endlich Halt finden würde.

ERSTE SCHLÄGE

Mitten in der Nacht gab es die ersten Probleme, als sie schon ein paar Stunden auf einem spiegelglatten Mittelmeer unterwegs waren. Bislang waren die Frachtler hauptsächlich wegen der schlechten Luft und der Tatsache beunruhigt, dass sie eingesperrt waren. »*So far, so good*«, dachte Chochana mit Blick auf ihren Mondschein. Ihr Herz gönnte ihr eine kleine Pause. »Eigentlich kann man es aushalten«, sagte sie sich. Die Leute an Deck saßen genauso gedrängt, mussten aber noch den zunehmend kälteren Wind ertragen. Die meisten waren allerdings entsprechend gekleidet und wurden zudem rundherum von Worten gewärmt und eingehüllt. So viele Worte in dieser Julinacht. Geflüstert, gestottert, geplappert. Nach und nach setzten sich hitzige, mit entschlossener Stimme vorgetragene Worte durch. Um nicht einzuschlafen, gab sich Dima im Halbdunkel des Decks alle Mühe, die Akzente herauszuhören: saudi-arabisch, marokkanisch, palästinensisch, tunesisch, syrisch … Während das Schiff unbeirrt weiterfuhr, kehrten einige Akzente öfter wieder. Hell und selbstbewusst, wie sie waren, ließen sie sich gut unterscheiden. Dima meinte, zwei marokkanische und drei tunesische Stimmen auszumachen. Als der Himmel einen Moment aufklarte, konnte sie sogar die dazugehörigen Gesichter erkennen.

Und dann passierte es. Kurz bevor der Mond plötzlich hinter Wolken verschwand, kamen die ersten Probleme. Als gäbe es einen Zusammenhang zwischen dem Mond, der sich auf

einmal verbarg, und der aufziehenden Unruhe. Im Mondschein konnte Dima gerade noch eine Gruppe von sieben bis
acht Leuten ausmachen, mit ganz normalen, beinah nichts-
sagenden Gesichtern. Einige ziemlich jung, nur einer wohl
über dreißig. Die anderen höchstens zwanzig bis fünfundzwanzig. Drei fielen Dima besonders auf. Der erste wegen des
ziemlich schwarzen Vollbartes, hinter dem sein Gesicht fast
verschwand, und den im Gegensatz dazu grau melierten Haaren. Der zweite, mit pausbäckigem Gesicht, war blond, und
der dritte mit dem Pubertierenden-Schnurrbart könnte, hätte
sie früher angefangen, fast ihr Sohn sein. Die Männer unterhielten sich nicht weit von der Frachtluke. Der Meereswind
wehte ihre Worte zu Dima hinüber. Aus irgendwelchen Gründen hatte es der Kapitän offenbar ziemlich eilig und fraß die
Kilometer in Regattageschwindigkeit. Das Schiff fuhr seltsam
unruhig, mal wippte es leicht, dann glitt es wieder wie durch
Watte dahin.

Chochana bemerkte als erste, dass der Mond, ihre einzige Ver-
bindung zur frischen Luft, verschwunden war. Ohne Voran-
kündigung war es im Frachtraum auf einmal stockdunkel.
Wie bei einem bösen Schülerstreich. Aber auch wer nicht vom
Lichtband profitiert hatte, fühlte die Angst in sich aufsteigen.
Die Spannung war mit Händen zu greifen. Chochana hätte
Semhars Finger fast zerquetscht. Semhar spürte mit ganzer
Wucht den Stress ihrer Freundin. Möglichst vorsichtig zog sie
ihre Hand heraus und legte sie auf Chochanas Unterarm. Da-
mit ihre Freundin wusste, dass sie da war und sich wenigstens
ein wenig entspannte, drückte sie ihn immer wieder sanft.
Unweigerlich musste sie an ihre Kindheit denken, wenn der
Strom ausgefallen war oder es donnerte und blitzte und ihre

Zwillingsbrüder sich wie ängstliche Tierjunge in ihre Arme flüchteten. Dann griff sie auf die Schatztruhe ihrer Fantasie zurück, um sie zu beruhigen.

Genauso wirkte jetzt die Nigerianerin auf sie. Semhar konnte es kaum glauben, wo Chochana doch eine so imposante Statur hatte. Und wenn es darum ging, sie im Lager vor den Angriffen ihrer Nachbarinnen zu schützen, zögerte sie auch nicht, sich damit vor den anderen aufzubauen. Aber dort unten in dem dunklen Frachtraum schwitzte sie vor Angst wie ein verlorenes Tier inmitten von tausend Gefahren. Semhar streichelte den Unterarm ihrer Freundin und legte ihr die andere Hand so sanft, wie es eine Mutter mit ihrem Baby tun würde, auf den Rücken. Am liebsten hätte sie gesagt: »Ich bin ja da.« Doch stattdessen flüsterte sie ihr Psalm dreiundzwanzig ins Ohr: »Und ob ich schon wanderte im finstern Tal, fürchte ich kein Unglück; denn du bist bei mir, dein Stecken und Stab trösten mich.« Vermutlich stand in ihrer Bibel mehr oder minder dasselbe, ein bisschen anders übersetzt vielleicht, vermutete Semhar und spürte, wie Chochana sich entspannte, ihr Atem langsam gleichmäßiger wurde. Dann haben König Davids Worte also etwas genützt, dachte sie stolz.

Im selben Moment waren die ersten Erschütterungen zu spüren. Chochana war bereitet, den Dämonen zu trotzen. Ihnen geradewegs in die Augen zu blicken, ihnen zu sagen, dass Gott und ihr Traum vom besseren Leben sie mit einem einzigen Bissen verschlingen würden, so wie sich Aarons Stab in eine Schlange verwandelt hatte, die die Schlangen vom Zauberer des Pharaos auffraß. Dann wurde das Schiff auf einmal aufwärts katapultiert, als würde es, stellte sich Chochana im Frachtraum vor, den Gipfel des Kilimandscharo berühren, um

gleich darauf in einen tiefen Abgrund zu stürzen. Ein angst-
erfülltes »Ooooh« aus über vierhundert Kehlen zerriss die
Dunkelheit. Der Schrei war noch nicht verklungen, schon
wurde das Schiff auf einen noch höheren Berg gehoben und
wieder in nicht enden wollende Tiefen geworfen. Unbeeindruckt vom Heulen und Schreien im Frachtraum setzte es seine Achterbahnfahrt fort, tanzte auf dem Wellenkamm, stürzte
sich dann leichtsinnig ins nächste Wellental.

Chochana gehörte zu den besonders Furchtsamen. Nicht
nur machte ihr die Enge Angst, sie war zum ersten Mal auf
dem Meer. Auch wenn sie eine lächerliche Schwimmweste
mit ihrem Namen trug, würde das Boot kentern, könnte die
Weste ihr Bleigewicht wohl kaum über Wasser halten. Beim
Einsteigen ins Schlauchboot hatte sie sie noch schnell mit ihrem eingenähten Geld gekauft. Die meisten andern konnten
den Schleppern nicht das nötige Kleingeld geben und fuhren
ohne. Doch der Anblick der Schwimmwesten gab ihr keine Sicherheit, eher sah sie darin ein sicheres Zeichen für den Untergang. Wozu brauchte man Schwimmwesten, wenn das Schiff
so sicher war, wie sie sagten? Sie dachte an die vielen Boote, die
mit Mann und Maus im Mittelmeer gesunken waren. Bei dem
Gedanken an die verstörten Überlebenden, deren Bilder weltweit im Fernsehen zu sehen waren, geriet sie erneut in Panik.
Ihr Puls galoppierte. Um zur Ruhe zu kommen, wiederholte
sie mit matter Stimme unermüdlich das Gebet der Reisenden:
»Behüte uns […] auf dem Weg […] vor Unheil und vor Unglück, das über die Welt Unruhe bringt.«

Derweil setzte das Schiff seine aufgewühlte Fahrt fort,
stampfte die bewegten Berge hinauf und hinunter. Manchmal
schien es auf der Stelle zu stehen, eingeklemmt zwischen ge-
genläufigen Wellen und Winden, die dem anderen in ihrer

Sturheit nicht Platz machen wollten. Dann krachte und knackte es überall. Wie eine alte Schindmähre, deren Knochen sich weigern, die zu schwere Last zu tragen. Der Frachtraum war ein einziger Schrei, durch all die Tonlagen und Sprachen umso gewaltiger. Weinen. Lautmalerei, die außer nackter Angst keinen Sinn ergab. Gebete in verschiedenen Sprachen und Dialekten erflehten bei den Göttern Barmherzigkeit: Gott, Allah, Haschem, Ashiakle, Olokun, Bher, Ngaan … Menschen konnten sich durch den Seegang nicht mehr halten und stürzten übereinander.

Chochana und Semhar schafften es, dort zu bleiben, wo sie gleich am Anfang Platz gefunden hatten, eingezwängt zwischen zwei Bohlen. Doch das Schiff bewegte sich so stark, dass selbst Semhar von Angst überwältigt wurde. Vor dem Wasser hatte sie allerdings keine Angst. Ihr Vater hatte darauf Wert gelegt, dass seine Kinder schwimmen lernten. »Damit sie mit den Fischen um die Wette schwimmen können«, witzelte er. Auch wenn ihre Mutter es nur ungern sah, dass ihre Tochter, eh schon ein halber Junge, vor den Augen der versammelten Männlichkeit aus Massaua nackig im Roten Meer planschte. Momentan war sie zwar noch ein Kind, aber bestimmt würde sie das später, im heiratsfähigen Alter, genauso tun.

»Erstens ist sie nicht nackt, sondern trägt einen Badeanzug«, antwortete ihr Vater, »Und zweitens müssen Mädchen nicht hilflos sein. Sie sollte sich selbst helfen können und nicht nur auf andere hoffen müssen. Außerdem muss sie als Älteste ein Vorbild für die Zwillinge sein.«

Auch wenn seine Frau meckerte, ihr Vater blieb hartnäckig. »Was ich dir da gesagt habe, gilt übrigens für alles andere auch«, sagte er seiner Tochter immer wieder. Semhar fühlte sich wie ein Fisch im Wasser und brachte auch ihren Freundinnen und Freunden, wenn deren Eltern nichts dagegen hatten, das Schwimmen bei. Wenn am Hafen die Schiffe ablegten, schwer beladen mit der Fracht ihrer Träume, stürzten sich alle gleichzeitig vom Kai ins Wasser und holten aus den Tiefen alles Mögliche hoch: Treibgut, von Menschen oder Strömungen dort hingebracht, oder winzige Krabben, die dort irgendwie überlebten.

Nach wenigen, aber endlos scheinenden Minuten verwandelte sich das Mittelmeer wieder in einen stillen Teich. Doch die Ruhe währte nur kurz; es sammelte neue Kräfte und warf sich dann noch wütender gegen alles, was ihm in die Quere kam. Die Frachtler versuchten, nicht den Mut zu verlieren, aber wieder schwankte das Schiff, neigte sich erst zur einen, dann zur anderen Seite, knirschte aus allen Fugen, drohte zu zerbrechen. Aber es widerstand den Angriffen der immer hartnäckigeren Wellen und bahnte sich unbeirrt seinen Weg durch die Wassermassen.

Seit der Mond verschwunden war, herrschte im Frachtraum tiefste Dunkelheit. Die Windböen fegten brüllend in die Luke, so wie die gut hörbaren Schreie der Passagiere an Deck. »Die Leute oben haben auch Angst«, dachte Chochana. Die Situation musste also noch viel schlimmer sein, als man es sich hier unten vorstellte. Wo sie lebendig begraben waren. Ohne irgendein Zeichen von oben, vom Deck oder dem Himmel.

Wieder schnürte sich ihr Herz, angezogen vom Nichts, zusammen. Sie fühlte sich der Ohnmacht nah und wollte nur eins: raus an Deck und tief durchatmen. Doch um sie herum waren zu viele Menschen, Schreie, Weinen. Sie saß in der Falle. Vergebens suchte sie nach Worten, einem befreienden Atemzug. Ihr ganzes Sein bestand aus nichts als Angst. Wie eine Ertrinkende an eine Boje klammerte sie sich stumm an ihre Freundin. Gleich würde sie ohnmächtig werden.

Oben vom Deck waren immer mehr Schreie zu hören. Immer lauter verlangten Stimmen, dass der Kapitän umkehrte. So hätten sie sich die Reise nicht vorgestellt. So wollten sie nicht sterben. Mitten im Nirgendwo. Ohne Grab und Grabstein. Ohne sich von ihren Nächsten noch einmal zu verabschieden. Ohne Totenwache und das herzzerreißende Weinen. Dima war derselben Meinung. Sie hätten hartnäckig bleiben sollen, bis ihnen irgendein europäisches Land dieses verdammte Visum gab. Da gerade kein Schlepper in der Nähe war, ließ sie ihren Ärger an ihrem Mann aus. »Tu was. Egal, aber mach was, zum Teufel noch mal«, wiederholte sie, ohne an ihre eigenen Worte zu glauben. Der arme Hakim konnte den beiden Männern in der Kapitänskabine ja nicht befehlen, was sie zu tun hatten. Und erst recht nicht die fünf Stockwerke hohen Wellen besänftigen, die gegen den Schiffsrumpf schlugen und ihnen jedes Mal eine so gewaltige Dusche verpassten, dass sogar ihre Töchter aufwachten und die Ältere sie beunruhigt fragte: »Was ist los, *yom*?« Das »Gar nichts, *habibi*« ihres Vaters beruhigte die Jüngere nicht. Sie hörte nicht mehr auf zu weinen, ihre Tränen vermischten sich mit dem Schluchzen, Beten und verzweifelten Schreien der anderen Passagiere an Deck.

Mit jeder Welle, die gegen den Schiffsrumpf krachte, wuchs die Verzweiflung der Frachtler unter Deck. Chochana gelang es, ihre feuchte Hand in den Rucksack zu schieben und den Hamsa-Anhänger herauszuziehen. Wenn sie schon sterben musste, dann mit ihrem Talisman. Sie umfasste die »Hand der Fatima« mit dem Davidstern in der Mitte fest mit der rechten,

99

hielt in der linken noch immer Semhars Hand. Die junge Eritreerin hingegen ließ ihren Kruzifix-Anhänger nicht los. Das Schiff rollte zur einen Seite, richtete sich unter dem Druck der gewaltigen Wellen wieder auf, kippte zur anderen Seite, kam wieder hoch … Die Bohlen und Balken knirschten immer lauter. Röchelten in ihrem Kampf David gegen Goliath. Aber das Mittelmeer ließ nicht locker. So schien es wenigstens den Menschen im Frachtraum. Die Wellen brachen sich mit einem ohrenbetäubenden Lärm, der die Schreie der Frachtler noch übertönte, am Rumpf. Alle waren sich sicher. Nicht mehr lange, dann würden die Planken zersplittern, die Wellen mitten in die Menge fahren und alle in die Tiefe reißen. Das Schiff würde kentern. Niemand würde überleben.

MEUTEREI

Dass der Wind wütend pfiff und das Schiff einen Veitstanz aufführte, hielt Dima aus, aber die Schreckensschreie ihrer Töchter zerrissen ihr das Herz. Ihr Leben hätte sie dafür gegeben, ihnen die Angst zu nehmen. Ein Lächeln auf ihren Gesichtern zu sehen, so groß wie die Sonne über Aleppo, und nicht diese Fratze, die ihr die eigene Ohnmacht vor Augen führte. In Ermangelung einer Lösung rief sie Allah an: »Oh Allah, es gibt nichts Leichtes außer dem, was Du leicht machst, und Du kannst das Schwere leicht machen, wenn es Dein Wille ist.« Möge er in all seiner Herrlichkeit über sie wachen, möge er die heftigen Wellen des Mittelmeers stillen! Die Anrufungen der anderen Passagiere erschwerten allerdings Gottes Aufgabe und Dimas. Sie konnte sich nicht auf ihr Gebet konzentrieren. Wie sollte sie ihre Kinder beruhigen, wenn es die Erwachsenen um sie herum nicht schafften, ruhig Blut zu bewahren?

Und dieser Schlappschwanz von Hakim saß einfach nur da und rührte keinen Finger, um seine Frau und seine Töchter zu beschützen. Dabei hatte sie geglaubt, einen echten Mann an ihrer Seite zu haben. Auf den sie sich immer und überall verlassen konnte. Der es mit den Höllenfeuern aufnahm, um seine Familie zu beschützen. Und jetzt, wo sie ihn brauchte, entpuppte er sich als Feigling, der sich nicht einmal um seinen eigenen Nachwuchs kümmerte. Zusammengeschrumpelt wie ein Luftballon, den man in der Sonne vergessen hat. Der

Ekel, den sie spürte, war noch größer als die Übelkeit in ihrem Magen. Wie eine Glucke ihre Küken zog sie ihre Töchter, eine rechts, eine links, dicht an sich heran. Als könne sie sie so retten, wenn das Schiff kenterte, verhindern, dass sie in die Tiefe sanken. Sie drückte die Mädchen so fest, dass die kleine Shayma ihre Seekrankheit und ihre Angst vorm Kentern vergaß und sagte: »Mama, du tust mir weh.«

»Entschuldigung, *ruchi*. Das tut mir leid, mein Herz.« Etwas anderes konnte sie nicht sagen, und dieser Feigling hockte einfach da, Arme um die angezogenen Knie geschlungen, mit rundem Rücken, den Kopf gebeugt. »Du Schlappschwanz«, zischte Dima leise, die so etwas als anständige Frau sonst eigentlich nie sagte.

Um sie herum nur Schreie und lautes Beten. Auch die Männer blieben nicht ruhig. Brüllend versuchten sie, die Rufe der Frauen und Kinder zu übertönten, vergeblich nahmen sie es mit dem krachenden Unwetter auf. Gaben nutzlose Anordnungen und Ratschläge, schrien umso lauter, je mehr sie begriffen, dass es nichts half. Oder vielleicht glaubten sie, ihre männlichen Stimmen könnten den Sturm stillen. Die Wellen schlugen aufs Deck, peitschten die Menschen mit der Regelmäßigkeit eines teuflischen Metronoms.

Der Mond verschwand hinter den Wolken, was die Angst der Passagiere noch vergrößerte, und wenn er ab und an hervorkam, sah man verzerrte Gesichter, durchnässte, vor Kälte erstarrte Körper. Als das Schiff zum zigsten Mal in ein Wellental stürzte, spürte Dima, noch immer ganz mit dem Schutz ihrer Brut beschäftigt, wie plötzlich jemand gegen sie katapultiert wurde. Aus Reflex hielt sich der Mann an ihrem Nacken fest, und ihre Gesichter berührten sich. Höchstens eine Sekunde lang. Aber der *sindsch* konnte sich noch so wort- und gestenreich entschuldigen, Dima spürte noch mehr Ekel als beim Anblick ihres feigen Gatten.

»Das geht gar nicht!«, schrie sie voller Schrecken. »Nimm deine dreckigen Finger weg oder ich rufe meinen Mann, der schmeißt dich über Bord!«

Das war die einzige Waffe, die sie hatte. Auch wenn sie bei einem Angriff natürlich nur auf sich selbst vertrauen konnte. Und auf Allah. Hakim in seiner Angst hatte nichts mitbekommen. Hatte er überhaupt gehört, wie sie diesem schwarzen Abschaum ihren Ekel ins Gesicht geschleudert hatte? Dima wusste nicht mehr, in welcher Sprache sie ihm gedroht hatte, Arabisch oder Englisch? Oder in beiden? Jedenfalls verstand er. Er spürte wohl die Entschlossenheit in ihrer Stimme und die Wut in dem blitzenden Blick, der das Halbdunkel des Decks zerfetzte und ihn wie aus dem Nichts traf. Wie von der Tarantel gestochen zog er die Hand zurück, die er, Entschuldigungen murmelnd, besänftigend auf Dimas Schulter legen wollte. Einen Moment lang war sie beruhigt, weil sie dem Schwarzen ihr Gift ins Gesicht gespuckt hatte, weil sie ihre Tugend gewahrt hatte, weil sie der Übelkeit und der Angst, die ihr den Magen zerfraßen, nicht nachgegeben hatte.

Aber Dimas Atempause währte nur kurz. Ihre feindseligen Worte lagen noch in der Luft, als sich mitten auf dem Deck plötzlich eine Gruppe bildete. Ein Dutzend Leute etwa, die meisten Araber. Als der Mond durch die Wolken schien, erkannte Dima aber auch zwei *snudsch*, einer war der Bemitleidenswerte, der das schwankende Schiff genutzt hatte, um sie einfach zu küssen. Breitbeinig standen die Männer da und hakten sich, mühsam das Gleichgewicht haltend, unter. Der Mann am einen Ende hielt sich an der mittleren Kabine fest, deren Insassen dadurch aufwachten, die anderen klebten an ihm wie Miesmuscheln am Fels. »Wir wollen mit den Kapitänen sprechen«, sagte einer, unsicher, wer genau das Sagen hatte, der Schiffsführer oder der Mann daneben. »Sonst keinen.« Die Angst und Entschlossenheit in ihren Augen waren nicht zu übersehen. Sie verlangten, zurückgebracht zu werden. »Wenn der Kapitän nicht umkehrt, werden wir alle verrecken«, sagte der lüsterne *sindsch*. Noch sei es rechtzeitig, sie seien ja erst wenige Stunden unterwegs. Libyen läge näher als ihr Ziel Lampedusa. Wie ein Seemann an Land wankten sie in Richtung Kapitänsstand, stiegen über Beine und Oberkörper und stießen um, wer versehentlich ihren Weg kreuzte. Ihre Forderungen fanden bei auch vielen anderen Zustimmung, die zwar sitzen blieben, aber in ihrer Panik aus vollem Halse schrien:

»Sie haben recht, das stimmt. Wir haben für ein besseres Leben gezahlt. Wir wollen nicht im Meer sterben. Wir wollen zurück nach Libyen.«

Die Schreie vermischten sich mit dem brüllenden Wind und den Wellen, die gegen den Rumpf donnerten. Dima zögerte einen Augenblick, dann fiel sie in den Chor ein. Auch ihr reichte es. Die Reisebedingungen. Das Rollen des Schiffs, von dem ihr so übel wurden wie in den ersten Schwangerschaftsmonaten. Das aufgewühlte Meer. Sie fühlte sich nicht mehr sicher, sondern saß genauso in der Falle wie im Keller von Aleppo, über dem es Bomben regnete. Und da hatte sie wenigstens noch festen Boden unter den Füßen. Und konnte in den Feuerpausen rausgehen, um frische Luft zu schnappen und sich die Beine zu vertreten. Hier konnte sie nirgendwo hin. Sie fühlte sich mutterseelenallein mitten auf einem entfesselten Mittelmeer eingesperrt. Umgeben von Menschen, die nicht unbedingt nach Lavendelwasser rochen. Ihre Töchter, die sich nicht an ihren Vater wenden konnten, fragten sie, warum sie mit diesen Leuten nach Libyen zurückwollte. Ob sie nicht mehr mit ihnen nach Europa wolle, um dort die exotischen Dinge zu sehen, von denen sie ihnen erzählt habe. Den Schnee, die Bären und all das. Es zerriss Dima das Herz. Aber sie konnte sich den Luxus nicht leisten, zu weinen, und antwortete: »Ja, aber nicht jetzt, später, meine Lieblinge. Mit dem Flugzeug.« Dann rief sie wieder mit den anderen.

Der Fischtrawler wurde noch immer wie eine Nussschale hin und hergeworfen, hob ab von seinem beweglichen Grund, fiel unter dem Pfeifen des Sturms und den Schreien der Passagiere krachend ins Wasser zurück. In regelmäßigen Abständen schoss ein Schwall Salzwasser über Deck und Menschen. Mit aller Kraft musste man sich irgendwo festhalten, um nicht über Bord gespült zu werden. Doch trotz der entfesselten Elemente stemmten sich die Meuterer weiter gegen den Wind und näherten sich langsam dem Kapitänsstand. Bis sich die Männer an der Luke plötzlich vor ihnen aufbauten und den Weg versperrten. Dima erkannte darunter die drei Männer wieder, die sich schon seit der Abfahrt lauthals unterhielten: den Mann mit dem schwarzen Vollbart und den weißen Haaren, den Blonden und den jungen Mann mit dem pubertären Schnurrbart.

Der Bärtige forderte die Unruhestifter auf, an ihre Plätze zurückzugehen, seine Worte unterstrich er mit herrischer Geste: Mit ausgestrecktem Arm zeigte er in die Richtung, aus der die Männer gekommen waren. Offenbar brüllte er, aber in dem rasselnden Unwetter konnte man nichts Genaues verstehen. Bei Dima kamen nur Wortfetzen an. Aber die Meuterer ignorierten den Befehl und gingen mühsam schwankend weiter. Da stellten sich ihnen die Schlepper wie eine Mauer entgegen. Beide Gruppen standen einander gegenüber, starrten sich herausfordernd an und schleuderten sich eher unfreundliche Worte ins Gesicht. Unbeeindruckt von den menschlichen Kabbeleien wütete das Unwetter weiter. Plötzlich zog der Bärtige mit den weißen Haaren genervt, als dauere das hier für seinen Geschmack schon viel zu lange, ein Messer aus dem Ärmel, eine mindestens zwanzig Zentimeter lange Klinge schimmerte im Mondlicht. Seine Kumpane hielten unversehens Schlagstöcke in der Hand, die sie hinter dem Rücken versteckt hatten: Eisenstangen, einfache Knüppel, Baseballschläger. Die Rebellen sprangen erschrocken zurück.

»Und jetzt geht ihr gefälligst an eure Plätze«, sagte der Mann mit stark palästinensischem Akzent. »Wir fahren weiter, von solchen Dreckschleudern wie euch lassen wir uns davon nicht abbringen. Wir haben den langen Weg schließlich nicht umsonst gemacht. Im Übrigen würde es euch nicht gut bekommen, wenn ihr jetzt nicht abzieht. Das ist ein nett gemeinter Ratschlag.«

Als die Meuterer seinen Blick sahen, begriffen sie, dass die Schleuser nicht zurückweichen würden und schlimmer noch, bereit waren, zu töten, damit das Schiff sein Ziel erreichte. Aber hinter ihnen erhoben jetzt auch andere Rückkehrwillige ihre Stimme, übertönten Wind und Wellen: »Wir wollen zurück nach Libyen. Wir wollen zurück nach Libyen.« Auf Englisch und Arabisch. Offenbar glaubten sie, sie könnten die Gruppe um den Bärtigen damit beeindrucken. Vor lauter Angst war mittlerweile auch Dima, wie viele andere Passagiere, aufgestanden. Nur mühsam bewahrte sie auf dem schaukelnden Deck das Gleichgewicht, während sie gleichzeitig ihre Töchter an den Schultern hielt, damit sie nicht über Bord gingen. Hakim, der aus seiner Betäubung erwacht war, versuchte vergeblich, sie zur Vernunft zu bringen.

»Misch dich da nicht ein, Dima.«

»Du bist mal ganz still. Bist du endlich aufgewacht?«, schleuderte sie ihm entgegen, mit Abscheu in den Augen. Dann schrie sie weiter im Chor mit den Rebellen.

Von den entschlossenen Rufen ermutigt, versuchten die Meuterer, die Sperre zu durchbrechen. Die Männer, so dachten sie, müssten doch verstehen, dass sie nur ihre Haut retten wollten. Doch sie täuschten sich. Blitzschnell packte der Bärtige einen der Schwarzafrikaner am Hals und stieß ihm, ehe er sich überhaupt wehren konnte, das Messer in die Brust. Er ging mit dem Geschick des Metzgers vor, der das Tier anschließend genauso kühl zerlegen würde. Der Schwarze griff sich an die Brust und brach zusammen. Die anderen Meuterer blieben wie versteinert stehen, verblüfft, mit offenem Mund und weit aufgerissenen Augen. Eine lange Minute sagten sie nichts. Auch die Mitläufer wie Dima verstummten, die der Szene nur beigewohnt hatten, schließlich setzte sich das Schweigen bis nach hinten fort. Eine Grabesstille, die einen Moment selbst vom Unwetter nicht gestört wurde. Als der erste Schock vorbei war, versuchten die meisten, an ihren Platz zurückzukommen. Der Bärtige nickte seinen Komplizen zu und wischte bedächtig das Messer an seinem Ärmel ab. Der Blonde und der junge Typ packten den Schwarzen, der eine an den Beinen, der andere unter den Achseln, und warfen ihn, ohne zu zögern und unter dem obszönen Applaus des Sturms ins aufgewühlte Meer.

SEMHAR

Wo ein früherer Guerillero sich in einen sandalentragenden Zerberus mit Verfolgungswahn und Alkoholproblemen verwandelt, die gesamte Bevölkerung in Geiselhaft nimmt, immer mehr Umschulungslager und einen endlosen Militärdienst einführt, Menschen gezielt und wahllos verschwinden lässt, sodass das ganze Land schließlich ein einziges Straflager ist und die junge Generation von den Küsten des Roten Meers flieht.

Fürchte dich vor keinem, was du leiden wirst!
Siehe, der Teufel wird etliche von euch ins Gefängnis werfen, auf
dass ihr versucht werdet, und werdet Trübsal haben [...] »Sei
getreu bis in den Tod, so will ich dir die Krone des Lebens geben.«

OFFENBARUNG, 2,11

DIE ENTSCHEIDUNG

Es war in der Nacht von Samstag auf Sonntag, Semhar hatte es noch genau vor Augen. Sie konnte nicht zur Sonntagsmesse gehen, auf die sie normalerweise nicht für alles Gold der Welt verzichtete. Die orthodox-christlichen Wurzeln der Familie reichten auf beiden Seiten bis in ferne Urzeiten zurück, ihr Glaube war einfach unerschütterlich. Dank der Erzählungen ihrer Eltern und den Fotos im Familienalbum, ganz hinten im Schrank, bei den wertvollen Sachen, erinnerte sie sich noch genau, wie sie an ein und demselben Tag wie in der orthodoxen Kirche üblich die Sakramente der Taufe, Kommunion und Firmung empfangen hatte.

Auf einem Bild ist sie im weißen Rüschenkleid mit Bubikragen zu sehen, ihre Mutter hält sie im Arm, daneben Patin und Pate, alle drei schauen sie bewundernd an. Ihr Vater fehlt, er hat das Foto gemacht. Auf einem anderen Foto, ihrem Lieblingsbild, sieht man sie alle drei: Ihren Papa, ihre Mama, und sie sitzt in der Mitte, bei beiden auf dem Schoß. Mit strahlendem Lächeln, das nicht zu der gediegenen Zeremonie passt. Schon da wirkt sie wie ein Schilfrohr, dem kein Sturm etwas anhaben kann. Sie weinte, so ihre Mutter, an dem Tag kein bisschen. Nicht einmal, als der Priester sie drei Mal ins Taufwasser tauchte. Die anderen Babys brüllten dagegen, als wollte man ihnen die Gurgel durchschneiden, so wie dem Lamm, das Abraham statt seinem Sohn Isaak auf den Scheiterhaufen band.

Als Kind war der Sonntag ein Fest für sie. Und Ostern eine komische Zeit: Traurig, weil Jesus gestorben, und schön, weil er wieder auferstanden war. Sie war eine echte Betschwester. Dann kam die Pubertät. Die Zeit, in der die Sinnlichkeit erwacht und das Interesse für das andere Geschlecht. Man tauscht mit Freundinnen Geheimnisse aus, die die Mutter nicht hören soll. Und lernt hirnrissige Theorien kennen, die Jesus' Göttlichkeit und das Mysterium der Heiligen Dreifaltigkeit auf angeblich wissenschaftlicher Grundlage anzweifeln. Doch sie ließ sich nicht im Geringsten beeindrucken, wich kein Jota von ihrem Glauben ab, verteidigte ihn sogar noch überzeugter. Und bestätigte damit den Spitznamen, mit dem man sie auf dem Schulhof, in der Nachbarschaft, auf den Spiel- und Bolzplätzen rief: Viper. Ihre Bissigkeit stellte sie tagtäglich unter Beweis. Wenn es sein musste, nahm sie es mit den Stärksten, ob Mädchen oder Junge, auf und kassierte so lange Schläge, bis sie gesiegt hatte oder ihr Gegenüber die Lust verlor. »Hör auf, Viper. Ich bin es leid, dich zu verprügeln.« Doch diese Zeit war im Rückblick so schnell vorbei, wie eine Schlange durch die Wüste huscht. Fast kam es ihr vor, als hätte nicht sie, sondern jemand anders sie durchlebt.

Sie war noch nicht wirklich erwachsen, als sie wie zigtausend andere Eritreerinnen und Eritreer zum Militärdienst einberufen wurde. Zum MUD, wie sie es untereinander nannten: Militärdienst Unbefristeter Dauer. Man wusste, wann er anfing, aber nicht, wann er aufhörte. Offiziell musste man eineinhalb Jahre dienen. Aber eigentlich bestimmte das der starke Mann im Land, der seit 1993, seit Eritreas Unabhängigkeit von Äthiopien, an der Macht war. Semhars künftige Eltern lernten sich genau in diesem Jahr kennen und schmiedeten sofort Zukunftspläne. Seine Exzellenz Isaias Afwerki entschied in seinem Büro in Asmara auch über die akademische Ausbildung der Wehrpflichtigen. Je nach dem Bedarf des Staates oder den Noten des Abiturs, das Tausende Gymnasiasten wie Semhar im Militärcamp von Sawa ablegten, im Nordwesten des Landes, nicht weit von der Grenze zum Sudan. Oder nach Tse-Tses Launen; Tse-Tse, so nannte man den Präsidenten wegen seines maoistischen Gedankenguts und weil er das Volk gern einschläferte. Aber so etwas wurde selbst zu Hause nur geflüstert. Kurzum, wenn die Fächer Literatur oder Mathematik, die man eigentlich studieren wollte, gerade als subversiv galten, konnte man gut und gerne Erdkundelehrer werden.

Semhar war in Massaua, der viertgrößten Stadt des Landes, zur Welt gekommen, in einer seit Generationen dort ansässigen Familie. Als sie nach Sawa aufbrach, war ihr Traum, Grundschullehrerin zu werden. Vor allem den Mädchen wollte sie die Augen für die Schönheit der Welt öffnen, die sie selbst nur aus Büchern, Fernsehen und, wenn man Zugang hatte, aus dem Internet kannte. Und von den Schiffen, die mit unerreichbaren Träumen bis zum höchsten Bord geladen, im Hafen von Massaua ein- und ausliefen; auch wenn ein Kind am Roten Meer leicht glauben konnte, man könne die Fluten trockenen Fußes überwinden. Sie träumte davon, den Kindern Pflichtgefühl beizubringen, den Stolz auf ihre Weiblichkeit, ihnen begreifbar machen, dass das Land, die ganze Welt ohne Frauen uninteressant wären. Dass sie das Salz der Erde waren, von dem Jesus sprach, und diese ohne Frauen so fad wäre wie ein schlechtes Ziegen-*Zigni*, das man am liebsten wieder ausspucken möchte. Davon war sie mit all ihrer Vipern-Verbissenheit überzeugt.

In Sawa tat Semhar alles in ihrer Macht stehende, um ihren Traum zu verwirklichen. Sie wollte nicht auf unabsehbare Zeit in einer Kaserne im tiefsten Eritrea Kalaschnikows reinigen, auseinander- und zusammenbauen oder Aufgaben für die Allgemeinheit erledigen, die eigentlich nur dazu dienten, die Jugend zu überwachen. Mit der ihr eigenen Verbissenheit malochte sie wie eine Verrückte, gehorchte ihren Vorgesetzten aufs Wort. Die anderen hielten sie für eine Arschkriecherin, aber sie ertrug ihre hinterhältigen Bosheiten genauso wie die der Oberen. Sie biss die Zähne zusammen. Den Traum von der Grundschullehrerin immer im Visier machte sie einfach stur weiter.

Und im Camp von Sawa verfiel Semhar, die eher eine Einzelgängerin war, aber, wenn man sie ließ, auch gesprächig sein konnte, Meazas Charme. Bei beiden war es Freundschaft auf den ersten Blick. Semhar war knapp neunzehn, ihre Freundin drei Jahre älter. Meaza hatte es geschafft, zweimal zu wiederholen, was ein allgemein verbreitetes Hilfsmittel war, um später eingezogen zu werden. Auf dem Gymnasium waren sie Meister in der Kunst des Wiederholens, also der Fälschung der Geburtsurkunde. Doch eines Tages tauchten an Meazas Schule in Asmara Soldaten auf und brachten alle »Wiederholer« umgehend nach Sawa.

Meaza konnte ihre Familie erst informieren, als sie schon da war. In einem Kurs saßen die beiden Frauen nebeneinander, freundeten sich an und waren seitdem unzertrennlich. Meaza bewunderte Semhars Disziplin, ihre Fähigkeit, Ärger aus dem Weg zu gehen. Sie bemerkte sofort, dass sich hinter der perfekten Soldatin eine zähe Verbissenheit verbarg. Semhar dagegen faszinierte die Gewieftheit ihrer neuen Freundin und was sie alles über Jungen wusste.

Meaza hatte einen Freund, Dawit. Älter als sie, hatte er Sawa schon hinter sich und war jetzt an der Grenze zu Äthiopien stationiert. Trotz Eritreas Unabhängigkeit war die Lage zwischen beiden Ländern angespannt. Dawit war schon seit fünf Jahren Soldat! Aber wenn er einmal Urlaub bekam, besuchte er, von beiden Familien gern gesehen, seine Liebste in Asmara. Erst durch Meazas abrupte Einberufung wurde das fragile Gleichgewicht zerstört. Die beiden Gequälten schickten sich nun ellenlange Textnachrichten mit Emoticons aller Art. Wenn Meazas Handydisplay aufleuchtete, zeigte es ein Foto von Dawit. »Guck mal, er macht doch echt was her«, schwärmte sie. »Aber Gott sei Dank gibt es da, wo er ist, nicht zu viele Mädchen.«

Nachdem sie ihr einmal von Dawit erzählt hatte, lernte Semhar eine bis über beide Ohren verliebte Meaza kennen, die keine zwei Sätze herausbrachte, ohne ihren Freund zu erwähnen. Bei jeder passenden und unpassenden Gelegenheit fiel sein Name. Dawit hier, Dawit dort. Um keine Nachricht von ihm zu verpassen, hatte sie eine Hand stets am Handy, das Tag und Nacht vibrierte: etwa beim Wachdienst oder, trotz drohender Strafen, nach dem Zapfenstreich. Eines Abends wäre Meaza fast erwischt worden. Doch im letzten Moment rettete sie ein irgendwo losgehender Alarm. Egal, ob dieser Alarm aus Versehen ausgelöst wurde oder als Übung gedacht war: Eins war sicher, Gott wachte über die Verliebten, die sich nie treffen konnten. Sie schrieben sich sogar auch altmodische Briefe, die Meaza unten im Marschgepäck, unter der Unterwäsche, aufbewahrte. Wenn sie in den Pausen mal einen Moment allein war, nahm sie sie heraus und las sie voller Sehnsucht, mit glücklichem Lächeln auf den Lippen.

Meaza brachte das Thema als Erste auf. Aber eigentlich hatte Semhar auf Massauas Straßen schon öfter davon reden hören. Gerüchte, die man sich nur leise zuflüsterte, da der Präsident einen Gutteil des Jahres am Roten Meer verbrachte. Viele Bewohner Massauas hatten Verwandte oder Freunde, die zu den zwanzig Prozent der Bevölkerung gehörten, die Eritrea verließen. Aber alle waren, wie die Tiere in der Fabel, von dieser Sehnsucht befallen. Wer nicht ging, träumte davon. Vor allem, wenn er oder sie jung war. Ein Cousin von Semhars mütterlicher Seite, Amanuel, hatte, als er in Sawa Dienst tat, Kampfanzug und Kalaschnikow abgelegt und die Grenze überquert. Semhar war mit ihm groß geworden, sie verstanden sich gut, aber wie er es genau angestellt hatte, wusste sie nicht. Doch ihre Familie erzählte, er sei über den Sudan nach Europa gelangt und lebe als politischer Flüchtling in Schweden. Semhar wunderte sich also nicht wirklich, als Meaza bei einem Wachdienst, den sie allein bestritten, das Thema anschnitt.

Wie sie Semhar erklärte, sparten sie und Dawit schon seit einiger Zeit, um abhauen. Nicht mehr lange, dann würden sie genug beisammenhaben, ihr Freund hatte schon heimlich Kontakt zu einem Schleppernetz aufgenommen. Wenn man Deserteure erwischte, mussten sie als Vaterlandsverräter teuer dafür bezahlen. Manche verschwanden spurlos, und selbst wenn sie es auf die andere Seite schafften, blieb ihre Familie meistens nicht unbehelligt. Auch Amanuels Familie hatte lange Ärger mit dem Geheimdienst, ehe man sie endlich in Ruhe ließ. Semhar war sich nicht sicher, aber vermutlich hatten sie sich ihren Frieden mit Bakschisch erkauft. Und als sie in Sawa ankam, trommelte man alle auf dem großen Hof im Camp zusammen und warnte sie vor. Fahnenflucht war zu häufig, als dass sie unerwähnt bleiben konnte. Besser, man ging das Problem offensiv an. Wenn jemandem so etwas im Kopf herumspukte, wusste er besser gleich, dass man ihn im Blick hatte. Die Flausen konnten einem teuer zu stehen kommen.

Aber es lohne sich dennoch, der Gefahr zu trotzen, sagte Meaza. Sie und Dawit hätten es satt, ihre Jugend in einem endlosen Militärdienst zu vergeuden, noch dazu bei einem so miesen Sold. Sie wollten nicht mehr in Eritrea leben, einem Gefängnis unter freiem Himmel, wo man die Bewegungsfreiheit zwischen Städten mit Sperren und Passierscheinen einschränkte. Wo sie keine Zukunft für sich sähen. Vor allem das könnten sie nicht mehr ertragen, dass es keine Zukunftsperspektive gebe, dass sie selbst nach diesem langen Wehrdienst nicht die Mittel hätten, sich ein anderes Leben aufzubauen. Die Hoffnung stirbt zuletzt, oder? Aber hier sei es genau das Gegenteil. Welchen Sinn habe es noch zu bleiben? Aus der Stimme der Frau, die noch zierlicher war als die höchstens ein Meter sechzig große Semhar, sprach Wut.

»Vergiss nicht, dass du Christin bist«, sagte Semhar. »Wenn wir nach Gottes Geboten leben, hat unser Leben Sinn. Das gibt mir Kraft.«

»Das vergesse ich schon nicht, aber wenn es Zeit ist zu gehen, gehen wir und werden, wie bei einem Hundertzehn-Meter-Hürdenlauf, Hindernis für Hindernis überwinden«, antwortete die leidenschaftliche Leichtathletin trotz der dunklen Nacht im Nirgendwo leise flüsternd. Vorsicht ist die Mutter der Porzellankiste.

Am schwierigsten sei es, fuhr sie fort, der Familie nichts zu sagen. Um sie vor eventuellen Polizeimaßnahmen zu schützen und damit sie die Sache nicht vereitelten. »Je weniger sie wissen, desto besser für alle.« Sie hasse sich dafür, ihre Familie zu belügen, wenn auch nur durch Verschweigen. Aber das müsse man aushalten. In den langen Briefen, die Dawit und sie sich schrieben, erzählten sie sich von ihrem Alltag und beteuerten sich, wie alle in ihrem Alter, ihre ewige Liebe. Die wirklich ernsten Dinge würden sie über WhatsApp austauschen und nach dem Lesen alle Nachrichten und den Handyspeicher sorgfältig löschen. Im Übrigen sei es auch ein Risiko, sagte sie, ihrer Freundin überhaupt davon zu erzählen. Sie habe Dawit schwören müssen, keiner Menschenseele etwas zu verraten.

»Wenn ein Typ so was erfährt, vertraut er dir natürlich nicht mehr. Zu Recht, oder? Und das hat Dawit nicht verdient. Einen zu finden, der wie er eine Frau will, die in Sawa war, ist nicht leicht. Wegen der ganzen Geschichten, von denen du bestimmt gehört hast, verstehst du?«

Meaza hinterging ihn nicht nur, sondern brach auch einen Eid. »Eure Rede aber sei: Ja, ja, nein, nein. Was darüber ist, das ist vom Übel«, sagt Jesus. Aber das Geheimnis wog zu schwer. »Das kannst du dir nicht vorstellen.« Zu schwer für ihre schmalen Schultern allein. Und Semhar, orthodoxe Christin wie sie, würde sie nicht verpfeifen, das wusste sie. Also, sagte sie nach kurzer Überlegung, wenn sie mitkommen wolle, würde sie mit Dawit sprechen. Meaza gingen, wie vielen Menschen, ständig Gedanken durch den Kopf und sie brauchte immer jemanden, dem sie die mitteilen konnte. Sie ertrug das Schweigen nicht, außer im Schlaf. Und selbst da lief sie noch Gefahr, sich zu verplappern. Doch natürlich würde sie so tun, als habe sie Semhar nichts gesagt, damit Dawit nicht glaubte, sie habe nicht Wort gehalten.

»Ich würde mich freuen, wenn du mitkommst. Und ich wäre nicht allein. Sonst sind bei dem Abenteuer nur Männer dabei.«

Und so keimte in Semhar langsam die Lust, das Land zu verlassen, und schon bald vermischte sich diese mit ihren Kindheitsträumen. Sie verspürte Hunger nach einem Ort, wo sich ihre Jugend frei entfalten konnte. Wo sie studieren und Grundschullehrerin werden konnte, wie sie es erträumte, und nicht studieren musste, was Tse-Tse und das Komitee in Sawa befahlen. Und wer weiß? Vielleicht würde sie dort eine verwandte Seele treffen, ein Gemeindemitglied, und sie würden, wie man es im Fernsehen sah, Hand in Hand durch die Straßen gehen. Sie hatte noch nie wirklich einen Freund gehabt. Sah man von diesem schüchternen Jungen mit Pickelgesicht am Gymnasium von Massaua ab, der sie ständig anquatschte und mit den Augen verschlang. Ein ernster Typ, der auch witzig sein konnte. Aber sich nie traute, ihr seine Liebe zu gestehen. Und sie sagte auch nichts. Vielleicht machte sie Jungen Angst, wie ihr die Lieblingsschülerin des Klassenlehrers gesteckt hatte, die schon mehrere Eroberungen vorweisen konnte. »Du ahnst nicht, was für eine Angst die Jungen vor dir haben, Viper. Du bist zu ernst. Du lernst immer und lässt nie locker.«

Die Lust allein hätte sie nicht zu dieser Entscheidung bewogen, wäre da nicht diese große Unsicherheit hinsichtlich der Dauer des Militärdienstes gewesen. Manche Frauen blieben dort, bis sie vierzig waren; es sei denn, sie wurden schwanger. Aber sie wollte sich nicht dem Erstbesten hingeben, nur damit sie aus diesem Wespennest wegkam. Die Familiengründung war zu ernst, um irgendeinen zu nehmen. Genauso wenig konnte sie sich aber vorstellen, beim Militär zu bleiben, bis sie alt war. Dennoch überlegte sie sich die Sache reiflich und ließ sich von Meazas »Und was ist? Soll ich mit meinem Freund sprechen?« nicht drängen. Vor ihrer endgültigen Entscheidung betete sie, während die anderen im Saal schliefen, die ganze Nacht. Als im Morgengrauen der Weckruf ertönte, hatte sie sich entschieden. Sie würde denselben Weg gehen wie schon so viele Tausend vor ihr, ob sie nun in Sawa gewesen waren oder nicht. Und, das wusste sie, sie würde ihn bis ans Ende beschreiten, was auch kommen mochte. Und die Konsequenzen tragen, wenn es sein musste.

Aus Meazas Erfahrungen zu schließen, war es besser, das Thema gegenüber ihren Eltern in Massaua nicht anzusprechen. Erst recht nicht gegenüber ihren jüngeren Brüdern, den vierzehnjährigen Zwillingen, die auch bald eingezogen würden. Es sei denn, sie wiederholten, was aber doch nur ein Aufschub vor der unweigerlichen Einberufung war. Aber da war noch ihr Cousin. Zwar musste sie geschickt vorgehen, um seine Kontaktdaten zu bekommen, ohne bei ihrer Familie Verdacht zu erregen, aber seitdem schrieben sie sich regelmäßig über WhatsApp. Amanuel versprach ihr, bei ihrem Aufbruch den nötigen Betrag zu schicken. Aber damit sie gleich Bescheid wisse, das sei kein Spaziergang. Erst recht nicht für ein Mädchen – er konnte sich nicht vorstellen, dass sie mittlerweile eine junge Frau war. Er wisse, wovon er rede. Könne sie ihren Kontakten vertrauen? »Das ist sehr wichtig. Manche lassen dich unterwegs einfach hängen oder verpfeifen dich, um ihre Haut zu retten. Aber, schwor er, er würde ihr helfen.

Und außer dem Geld, was er über Western Union schicken würde, solle sie am besten noch etwas sparen. Auf dem Weg, auf dem sie sich nun vorwärtskämpfen musste, könne man gar nicht genug Geld haben. Auf jeder Etappe gebe es wieder neue Schakale, die man bestechen müsse. Aber sie dürfte auch nie zu viel Geld bei sich tragen, das sei ganz wichtig, sonst würde sie noch beraubt und müsste mit eingezogenem Schwanz nach Hause zurückkehren. »Sorry für das Bild, liebe

Cousine.« Und würde mit Sicherheit wegen unerlaubtem Grenzübertritt und Verunglimpfung Eritreas im Ausland hinter Gittern landen. Doch die Viper konnte ihn beruhigen. Sie war vielleicht eigensinnig, aber sie war nicht leichtsinnig. Sie würde aufpassen, und sei es nur, damit er sein Geld nicht in den Sand gesetzt hatte.

DER NÄCHTLICHE AUFBRUCH

Ab dem Tag, als die beiden jungen Frauen zum ersten Mal über Flucht redeten, bis zu der Nacht von Samstag auf Sonntag, in der sie sich aufmachten, um nahe der sudanesischen Grenze Meazas Freund zu treffen, verging fast ein Jahr. Wenn niemand Verdacht schöpfen und das Vorhaben nicht scheitern sollte, durfte man nichts überstürzen. Zusammen mit Dawit, einem glühenden Fan von Che Guevara und Guerillakriegen, entwarfen sie einen Schlachtplan mit allen Details, der wirklich nichts dem Zufall überließ. »Der kleinste Fehler kann fatal sein«, schrieb Dawit über WhatsApp. Um jedes Risiko möglichst auszuschalten, müssten die Freundinnen die genauen Wachdienstpläne kennen, falls sie mit jemandem verhandeln sollten,, wer also vor und nach ihnen Wache schob. Und sie dürften nur das Allernotwendigste mitnehmen, weil »wir schnell vorwärtskommen und wenn nötig rennen müssen«. Und wo konnten sie sich verstecken? Wann genau würde es losgehen? Was war bei einem Scheitern zu tun? »Man braucht immer einen Plan B«, meinte Dawit.

Während dieser ganzen Zeit erhielt Semhar trotz ihres vorbildlichen Verhaltens nur eine armselige Woche Urlaub. Das lag auch daran, dass sie sich stumm, aber verbissen weigerte, den Avancen des Ausbildungsgefreiten, der unermüdlich sein plumpes Interesse an ihrer anmutigen Person signalisierte, nachzugeben. Sie spielte die Naive, so wie ihr Meaza aufgrund eigener Erfahrungen geraten hatte. Man dürfe den Ausbilder nicht verärgern, er könnte sich in seinem Erobererstolz verletzt fühlen. »Und verletzte Tiere sind bekanntlich am gefährlichsten«, sagte Meaza. Auch Semhar wusste, dass in Sawa seltsame Dinge abliefen. Dass Frauen plötzlich von heute auf morgen schikaniert wurden. Oder Urlaub hatten und ganz zufällig nicht zurückkamen. Und andere keinen Finger rührten, seelenruhig die Prinzessin mimten, ohne dass irgendjemand etwas sagte. Außerdem rede sie da nicht einfach ins Blaue hinein, meinte Meaza. Dawit wisse Bescheid.

»Also immer schön bedeckt halten. Das ist nicht der passende Moment, um die schüchterne Jungfrau zu geben, damit am Ende noch alles platzt.«

Semhar, die Viper, ließ sich nicht kleinkriegen. Jetzt lief sie erst recht zur Höchstform auf. Ihr würde man keinen Fehler nachweisen. Von Meazas Sportlichkeit ermutigt, verdoppelte sie noch ihre Anstrengungen bei den fordernden täglichen Übungen und ließ sich keinerlei Widerwillen anmerken. Genauso beim Lernen, das sie schon immer geliebt hatte. Gute Schülerinnen ließ der Satyr vielleicht in Ruhe. Ihr Arbeitseifer brachte ihr jedenfalls die Bewunderung von ganz oben ein, und der Ausbilder hielt sich zurück, um nicht in flagranti bei einer sexuellen Belästigung erwischt zu werden. Wenn das nach außen drang, würde das Image des Camps noch mehr befleckt. Es reichte, dass man es in den ausländischen, dem Chefkommandeur feindlich gesonnenen Medien, schlecht redete. Natürlich waren das diese Deserteure, die in den Hauptstädten der Welt um Asyl ansuchten. Und diese ausländischen Journalisten Schmierfinken. Aber der Gefreite wusste, was ihm blühte, wenn er schuld an einem Skandal war. Und passte ganz genau auf. Eine Lappalie, die er gegenüber Vorgesetzten vertreten konnte, ein zu lautes Lachen, Flüstern nach dem

Zapfenstreich … Das hieß eine oder zwei Stunden Joggen in der Sonne. Semhar ertrug alle Strafen stoisch, im Schlafsaal war man von ihr begeistert. Und weil so ihre Ausdauer zwangsläufig zunahm, lief sie beim Wettkampf immer als Erste durchs Ziel. Aber stets knapp hinter Meaza. Für ihre Freundin war es eine Frage der Ehre, sich nicht überholen zu lassen:

»Du glaubst doch nicht, dass du deine Trainerin schlagen kannst.«

»Eines Tages schaffe ich das, du wirst sehen«, sagte Semhar. Der freundschaftliche Wettstreit war für sie ein Mittel, ihre Grenzen auszutesten.

»Nicht mal im Traum, wo denkst du hin? Wenn ich es drauf anlege, kann ich genauso verbissen sein wie du. Außerdem, wo sollte ich dich sonst schlagen? Da lass ich mich doch nicht unterkriegen.«

Die eine Woche in Massaua tat ihr unglaublich gut, trotz der langen Anreise: ein Tag bis in die Hauptstadt und dann noch zwei Stunden mit dem Bus. Sie fuhr im Morgengrauen los und kam nachts an. Zu Hause redete sie viel mit den Zwillingen. Der eine, Jakob, hatte nichts als Leichtathletik im Kopf. Sein Traum war es, sich auf den Sportplätzen der Welt mit den großen Marathonläufern zu messen und für Eritrea olympisches Gold nach Hause zu bringen. So wie sein Held, der Äthiopier Haile Gebrselassie, für sein Land. Er sah bereits, wie er unter dem Applaus der begeisterten Massen in einem offenen Wagen durch die Straßen von Asmara fuhr, die Mädchen ihm parfümierte Taschentücher zuwarfen und er schließlich im Palast von Tse-Tse empfangen wurde. Esau, der Ältere – darauf legte er Wert, schließlich wurde er als Erster geboren – hatte bescheidenere und zugleich ehrgeizigere Ziele. Er wollte in die Fußstapfen seines Vaters treten und fuhr darum am Wochenende und in den Schulferien auf dem Fischerboot mit. Doch er plante, das Geschäft auszubauen: »Alles muss größer werden, verstehst du? Das Rote Meer bringt doch noch mehr Fische als Geschichten hervor, die Fische vermehren sich da doch ganz ohne Zaubertricks.« Woraufhin ihn seine Schwester zurechtwies und aufforderte, die Gotteslästerung zurückzunehmen.

»Sonst rede ich kein Wort mehr mit dir«, sagte Semhar fuchsteufelswild.

Ihre Mutter fragte, ob sie denn in Sawa keinen Jungen kennengelernt habe. Semhar verneinte breit lächelnd, für solche Nebensächlichkeiten habe sie bei all dem Lernen und der militärischen Ausbildung keine Zeit. »Das sind keine Nebensächlichkeiten, meine liebe Tochter. Du solltest langsam daran denken, eine Familie zu gründen. Das kommt nicht von heute auf morgen. Dazu musst du einen guten Mann finden wie deinen Vater.« Semhar wusste, worauf sie hinauswollte. Gleich würde sie von dem Sohn von Soundso und dem anderen von Soundso erzählen. »In Massaua gibt es doch genug gute Männer. Warum in die Ferne schweifen, wenn das Gute liegt so nah?« Doch Semhar hatte ein unschlagbares Argument, um dem Gespräch eine andere Wendung zu geben. Schließlich sei sie Christin, erklärte sie ihrer Mutter, und müsse anderen als leuchtendes Beispiel vorangehen. Es entspräche nicht den christlichen Vorstellungen, sich dem erstbesten in die Arme zu werfen. »Möge Gott dich hören, meine Tochter. Möge Gott dich hören. Aber beeil dich trotzdem. Auf diesem Gebiet hilft dir der Himmel nur, wenn du dir selber hilfst. Hätte ich die Sache bei deinem Vater nicht in die Hand genommen, dann gäbe es dich gar nicht.« Bei den mütterlichen Fragen zur Ernährung wiegelte Semhar ebenfalls ab. »Du musst reichlich und gut essen, meine Tochter, bei all diesen Männerübungen, die du da machen musst. Du warst schon von klein auf eine schlechte Esserin. Schau dich doch mal an, du bist ja nur Haut und Knochen.« Die tägliche Kost aus Linsen, Tee und Schikanen behielt Semhar wohlweislich für sich, auch sonst gab sie sich alle Mühe, die Familie zu beruhigen und zwang sich zu guter Laune, ein Zeichen, dass sie erwachsen geworden war. Jetzt musste sie die anderen beschützen.

Wie mit Meaza besprochen, erzählte sie nichts von ihren Plänen. Stattdessen betonte sie, wie sehr sie ihr alle fehlen würden, jeder einzelne, erst in den letzten Monaten habe sie richtig gemerkt, wie groß ihre Liebe für sie alle sei, wie wichtig sie ihr seien. Da sie eigentlich eher zurückhaltend war und nicht zu Gefühlsausbrüchen neigte, kostete sie das erhebliche Anstrengungen. In ihrer Familie äußerte im Grunde niemand seine Gefühle und Liebe gegenüber den anderen. Höchstens vielleicht die Zwillinge, die zu viel amerikanische Serien guckten und ohne groß nachzudenken, ständig »*love you*« sagten. Ihr Tick bei jeder passenden und unpassenden Gelegenheit. Für alle anderen galt: Taten sagten mehr als Worte. Aber in der Urlaubswoche gelang es Semhar zwei oder drei Mal, Taten durch Worte zu ersetzen. Schließlich würde sie ihre Familie lange Zeit nicht wiedersehen. Da konnte sie ruhig einmal etwas tun, was ihrem Charakter zuwiderlief.

Am Vorabend der Abreise nach Sawa gab ihr Vater ihr noch etwas Geld. »Man weiß ja nie, für was man es gebrauchen kann. In diesem Land öffnet es einem jedenfalls Türen«, bemerkte der fast Fünfzigjährige. Weiter sagte er nichts, er neigte von Natur aus zur Schweigsamkeit, was durch die Einsamkeit auf dem Meer noch verstärkt worden war. Er selber hatte er seinen Militärdienst erst vor ungefähr zwölf Jahren beendet, nachdem seine Frau nach der Tochter die Zwillinge zur Welt gebracht hatte. Da wurde er wieder Fischer wie zuvor und schaffte es, dank der Arbeit und harten Opfer sogar, sich ein Segelboot zu kaufen. Heute war er sein eigener Chef und niemandem außer dem Boss im Himmel Rechenschaft schuldig. Sie kamen gut zurecht, er konnte die Familie ernähren. Wäre da nicht dieser schwelende Krieg mit Äthiopien und dieses Scheißregime, dachte er, könnte man in diesem Land prima leben und die Jugend müsste nicht im Ausland um Dinge betteln, die sie hier ebenfallshaben könnte. Vorausgesetzt natürlich, die jungen Männer setzten sich nicht diese Flausen in den Kopf. Niemals wäre er auf die Idee gekommen, dass seine Tochter genau das im Kopf hatte.

Die Nafka, die ihr ihr Vater gegeben und die sie selber gespart hatte, tauschte Semhar noch am selben Morgen auf dem Schwarzmarkt gegen Dollar. Dann spazierte sie mit den Zwillingen, ihren Gesprächen und unermüdlichen Träumen stundenlang durch Massaua und entdeckte die Perle am Roten Meer Gasse für Gasse neu.

Nachmittags stand sie allein am Kai, wo sie früher fernab von den Blicken der Erwachsenen mit ihren Freunden um die Wette getaucht war. Als sie dann am Strand entlangschlenderte und ihr eine sanfte Brise ins Gesicht wehte, dachte sie wehmütig an ihre Kindheit, die nun für immer vorbei war. Als hätte sie einmal ein Land bewohnt, das jetzt von der Weltkarte gestrichen war. Und dieses für ein Mädchen ihres Alters eigentlich ungewöhnliche Gefühl, vermischte sich mit der Angst vor dem Unbekannten, das auf sie wartete, vor dem Fremden, das nun mit all seinen Geheimnissen näher rückte. Ob sie ihre Geburtsstadt, die Landschaften, die sie geformt hatten und ein Teil von ihr, ihrem Fleisch und Blut waren, jemals wiedersehen würde?

Semhar konnte Massaua und ihre Familie nicht noch einmal wiedersehen. Alle zwei Wochen telefonierten sie nur kurz. Längere Gespräche waren bei den Vorgesetzten nicht gern gesehen. Sonst würde jemand noch zu viel über die Verhältnisse im Lager erzählen. Sie hätte kaum Telefoneinheiten übrig, erklärte sie ihrer Familie. In der kurzen Zeit konnte ihre Mutter gerade fragen »Und, gibt es jemanden?« und Semhar scheinbar entrüstet antworten: »Aber Mama!«, die Zwillinge der Mutter das Telefon aus der Hand reißen und schreien: »*Love you, sister*« und Semhar ihre Familie beruhigen: alles gut, sie sei gesund, warte voller Ungeduld auf das Ende des Semesters und die Prüfungsergebnisse, danach wisse sie, ob sie in Sawa bleiben, woanders eingesetzt oder ihr Studium in Asmara aufnehmen könne. Dann wäre sie ja nicht mehr so weit weg und könne sie öfter besuchen.

Aber eine Woche vor den Prüfungen brach sie auf und überquerte, in der Nacht von Samstag auf Sonntag die sudanesische Grenze. Darum verpasste sie die Sonntagsmesse. An diesem Abend schob Meaza in einem Umkreis von fünfhundert Metern um das Camp Wache. Nach dem Zapfenstreich wartete Semhar noch eine Stunde und glitt dann sehr leise, um ihre obere Bettnachbarin nicht zu wecken, aus dem unteren Stockbett, wo sie jetzt schlief. Um sie zu bestrafen, hatte der Gefreite ihr befohlen, ihr Bett mit Meaza gegen eins am anderen Ende der Baracke zu tauschen. Als sie nur noch Schnarchen und kein Flüstern mehr hörte, stand sie auf und schlich, sorgsam auf der Hut, nicht über einen schlaflosen Spitzel zu stolpern, nach draußen. Am großen Portal angekommen, öffnete sie die rechte Tür, die so gerne quietschte und die sie am Vorabend noch unter aller Augen geölt hatte. Die anderen hielten das für typischen Übereifer. »Bald ist sie noch eine echte Arschkriecherin«, spotteten welche. Jetzt quietschte die Tür nicht, Semhar schloss sie sorgfältig hinter sich, dann schritt sie zielsicher zum vereinbarten Treffpunkt.

Dort stiegen die beiden Frauen dann im Dunkeln aus dem Kampfanzug. Semhar hatte ihren im Bett anbehalten, gleich für den Wachdienst am frühen Morgen, wie sie sagte. Um eventuelle Petzen in die Irre zu führen, hatte sie sich das seit einiger Zeit angewöhnt. So könne sie ein paar Minuten länger schlafen, rechtfertigte sie sich. Die beiden schlüpften in Jeans, Oberteil und Jacke, die sie am Vorabend mit ihren Rucksäcken hinter einem großen Stein versteckt hatten. Den Felsen in der Dunkelheit beiseitezuschieben, erforderte Kraft und Ausdauer, doch schließlich rollte er weg. Neben allem Lebensnotwendigen hatten sie auch ein Neues Testament im Miniformat in ihren Rucksack gepackt. In eine Jeansnaht hatte Semhar noch Amanuels Telefonnummer und ein paar Zwanzig- und Fünfzig-Dollarscheine, ihre Notreserve, eingenäht und, nach einem letzten Gespräch mit Dawit, schließlich ihren Cousin beauftragt, per Western Union das Geld zu schicken, das die sudanesischen Schlepper für den Grenzübertritt bekamen.

Getragen von ihrem Glauben und ihrer weiblichen Entschlossenheit, machten sich die Freundinnen auf den Weg. Am Himmel stand ein schöner, nur manchmal von ein paar Wolken verdeckter Halbmond, der hell genug schien, um zu sehen, wo man hintrat. Von einer Taschenlampe hatte Dawit ihnen abgeraten, das sei zu verdächtig. Guten Mutes brachen sie also auf und legten zunächst einen langen Umweg zurück, um Nomaden auszuweichen, die manchmal am Fluss siedelten und von denen man nie wusste, ob man ihnen vertrauen konnte. Je nach Interessenlage oder Druck vonseiten der Regierung waren sie Schlepper oder Spitzel. Ihre momentane Position zu erahnen, war eine Kunst, und Meaza, froh, über Dawit sprechen zu können, ohne von Semhar ein »Mach mal halblang, du gehst mir auf die Nerven mit deinem Lover« zu hören, mahnte, dass der gut informierte Dawit ihnen geraten habe, den Fluss zu meiden.

Glücklicherweise begegneten sie niemandem, doch beim Schrei einiger nachtaktiver, aber unsichtbarer Tiere gefror ihnen das Blut in den Adern. Um sich Mut zu machen, fassten sie sich an der Hand und sagten beim Gehen, wie ein Schutzschild gegen alle Widrigkeiten, laut Verse auf. Manchmal sangen sie auch, besonders ein Lied, bei dem sie an die letzte, unwägbarste und gefährlichste Etappe ihrer Reise dachten. Voller Glaube und Inbrunst stimmten sie an:

If a windstorm arises,
If waves beat into the boat,
So that the boat is filling,
Do not be terrified.
Do not be terrified.

He has not said that you should perish,
He has not said that you should founder,
But He has said: »Let's cross to the other side.«
»Let's cross to the other side.«

Wenn das Meer laut losbricht/Ein Sturm sich entfesselt
Wogen ins Schiff schlagen/Hab keine Angst vor'm Tod (2x)

Er hat nicht gesagt, dass du untergehst
Er hat nicht gesagt, dass du sink'n wirst
Er hat gesagt:
Lasst uns hinüberfahr'n (2x)

Nach drei Stunden mühsamem Fußmarsch über steinige Ebenen, auf denen man sich jeden Moment den Knöchel verstauchen konnte, und bewaldete Hügel näherten sie sich, noch
immer in der Dunkelheit, dem Treffpunkt. Als sie noch ungefähr hundert Meter entfernt waren, hörten sie, nur für ihre geschärften Ohren vernehmbare, leise Schritte. Wenigstens für
etwas war die Militärausbildung gut. Schnell wie geschmeidige Katzen versteckten sie sich im Unterholz, bereit, sich zu verteidigen. Was immer passierte, sie würden nicht umkehren,
sagte sich Semhar im Stillen und dachte an das Versprechen,
das sie sich selbst am Morgen ihrer Entscheidung gegeben
hatte: »Bis ans Ende, meine Große. Bis ans Ende.« Doch es war
Dawit, der so froh war, sie zu sehen, dass er vergessen hatte, das
vereinbarte Signal zu geben. »Du Idiot. Weißt du, was wir für
Angst hatten?«, schimpfte Meaza, als sie sich ihm in die Arme
warf. Gerührt trat Semhar einen Schritt zurück, um den Freudenausbruch nicht zu stören. Auf einmal war ihre Freundin
nicht mehr die Nervensäge wie manchmal im Camp, sondern
sanft und anschmiegsam.

Semhar merkte gar nicht, dass sie, etwa hundert Meter vom
Schlagbaum entfernt, die Grenze überschritten. Dawit hatte
sich um alles gekümmert. Nach weiteren zwei Stunden
Marsch unter einem Himmel, an dem noch die letzten Sterne
blinkten, waren ihnen zwei Männer entgegengekommen.
Dawit redete auf tigrinisch mit ihnen. Die Sprache der Mehrheits-Ethnie in ihrem Land wurde auch auf der anderen Seite

der Grenze gesprochen. Eine gute Stunde folgten sie den beiden, die schweigend und kräftig ausschritten. Man hörte nichts, als den knirschenden Kies unter den Schuhen. Als schließlich ein rötlicher Schein die Morgendämmerung ankündigte, drehte sich der eine Mann zu ihnen um und sagte, ehe er mit dem anderen wegging:

»Wir sind da. Wartet hier, bis ihr abgeholt werdet.«

Semhar konnte es kaum glauben, sie hatten es geschafft. Sie waren auf der anderen Seite. Ein Schritt in Richtung Zukunft war getan. Meaza weinte vor Freude und umarmte Dawit immer wieder: »Danke, mein Engel, danke.« Sie konnten einen neuen Anfang wagen, so wie sie es als junge Menschen erträumten. Semhar hielt sich zurück. Das war nur die erste Etappe. Freuen konnte sie sich später. Wenn sie am Ziel waren. »Bis ans Ende«, wiederholte sie. Und da wusste sie noch nicht, dass einzig auf dieser Etappe ihres langen kampfreichen Wegs alles glatt lief und es keine Zwischenfälle gab. Sie schrieb ihrem Cousin eine Nachricht, damit er seine Familie und diese wiederum Semhars Eltern über die Entscheidung ihrer Tochter informierte. Semhar selbst verbot sich jeden Kontakt zu ihren Eltern und hoffte, ihnen so die Repressalien durch Erpresser in Uniform zu ersparen.

DER CONTAINER

Als sie mittlerweile zwei Stunden an der Stelle warteten, wo die Männer sie zurückgelassen hatten, konnte Meaza ihre Ungeduld nicht mehr bezähmen. Man hatte sie hereingelegt. »Wir hätten es gleich ahnen sollen bei den üblen Gesichtern. Wir hätten nicht mitgehen sollen. Wie sie das schon gesagt haben! ‚Wartet hier‘. Ohne Erklärung oder irgendetwas. Für wen halten die sich?« Nur weil Semhar die Nerven bewahrte und Dawit, neben süßen Worten und Nackenküsschen all seine Überzeugungskraft einsetzte, legte sich Meazas Aufregung wieder. Es war nach Mittag, die Sonne stand hoch am Himmel, die drei hockten im dürftigen Schatten eines rachitischen Flammenbaums. In etwa zwei Kilometer Entfernung war eine Siedlung zu erkennen: Ein weiß-grünes Minarett überragte ein paar Dächer. Sie könnten dort um Hilfe bitten, schlug Semhar vor. Aber Dawit, der Stratege, war nicht einverstanden: »Wir kennen die Gegend nicht, da sollten wir uns nicht zu weit vorwagen.«

Als sie unversehens der Hunger überfiel, aßen sie das Brot und die Büchsensardinen, die Dawit mitgebracht hatte. Dann drängte Meaza ihren Liebsten, sich zu vergewissern, dass die Schlepper sie nicht vergessen hatten. Sie war das Warten leid. Man konnte sie doch nicht einfach da herumstehen lassen. Es sei seine Aufgabe als Mann, sie aus diesem Schlamassel zu erlösen. Semhar mischte sich lieber nicht ein. Erst recht nicht, als der arme Dawit zugab, dass er wohl eine Nummer habe,

unter der er seinen Kontakt erreichen könne, aber keine sudanesische SIM-Karte. Das hätte er besser nicht gesagt. Meazas
Antwort ließ nicht lange auf sich warten:

»Und daran zu denken, war für den eritreischen Che Guevara zu schwer?«, stieß sie wütend hervor.

»Beruhig dich, meine Kleine, sie werden schon kommen«,
sagte Dawit. »Im schlimmsten Fall machen wir, was Semhar
vorgeschlagen hat, und ich kaufe dort drüben eine Karte.« Er
zeigte auf den Punkt, der wie eine Slumsiedlung aussah.

Aber obwohl sie in Sawa sehr gut eine Nacht und einen Tag
Wache schieben konnte, beruhigte sich Meaza nicht. Sie war
kurz davor, auszuflippen. »Wenn du möchtest, spielen wir Verstecken, meine Kleine, dann vergeht die Zeit schneller«, sagte
Semhar, der es besser gelang, ihre Sorgen beiseitezuschieben
und ihr Ziel dafür nicht aus den Augen zu verlieren. Die bei-
ßende Ironie traf ins Schwarze. Beleidigt flüchtete sich Meaza
in die Arme ihres Liebsten.

Den brütend heißen Nachmittag vertrieben sich die drei
mit Nickerchen im Sitzen, den Kopf an den Flammenbaum
gelehnt, und endlosen Gesprächen, in denen sie ihre Zukunft-
sträume in den Himmel aufsteigen ließen. Meaza fand zu ihrer guten Laune zurück. Und als es dämmerte, hielt neben ihnen ein Toyota Land Cruiser Pick-up. Der Beifahrer bedeutete
ihnen, auf die Pritsche zu klettern, und schrie auf tigrinisch:

»Es geht nach Khartum!«

»*Yallah! Yallah*!«, fügte er noch auf Arabisch hinzu.

Auf der Ladefläche drängten sich bereits ungefähr zwanzig
andere wie die Heringe mit Bündeln zwischen den Füßen
oder auf dem Schoß. Dem Aussehen nach zu urteilen, Eritreer,
Somalier und Sudanesen. Sie rückten noch ein wenig mehr
zusammen, und die drei Freunde fanden ein halbwegs großes

Mauseloch für sich. Sie saßen noch nicht richtig, da ging es schon los. Bis in den Abend und dann die ganze Nacht fuhren sie über holprige Straßen oder sandige Pisten; der aufgewirbelte Staub legte sich auf die Lunge. Semhar nahm ihr Ersatz-T-Shirt aus dem Rucksack und hielt es dicht vors Gesicht, ihre Freunde machten es ihr nach. Den ersten Stopp legten sie zum Tanken ein: Wie aus dem Nichts tauchten Leute auf, mit schweren Benzinkanistern auf dem Kopf. Den zweiten zum Austreten. Wer nicht musste, ging trotzdem. »Noch mal wird nicht gehalten, höchstens bei einem Reifenplatzer oder Polizei«, rief der Beifahrer, der jetzt den Fahrer ablöste. Man musste irgendwie klarkommen. Wem schlecht wurde, der beugte sich bei voller Fahrt über den Pritschenrand. Wenn durch den Fahrtwind das Gesicht des Nachbarn etwas abbekam, egal.

Die drei Freunde hielten, soweit es der Sand zuließ, die Augen offen. Hie und da schienen über der Wüste ein paar blasse Sterne. Meaza schaute, an Dawits Brust gelehnt, zu ihnen hoch. Semhar döste ab und zu ein. Als es Morgen wurde, wachte sie am Rand einer großen Stadt wieder auf: Khartum. Vor einem halb verfallenen Haus lud man sie aus. Die Fahrer verhandelten mit zwei Typen in einem Kauderwelsch, das selbst die sprachbegabte Semhar nicht verstand. Um sie herum suchten abgemagerte Streuner, die sogar zum Bellen zu schwach waren, mit hängender Zunge nach Essbarem. Als einer vor ihr stehen blieb, versuchte sie erst gar nicht, sich zu verteidigen, einen Fußtritt hätte er nicht überlebt. Er schnüffelte ein wenig, dann zog er ab.

Als man sich schließlich geeinigt hatte, wurden die Reisenden von den beiden Typen übernommen. Sie sahen wie Nordsudanesen und wenig vertrauenserweckend aus. Mit dem Schlüsselbund und dem Schlagstock rechts und links am Gürtel wirkten sie wie bedrohliche Kerkermeister. Meaza griff instinktiv nach Dawits Hand, sie spürte die drohende Trennung. Und behielt recht. Wie ihnen der Ältere in rudimentärem Englisch erklärte, würden sie solange in dem verlassenen Haus untergebracht, bis sie den Betrag für die Weiterreise gezahlt hatten, Frauen und Männer in einem eigenen Raum. »Wer will, kann ja in Khartum bummeln gehen«, sagte der Jüngere sarkastisch. Allerdings auf eigene Gefahr, ergänzte der Ältere. Sie schienen ein eingespieltes Team. Die Polizei, so fuhr er fort, führe häufig Identitätskontrollen durch, man würde sie festnehmen und unter Umständen monatelang ins Gefängnis sperren, ehe man sie ins Heimatland zurückschickte. Der falsche süßliche Ton ähnelte dem des Ausbildungsgefreiten in Sawa. Selbst Meaza begriff, dass sie sich jetzt besser still verhielt, wenn sie diesem Rattenloch bald entkommen wollte.

Kost und Logis, erläuterte der Mann weiter, gingen zulasten der Reisenden. »Das hier ist schließlich kein Armenhaus.« Weil Semhar gut Arabisch konnte, eine der drei offiziellen Sprachen Eritreas, übersetzte sie für Landsleute, die die Sprache weniger gut beherrschten. Und auch für Sudanesen, die tigrinisch sprachen. Wer sparen wolle, könne, auch wenn der Ramadan noch fern sei, natürlich gern hungern. »Anders als die Unterkunft ist Essen nicht Pflicht«, erklärte der Jüngere höhnisch lachend und entblößte gelbliche Schneide- und Eckzähne, wohl das Ergebnis von übermäßigem Tabak- und Teekonsum und seltenem Zähneputzen.

Dann zeigte man den neuen Gästen ihre Unterkunft. Die Latrinen, erkennbar am beißenden Gestank, befanden sich im Hof, etwa fünf Meter vom Haus entfernt. Etwas näher an der Hauswand stand ein Holztrog, ähnlich den Pferdetränken vorm Western-Saloon, darin brackiges Wasser, das seit Tagen vor sich hinzufaulen schien. »Euer Bad. Gemeinschaft- oder Einzelnutzung«, konnte sich der andere Typ nicht verkneifen, der mit nach hinten gegelten rabenschwarzen, glänzenden Haaren eher wie ein Araber aussah. Nach Ende der Hausführung brachte der eine alle Männer in einen ungefähr zwölf Quadratmeter großen Raum und der andere Semhar, Meaza und drei weitere Frauen in einen Raum, der noch kleiner war. Semhar ließ sich neben ihrer Freundin auf eine der Binsenmatten fallen, die kreuz und quer auf dem Boden lagen. »Wir können ein bisschen quatschen«, dachte sie. Doch müde und zerschlagen, wie sie war, fiel sie wie ihre Mitreisenden in tiefen Schlaf und merkte daher nicht, dass ihre Gastgeber die Tür hinter sich abschlossen.

Am frühen Nachmittag wollte Semhar auf Toilette gehen. Als sich die Holztür nicht öffnen ließ, trommelte sie mit beiden Fäusten dagegen, damit jemand kam, und weckte alle auf. Der Nordsudanese mit den gegelten Haaren eilte herbei und brüllte sie auf Arabisch und Englisch an. Semhar sagte nichts. Sie habe zu laut gegen die Tür gehauen, das könne indiskrete Nachbarn alarmieren, sagte der Typ, obwohl die wenigen Häuser, die es gab, ziemlich weit entfernt lagen. »So oder so, die Tür bleibt zu, das ist eben so«, sagte er wütend. »Vor allem, wenn mein Kollege und ich nicht da sind. Hier soll keiner rumschnüffeln.« Kurze Zeit später servierte man ihnen die Mahlzeit für den Tag, eine Art Grießsuppe, dazu starken schwarzen Tee aus einem verdreckten Aluminiumkessel. Die beiden Freundinnen schluckten alles, ohne zu murren. Das Camp in Sawa war eine gute Schule gewesen.

Zwei Tage vergingen. An einem Morgen kam der Mann, der sie vor dem Haus abgeladen hatte, und informierte die im

Hof versammelten Reisenden. Kost und Logis würden fünfzig Dollar die Woche kosten, »Günstig, oder?«. Die Fahrt nach Libyen dafür zehn Mal so viel, nämlich fünfhundert Dollar. »Wer das Geld hat, kann schon bald fahren. Ihr bekommt Bescheid. Die andern müssen noch warten. Hier gibts keinen Kredit«, schleuderte er in den Hof, »und damit ihr es gleich wisst, unsere Geduld hat ihre Grenzen.« Er würde ihnen eine Telefonnummer dalassen, wo man ihn im Notfall erreichen könne. »Und für alle, die telefonieren wollen, haben wir sudanesische Prepaid-Karten. Dass die nicht kostenlos sind, muss ich wohl nicht erklären. Denkt also dran, eure Handys aufzuladen. Strom gibts von uns.« Ohne weitere Fragen abzuwarten, setzte er sich ans Steuer seines Pick-ups, der so makellos weiß war wie seine Dschellaba und seine Schnabelschuhe. In einer dichten Staubwolke fuhr er davon.

Ehe der jüngere Gefängniswärter die »Touristen« wieder in ihre Buden schickte, genehmigte er allen einen einstündigen Spaziergang, damit sie die Kröte besser schluckten. Meaza und Dawit begrüßten sich freudig – und frustriert, weil sie nicht allein waren. So konnten sie nur Händchen halten und in den Augen des anderen versinken. »Passt auf, dass ihr nicht ertrinkt«, witzelte Semhar, ehe sie zum Eigentlichen kam. »Schön, dass ihr euch so liebt, aber vergesst nicht, warum wir hier sind.« Die drei sonderten sich ein wenig ab, um sich besprechen. Dank der Prepaid-Karten, die sie bei den Hausverwaltern teuer erstanden, konnte Semhar Amanuel eine Nachricht schicken und um Rückruf bitten.

Dawit schrieb an einen früheren Regimentskameraden, der mittlerweile in England war und dem er seine Ersparnisse häppchenweise überwiesen hatte. Wenn das nicht reichen sollte, würde er den Rest von seinem Freund bekommen. Keiner der drei reiste mit viel Geld. Den Betrag für die Weiterreise organisierten sie vor jeder Etappe neu.

Fünf Tage später saßen sie mit ungefähr fünfzig anderen Afrikanern in einem Lkw-Container auf dem Weg nach Libyen. Der Lkw, mit einem Pick-up als Vorhut, fuhr immer nur nachts, wie ihnen ihre Begleiter erläuterten, um eventuelle Polizeikontrollen und, ihre größte Sorge, Banditen-Checkpoints zu umgehen. Durch die Wüste brauchten sie drei endlose Wochen. Die Schlepper, zwei Sudanesen und drei Araber, trugen unter der Dschellaba eine Kalaschnikow und in der Hand einen Stock. Sobald sich ein Aufsässiger über die lange Fahrt, die Reisebedingungen oder das knappe Essen beschwerte, schlugen sie, ihr Vergnügen kaum verhehlend, damit zu.

Semhar konnte Meaza kaum noch beschwichtigen, die noch dazu in Dawit plötzlich einen Gleichgesinnten fand. Doch um Semhar von ihrem Vorhaben abzubringen, brauchte es schon etwas mehr. »Wenn ihr das Ganze scheitern lassen wollt, nur zu.« Klar, sie würden in der Scheiße sitzen, sagte sie, kurz zusammengefasst. Doch da helfe es wenig, sich aufzuspielen, im Gegenteil, man müsse sich erst recht auf sein Ziel konzentrieren. »Die warten doch nur darauf, dass wir uns provozieren lassen.«

Dann erinnerte sie Meaza daran, was sie ihr selber in Sawa geraten hatte, als der Ausbildungsgefreite sie belästigte. Außerdem sei das eine Frage des Prinzips: Wer gemeinsam aufbricht, kommt auch gemeinsam an. »Oder eben nicht«, fügte sie hinzu, um ihre Freunde, die panische Angst vor dem Scheitern hatten, aufzurütteln. Auch dank ihres Glaubens fand sie die richtigen Argumente. Sie rezitierte die Strophe aus dem

Markusevangelium, die Meaza und sie auf ihrem ersten Weg zu Dawit begleitet hatte.

»Wir schaffen das, Freunde. Wir schaffen das«, sagte Semhar überzeugt.

Das sagte sie mit ihren gut zwanzig Jahren, während sie, hinter Warenballen versteckt, in einem fünfundvierzig Grad heißen Container hockten, durch dessen zwei zehn mal zwanzig Zentimeter große Öffnungen gerade so viel trockene Wüstenluft hereinkam, dass sie nicht erstickten. Aber nicht genug, um zu verhindern, dass eine junge Frau ohnmächtig wurde und unter den Passagieren Panik ausbrach. Selbst auf verzweifelte Schläge gegen die Containerwand reagierte der Schlepper, der neben dem Fahrer saß, nicht. Die anderen Begleiter genossen den klimatisierten Innenraum im vorausfahrenden Pick-up. Doch dann hielt der Viehtransporter plötzlich. Der Container wurde geöffnet und die Ballenware, leicht genug, damit die Reisewilligen, die andere Ware, gut ein und aussteigen konnten, beiseitegeschoben. Als sich die Begleiter den Weg ins Innere gebahnt hatten, schlugen sie unvermittelt und unter Gebrüll auf die Menschen ein:

»Sukut! Ulad Kahba!

»Shut up! Sons of a bitch!«

»Fressehalten, ihr Hurensöhne!

Offenbar kannten sie das in allen Sprachen der Welt. Als sie sich ausgetobt hatten, wandten sie sich der bewusstlosen Frau zu, versetzten ihr Ohrfeigen und schütteten ihr Wasser ins Gesicht. »So, hoffentlich habt ihr jetzt begriffen!«, brüllte der, der offenbar der Chef war. Schließlich räumten sie die Ballen wieder zurück und knallten die Türen wütend zu. Danach hielten sie nicht mehr an, auch wenn sie noch so viele Schläge und Schreie hörten.

Die Container-Insassen litten vor allem an Durst. Mehr noch als an Hunger, auch wenn das Essen ebenfalls rationiert war. Zu Trinken gab kaum ein paar Tropfen, ein Halbliterfläschchen alle zwei Stunden. Nur einmal durften sie nach Herzenslust trinken. Die Schlepper waren wohl gut gelaunt. Der Lkw machte an einer Oase Halt, um irgendetwas zu erstehen. Die Nomaden schienen nicht überrascht, als die Passagiere aus dem Container krochen, sich wie die Dromedare auf die Wasserstelle stürzten und sich darum prügelten, wer als Erster dran war. Weit und breit war kein anderes Fahrzeug zu sehen. Die Nomaden schauten mit dem glasigen Blick der Wüste zu.

An der Wasserstelle für Vieh und Mensch trank Semhar so reichlich, dass ihr von zwei Wochen Mangelernährung verkleinerter Magen bald alles wieder von sich gab. Der Darm tat es ihm gleich. Mehrmals wäre sie fast dehydriert, ihre Haut spannte. Eines Nachts, als alle anderen schliefen, zog sie die Hose herunter – die sie schon seit Sawa trug und nur einmal in dem verfallenen Haus waschen konnte -, hielt sich die leere Wasserflasche zwischen die Beine, pinkelte das bisschen herein, was ihr Körper an Flüssigkeit noch hergab, und trank. Trotz Ammoniakgeruch und scharfem Uringeschmack.

Wenn der Morgen graute, durften sie sich nach der langen Nachtfahrt ein wenig die Beine hinter einer Düne vertreten und ihr Geschäft erledigen, während weiter oben ein Begleiter mit wachsamem Blick und Kalaschnikow in der Hand aufpasste, dass sie nicht abhauten. Doch wohin? Da müsste man ja verrückt sein, um überhaupt daran zu denken. Aber weiß man's. Die Wüste kann einen wahnsinnig machen. Wenn sie Glück hatten, ging es nach Einbruch der Dunkelheit weiter. Manchmal, wenn es zu heiß war, erlaubten ihnen die Schlepper, sich in das bisschen Schatten unter dem Lkw zu legen, während sie in einem leicht auf und abbaubaren Zelt Schutz fanden.

Eines Nachts, wohl ungefähr in der Mitte der dritten Woche, schreckte Semhar auf und spürte etwas sehr Schweres auf ihrer Schulter. Dass man beim Aufwachen einen Kopf auf der Brust, einen Arm auf der Schulter oder fremde Beine auf seinen spürte, war in der Enge nichts Ungewöhnliches. Doch der höchstens vierzehnjährige Junge, der sich jetzt an ihre Schulter schmiegte, wollte gar nicht mehr zur Seite rücken. Als sie ihn behutsam wegschob, fiel er auf den Rücken. Reglos. Semhar stieß einen spitzen Schrei aus, der alle im Container weckte.

Da der morgendliche Stopp nicht mehr weit entfernt war, erfuhren es auch die Schlepper bald. Dawit und ein anderer mussten den Leichnam raus in den Sand werfen, dann fuhr der Lkw weiter. Den ganzen Morgen. Zweifellos wollten die Schlepper den Leichnam möglichst weit hinter sich lassen, damit bei Nachforschungen niemand auf sie kam. Selbst wenn das eher unwahrscheinlich war. Die sogenannten Migranten oder Flüchtlinge erregten in Europa zwar seit einiger Zeit Aufsehen, doch wer, abgesehen von den NGOs, deren Geschäftsgrundlage sie waren, kümmerte sich schon wirklich um sie? Zwei Tage später hielt der Lkw mit dem vorausfahrenden Pick-up, der den Weg freimachte, an der libyschen Grenze und lud sie aus.

Eigentlich hätten sie doch gut durchgehalten, sagte Semhar zu dem Pärchen. Aber zu welchem Preis? Alle drei hatten bestimmt sechs bis acht Kilo abgenommen. Die beiden sowieso zierlichen Freundinnen waren nur noch ein Schatten ihrer selbst. Vor Hunger stieg Semhar die Magensäure auf, sie schluckte sie herunter, was sie notgedrungen in dem Lkw gelernt hatte, wo sie nicht ausspucken konnte. Das Wichtigste sei doch: Sie lebten alle drei. Eine weitere Etappe liege hinter ihnen, auch wenn sie noch nicht über die Grenze seien. Die zweite, sagte Semhar, legte ihre Stirn an die ihrer Freunde und dankte dem »der auf dem Thron saß, der da lebt von Ewigkeit zu Ewigkeit« für seine Güte.

DIE PRÜGEL

Der Konvoi konnte die Grenze erstaunlich leicht passieren. Es gab nur eine Scheinkontrolle. Lässig umkreisten die Zollbeamten das Fahrzeug, baten den Fahrer, den Container zu öffnen und stocherten ein wenig zwischen den Ballen herum. Man musste kein Sherlock Holmes sein, um zu erkennen, dass die Schlepper mit den Grenzbeamten und einflussreichen libyschen Milizen gemeinsame Sache machten. In Libyen herrschte Chaos, nachdem das langjährige Staatsoberhaupt Oberst Muammar al-Gaddafi vor drei Jahren mithilfe der westlichen Länder gestürzt und getötet worden war. Das einträgliche Schleppergeschäft ließ sich nur fortsetzen, wenn man sich mit den aktuellen Machtcliquen verständigte und großzügig Schmiergelder verteilte. Als der Lkw stoppte, hielten die Insassen die Luft an. Keiner rührte sich, jeder hatte Angst, von den Schleppern malträtiert oder von seinen Leidensgenossen, die einem sofort die Schuld am drohenden Scheitern der Operation geben würden, zusammengestaucht zu werden.

Derweil waren die Pick-up-Insassen ausgestiegen, rauchten, tranken Tee und palaverten mit den Zollbeamten. Die Kontrolle dauerte nicht länger als der kurze Plausch. Dann fuhr der Lkw direkt weiter mit dem Pick-up vorneweg. Nach ungefähr einer Stunde hielten sie mitten im Nirgendwo. Übergabe. Es wurde langsam Tag. Man ließ die Passagiere aus dem Container steigen, sich die Beine vertreten und, natürlich unter dem wachsamen Blick eines bewaffneten Zerberus, ihr dringendes Geschäft erledigen. Meaza und Dawit wagten eine verstohlene Berührung, als sähen sie sich zum ersten Mal. Semhar hielt sich im Hintergrund und schaute amüsiert zu. Nach kurzen Verhandlungen vertraute man die fünfzig Leute schließlich anderen Schleppern an. Der »Chef« verabschiedete sich mit Worten, deren Sinn Semhar bald besser verstehen sollte: »Okay, ihr seid in Libyen. Euer Schicksal liegt jetzt in eurer Hand.« Und mit seinem sadistischen Lächeln, das er nur ablegte, um zuzuschlagen, und das sich direkt an sie zu richten schien, fügte er hinzu: »Und in Allahs.«.

Diesmal warteten zwei beige Pick-ups auf die Reisenden. Semhar kletterte mit ihren Freunden auf die Ladefläche. Um sich ein wenig vor der heißen Sonne zu schützen, wickelten sie sich ihre Jacken als Turban um den Kopf. Die Wagen waren so überfüllt, dass sie kam anfahren konnten. Der neue »Chef«, ein beinah blonder Berber in den Vierzigern und trotz Bauchansatz athletisch, ließ an jede Gruppe zwei Kanister schmutziges Wasser, trockenes Brot und Datteln verteilen, die so hart waren wie Kameldung. Dann setzte er sich neben den Fahrer des vorwegfahrenden Pick-ups, seine Gehilfen mussten sich in den zweiten Pick-up quetschen. Aber beide waren natürlich klimatisiert.

Dann ging es los, die Fahrer gaben Vollgas und rasten über die abwechselnd steinigen und sandigen Pisten. Auf der Pritsche wurden die Passagiere hin- und hergeworfen: nach vorne, hinten, zur Seite. Wer abhob, wurde gerade noch rechtzeitig von vorausdenkenden Armen festgehalten. Meaza wurde von den Schlaglöchern, scharfen Bremsmanövern oder großen Steinen, denen die Fahrer nicht ausweichen konnten, so übel, dass sie sich über den Wagenrand beugte und das bisschen erbrach, was sie gegessen hatte. Semhar klammerte sich wie bei einem Rettungsanker an einen Arm, ein Bein, eine Taille, eine Schulter, den Wagenrand …

Als die Pick-ups zum Tanken an einer Nomadensiedlung hielten, wusste Semhar endgültig, mit wem sie es zu tun hatten. In ihrer Nähe saß ein Sudanese und redete schon seit einer halben Stunde vor sich, wiegte sich wie ein Jude im Gebet unaufhörlich vor und zurück und stierte die anderen mit glasigem Blick an. Abgetaucht in eine andere Welt verband ihn mit den anderen nur noch ein wirres Gerede, das selbst seine Landsleute kaum verstanden. Semhar versuchte anfangs noch, ihn auf Englisch, dann auf Arabisch anzusprechen. Schweren Herzens gab sie es schließlich auf, behielt ihn aber im Auge, weil sie hoffte, er würde wieder zu sich kommen und ihr bedeuten, dass er wieder zur Gruppe gehörte. Dann kam der erste Tankstopp.

Im selben Moment sprang der Sudanese schon von der Ladefläche und rannte einfach geradeaus. Er lief vornübergebeugt, landete bei jedem Schritt fast mit dem Gesicht im Sand, kämpfte mit dem Sand, sank ein, befreite sich mühsam, Staub wirbelte auf. Nach kaum fünfzig Metern hatte ihn einer der Schlepper schon gepackt und prügelte unvermittelt auf ihn ein. Schläge gegen den Kopf, die Schultern, Bauch, Knie. Der junge Sudanese schrie, schlug um sich, hielt die Arme schützend vors Gesicht. Dann gab er jeden Widerstand auf, fiel stumm zu Boden und rollte sich ein. Der Schlepper schaffte es, einen Arm herauszuziehen und zog ihn wie ein Jäger seine Beute hinter sich her.

Als er die Gruppe erreichte, hielt er einem anderen Sudanesen den Knüppel vor die Nase und sagte auf Arabisch: »Mach ihn fertig.« Der verstand nicht oder tat nur so. Schon rammte ihm der Schlepper den Kalaschnikowkolben gegen die Schulter, die Brust, der Sudanese krümmte sich, dann stand er auf und nahm den Knüppel. Unschlüssig, was zu tun sei, hielt er ihn in der Hand. »Zuschlagen«, sagte der Schlepper. »*Yallah*!« Halbherzig schlug der Sudanese zu. Der Schlepper stieß ihn und schrie: »Stärker!« Der Sudanese haute auf seinen Landsmann ein. »Stärker!«. Wieder schlug er zu. »Stärker!« Wie von dem Befehl hypnotisiert, prügelte er immer wütender auf den Mann am Boden ein. Mit zusammengepresstem Mund und Tränen in den Augen. Unter dem dreckigen Gelächter der Begleiter. Dem spöttischen Blick der Nomaden, dem betäubten der Passagiere. Nach ein paar Minuten machte der Chef eine knappe Handbewegung, der Schlepper griff nach dem erhobenen Arm des Sudanesen und nahm ihm den Knüppel ab. Die Wagen setzten sich wieder in Gang, der blutige Körper blieb unter der glühenden Sonne zurück.

Bis dahin hatte Semhar noch an sich gehalten, doch jetzt platzte sie vor Wut. Zum ersten Mal wich sie von ihrer Regel ab, ihr Ziel auf keinen Fall, was immer auch passierte, aus den Augen zu verlieren. Dass ein Mensch so behandelt wurde, ertrug sie nicht. Noch dazu endete der Traum des Sudanesen jetzt in der Wüste. Und wenn ihm niemand half, würde er sogar sterben. Das war nicht nur grausam, sondern auch ungerecht. Obwohl ihr Vater streng war, durfte ihre Mutter sie nie schlagen. »Man kann ein Kind auch mit anderen Mitteln bestrafen und erziehen«, sagte er. Als sie jetzt an diese Worte dachte, stiegen ihr vor Wut die Tränen in die Augen. »Das war zu viel, das geht einfach nicht«, sagte sie leise. Wenn sich keiner wehrte, würden diese Aasgeier noch einen von ihnen umbringen. Und kein Gericht würde sie zur Rechenschaft ziehen.

Sie trommelte mit den Fäusten gegen die Fahrzeugseite und schrie, so laut sie es mit ihrer zarten Statur konnte, auf Arabisch:

»Das dürft ihr nicht. Er hat wie alle bezahlt. Dazu habt ihr kein Recht.«

Die beiden Geländewagen machten eine Vollbremsung, der Chef stieg als Erster aus. Dann schritt er gemächlich auf Semhar zu. Im Rückspiegel hatte er gesehen, woher die Schreie kamen. Als er auf ihrer Höhe war, durchbohrte er die *kahluscha*, dieses Niggerweib nicht besser als alle anderen, mit einem Blick aus stahlblauen Augen und versetzte ihr eine Ohrfeige mit der flachen Hand, an allen Fingern, außer dem Daumen, trug er einen Ring. Der Kopf der jungen Eritreerin knallte gegen die Brust, aber sie hatte ihn noch nicht wieder gehoben, als sie schon eine Ohrfeige auf die andere Wange bekam. Hin und her, mit unglaublicher Wucht. Aus ihrer linken Wange tropfte Blut und spritzte auf die weiße Dschellaba des Berbers. Was seine Wut noch vervielfachte. Auf Semhars Kopf und Brust prasselten die Schläge ein wie auf einen Punchingball.

Da konnten Meaza und Dawit nicht mehr tatenlos zuschauen. Ohne sich abzusprechen, sprangen sie auf, um sich zwischen ihre Landsmännin und ihren Peiniger zu werfen. Noch ehe er den Mund aufmachen konnte, bekam Dawit einen Kolbenschlag gegen die Schläfe, und als Meaza den Lauf des Sturmgewehrs direkt vor sich sah, rührte sie sich nicht mehr. Die einen schauten stumm zu, andere senkten vor Scham den Blick oder schauten woandershin. Bis der Chef befand, dass das genug Prügel waren. Trotz aller Wut und diesem Gefühl der Ungerechtigkeit mussten die drei Freunde einsehen, dass sie machtlos war. Meaza befeuchtete ihr T-Shirt mit dem kostbaren Wasser, tupfte erst Semhars Wunden ab und dann Dawits, der das allerdings nur widerwillig zuließ. Die Niederträchtigkeit des Schleppers und seine eigene Ohnmacht machten ihn fuchsteufelswild. Noch dazu hatte ausgerechnet er die Frauen in dieses Abenteuer reingezogen, und jetzt konnte er sie nicht verteidigen, sondern der furchtbaren Szene, die sich direkt vor seinen Augen abspielte, nur hilflos zusehen. Das war fast schlimmer, als hätte er mitgemacht.

Als der Chef wegging, rief er laut und deutlich auf Englisch, damit es alle verstanden:

»Was dürfen wir nicht? Dich verprügeln? Dich hier zurücklassen? Ihr habt kein Recht zu gar nichts. Damit ihr das ein für alle Mal in euren q*ird*-Kopf kriegt. In euren Makakenkopf. Zu nichts und wieder nichts. Ihr seid in unserer Hand. Wenn ihr unbedingt dorthin wollt, wo keiner auf euch wartet, macht ihr gefälligst, was wir sagen. Basta.«

Als sie am Abend biwakierten, kam der Berber mit zwei bewaffneten Gorillas, packte Semhar am Handgelenk und zog die zarte Person fast mühelos hinter sich her. Während die junge *kahluscha* um sich schlug, hielt ein Gorilla Dawit und Meaza mit der Waffe in Schach. Von den anderen würde keiner eingreifen. Angst ist stets ein guter Ratgeber. Dawit war wie eine Bombe kurz vor dem Explodieren. Meaza, die das spürte, war diesmal klüger. Als sie sanft nach seiner Hand griff, verstand er, dass er nichts bewirken konnte. Jede Hilfe war zum Scheitern verurteilt, außerdem würde er alles nur noch schlimmer machen. Die Schlepper würden sich erst recht auf Semhar und sie stürzen. Nach einigen Minuten, die dem Paar eine Ewigkeit schienen, löste ein Kollege ihren Bewacher ab, damit der sich zu seinem Chef hinter der Düne begeben konnte. Auch drei andere warteten schon wie Aasgeier auf einen Festschmaus.

Semhar wehrte sich nicht und schrie nicht. Das Vergnügen würde sie ihnen nicht auch noch gönnen. Halt durch, sagte sie sich und biss die Zähne zusammen. Halt durch. Hilfe suchte sie bei Versen aus ihrer ach so fernen Kindheit. »Denn Hunde haben mich umgeben, und der Bösen Rotte hat mich umringt; [...] Sie teilen meine Kleider unter sich und werfen das Los um mein Gewand. Aber du Herr, sei nicht ferne; meine Stärke, eile, mir zu helfen. Errette meine Seele vom Schwert, mein Leben von den Hunden! Hilf mir aus dem Rachen des Löwen und vor den Hörnern wilder Stiere!« Die Schlepper nahmen einen kalten, starren Körper in Besitz. Einen toten Körper, der ihnen jede andere Befriedigung verwehrte als die, ihn mit ihrer bedeutungslosen Spucke zu beschmutzen. In dieser Nacht irgendwo in der libyschen Wüste verlor Semhar ihre Jungfräulichkeit und einen großen Teil ihrer Unschuld.

Auf der restlichen Fahrt gab es keine weiteren Vorkommnisse, sah man von ein paar Ohrfeigen ab, mit denen sich die Schlepper hie und da abreagierten. Semhar und ihre Freunde saßen die ganze Zeit dicht aneinandergedrängt, wie ein Körper mit drei Köpfen. Nie ließ sich Semhar, die eher zurückhaltend und wenig anschmiegsam war, so bereitwillig liebkosen. Selbst wenn sie Meaza nicht erzählte, was hinter den Dünen passiert war, ihre Freundin verstand auch so. Und auch vor ihren Peinigern weinte Semhar nie, höchstens im Schutz der schwarzen Wüstennacht. Wenn der Schmerz plötzlich wieder lebendig wurde. Damit sie nicht den Verstand verlor. Doch niemals brach sie ihr Schweigen, um ihre Freunde nicht über Gebühr zu beunruhigen. Die Fahrt, die sie schließlich in die Vororte von Sabratha führte, dauerte drei Tage. Sie machten

noch einen Abstecher nach Bengasi, wo man weitere verzweifelte Reisewillige, Lebenswillige aufsammelte.

VERSCHWUNDEN

Als sie gegen Abend an ihrem nächsten Zwischenstopp ankamen, wurden die drei aus Eritrea erneut getrennt. Alle Frauen rechts, alle Männer links. Die ungefähr dreißig Meter voneinander entfernten Gebäude wirkten zwar provisorisch, aber wesentlich größer als das am Rand von Khartum. Es waren große, auf den ersten Blick verlassene Lagerhallen. Mit ihren drei Meter hohen Sicherheitsmauern und obenauf zwei Reihen Stacheldrahtrollen schienen sie wie ein Privatgefängnis. Auch wenn nirgendwo Uniformierte zu sehen waren oder Wachtürme, in denen Aufseher mit Präzisionsgewehren auf Flüchtige schossen wie auf Hasen. Nur ein paar Männer standen im geteerten Hof oder fläzten sich dort auf weißen Plastikstühlen, quatschten laut, rauchten und daddelten auf dem Handy. Außer Schlagstock und Handschellen, gut sichtbar an der Koppel, waren sie offenbar unbewaffnet. Aber vielleicht hielten sie irgendwo eine Kalaschnikow versteckt, die sie bei einem Flucht- oder Meutereiversuch hervorholten.

Man stieß Semhar und Meaza in die riesige Halle, die trotzdem kaum groß genug für die vielen Frauen war, die sich, von wenigen privilegierten Mattenbesitzerinnen abgesehen, auf dem nackten Boden drängten. Rein zufällig fanden sich die Freundinnen neben zwei Nigerianerinnen wieder, die schon seit sechs Monaten auf ihre Überfahrt nach Europa warteten. Die eine, Chochana, ziemlich wohlgenährt, klärte sie über die herrschenden Sitten und Gebräuche auf. Wie sie sich am besten verhielten, um den sehr häufigen körperlichen Strafen zu entgehen. Wer widerspenstig war, würde, um ein Exempel zu statuieren, im Hof ausgepeitscht, die anderen müssten zuschauen. Chochana erläuterte ihnen auch, welchen Wärtern sie keinesfalls in die Augen blicken dürften, da sie das als mangelnden Respekt auffassen würden. Und welche Wärter kleine Vergünstigungen gewährten, gegen ... Sie suchte nach den richtigen Worten und entschied sich dann für:

»Na ja, du weißt schon, was ich meine.«

»Das große Los ziehst du als Lieblingsfrau eines Wärters«, fügte ihre Freundin Rachel hinzu, deren Spottlust Semhar sofort gefiel. »Dann lassen dich wenigsten seine Komplizen in Ruhe. Aber wie du es auch machst, den Schweinereien entkommst du nicht, zu denen dich diese Hundesöhne – nichts gegen Hunde – dann draußen zwingen. Sie verleihen deinen Arsch an andere. Und kassieren.«

Das war noch nicht alles. Die Schweine seien ganz vernarrt in widernatürliche Praktiken. »Die lassen kein Loch aus. Besser, du gewöhnst dich dran«, brachte sie in holprigem Englisch wie ein Schuss aus einem AK-47-Maschinengewehr hervor. Meaza war die Heilige Jungfrau, verglichen mit dieser unverblümten Sprache. Wenn Semhar und ihre Freundin irgendetwas verstecken müssten, brachten sie es besser anderswo unter. Wenn man in dieser Arschloch- Halle überhaupt etwas verbergen konnte. Die beiden Eritreerinnen schworen sich, die Ratschläge zu beherzigen. Doch auch so blieben sie von dem Zynismus und den Grausamkeiten der Kerkermeister nicht verschont.

Von Dawit hörten Meaza und Semhar nichts. Die folgenden Tage versuchten sie, sich mit den Gepflogenheiten des Ortes vertraut zu machen. So gut wie jeden Morgen sammelten die Aufseher Frauen ein, um sie an verschiedene Orte zu bringen. Je nach Laune wählten sie jeweils Gruppen von zehn oder zwölf aus und scheuchten sie auf Pick-ups, ähnlich dem, mit dem sie nach Sabratha gekommen waren. Verlockende Frauen mussten den ganzen Tag lang einer Männermeute mit unterschiedlichsten Gelüsten als Sexsklavinnen dienen. Ununterbrochen, ohne Pause, bis zum Einbruch der Dunkelheit. Wenn sie zurückkamen, konnten sie nur noch weinen oder sich vielleicht, ein schwacher Balsam für ihre Wunden, in die Arme einer Freundin zu flüchten, die an diesem Tag verschont geblieben war.

Wer dem Geschmack der Aufseher weniger entsprach, wurde in die anderen beiden Gruppen eingeteilt: Die einen schufteten als Dienstmädchen in wohlhabenden Haushalten von Sabratha und Umgebung. Die anderen, wie Semhar, spülten in Restaurants und profitierten wenigstens von den Speiseresten, die auf den Tellern der Gäste blieben und eigentlich für die Mülltonne oder herumstreunende Hunde bestimmt waren. An solchen Tagen konnten sie und ihre Freundinnen schlemmen. Oft vergaßen die Gefängniswärter nämlich, ihnen Essen zu geben, so dass sie nur alle zwei, drei Tage ein bisschen schmale Kost bekamen.

Die Arbeit in den Restaurants hatte, wenn auch der Lohn zu drei Vierteln in den Taschen der Organisation verschwand, noch einen anderen Vorteil. Man war relativ frei. Aber sich aus dem Staub zu machen, war schwierig. Schon einige vor Semhar hatten es versucht und waren wieder geschnappt worden, weil sie ein Restaurantbesitzer oder jemand aus der Umgebung verraten hatte. Die Libyer waren den Frauen gegenüber eher feindselig oder einfach nur verunsichert, weil ständig Leute kamen und gingen, die ihre Kultur und ihre Sprache nicht kannten. Manch eine, die sich schon gerettet glaubte, kam vom Regen in die Traufe und fiel einer konkurrierenden, noch grausameren Schlepperbande in die Hände. Angeblich, so hörte man im Lager, hatte man am besten mit den Schleppern zu tun, die unter dem Schutz der Miliz des Onkels, des mächtigsten Paten von Sabratha, standen. Warum, wusste keiner genau. Arbeitete sein Unternehmen zuverlässiger? Hatte er mehr Leute über das Mittelmeer gebracht? Wer unter dem Schutz vom »Doktor« oder »Al-Bibel«, zwei anderen lokalen Bossen arbeitete, war weniger angesehen. Darum war es gut, so Chochana, die eine Nigerianerin, dass ihre Halle im Gebiet des Onkels lag.

Draußen gelang es Semhar, wieder Kontakt zu Amanuel aufzunehmen und, weil Meaza es gern wollte, auch zu einem Regimentskameraden von Dawit. Seine Telefonnummer lernte sie auf Meazas Rat hin auswendig. »Man weiß nie, Schwesterherz. Vielleicht kannst du sie mal brauchen. Er ist süß, weißt du. Ich habe ein Foto gesehen. Und er hat dasselbe Temperament und gute Herz wie Dawit. Wer weiß, wenn du erst mal in Europa bist?« Die Handys hatten sie gleich bei der Ankunft abgeben müssen. Die Libyer misstrauten, anders als die Sudanesen, allem, was der Organisation irgendwie gefährlich werden könnte. Mit einem Handy konnte man nicht nur telefonieren, sondern fotografieren, Gespräche aufzeichnen und nach draußen senden. Sie bekamen ihre Handys nur, um bei ihren Angehörigen die nächste Tranche für die Überfahrt anzufordern. Deren Kurs im Übrigen beständig und stärker stieg als sämtliche Kurse an den Börsen von Wall Street, London und Tokio zusammen. In dem Gespräch mit ihrem Cousin verheimlichte Semhar, so gut es ging, was sie tagtäglich ertragen mussten, schönte, redete drum herum; ihre Familie sollte nicht, auch nicht versehentlich, von der beunruhigenden neu-en Situation erfahren.

Semhar konnte Meaza mitteilen, dass ihr Liebster einen Job auf dem Bau ergattert hatte. Dass es sich um Zwangsarbeit handelte, hatte Dawits Freund wohlweislich verschwiegen. Auch dass er sich spätabends, wenn er zurückkam und auf sei-ner Matratze lag, fühlte, als sei er mehrmals unter die Dampf-walze geraten. Und sich am Morgen nur wieder aufrappelte, weil er sonst mit Fußtritten oder einem Wasserstrahl ins Ge-sicht geweckt würde. Das Spiel machte den Gorillas im Män-nerlager besonderen Spaß. Außerdem wurde man, wenn man eine gewisse Zeit klag- und widerstandslos gearbeitet hatte, angeblich mit einem Platz auf einem Boot nach Europa be-lohnt. Sozusagen aus dem Sklavendasein entlassen.

Kurzum, Dawit hielt durch. Allerdings beschönigten diese Worte, zu welchen Diensten man ihn sonst noch zwang. Etwa zum Analverkehr mit einem Mithäftling, der versucht hatte, zu fliehen. Doch Meazas Liebster sei guter Hoffnung, einen Teil der bisherigen und künftigen Schulden begleichen zu können. Auf diesem Umweg konnte das Paar eine Weile kom-munizieren, aber nicht persönlich miteinander sprechen. Da die beiden Gebäude einander gegenüberlagen, konnten sie an Arbeitstagen das des anderen sehen. Klos und Duschecken waren hingegen so angeordnet, dass die Frauen keinen Män-nern begegneten. Außer den Aufsehern.

Und dann kam Meaza eines Abends nicht wieder. In letzter Zeit war sie stark beansprucht gewesen. Sie verbrachten schon eineinhalb Monate oder länger hier, Semhar hatte jedes Zeit-gefühl verloren, und es verging kaum ein Tag, an dem Meaza nicht aus irgendeinem Grund aus der Halle geholt wurde.

Dennoch trödelte sie nicht einen Moment und sprang, die Hände an der Hosennaht, sofort auf, sobald der Kerkermeister auf sie zeigte. Hastete nach draußen, um seine wertvolle Zeit nicht zu vergeuden. Sonst setzte es Ohrfeigen, Stockschläge und Fußtritte, mindestens. Solche Misshandlungen gehörten zum Alltag, sie gab es morgens beim Aufstehen und abends vorm Schlafengehen, statt Mahlzeiten. So wie auch die Gemeinschaftsduschen mit dem Gartenschlauch, dort, wo sie anschließend schliefen. Damit sie sauber werden, rief der Aufseher und lachte höhnisch: »Es riecht hier nach Muschi.« Ein Tag ohne Ohrfeige war das reinste Wunder. Ein Segen von ganz oben, war Semhar überzeugt.

Doch Meaza hatte es geschafft. Manchmal musste sie tagelang keine einzige Misshandlung über sich ergehen lassen. Lag das an ihrem anziehenden Gesicht und ihrer anschmiegsamen Art? Meaza erklärte Semhar und den Nigerianerinnen, wie sie die Sache angehen müssten. Jedem Befehl müsse man umgehend gehorchen. Die Erwartungen der Gefängniswärter in vorauseilendem Gehorsam erfüllen. Damit man gar nicht erst angefahren wurde, etwa mit »Du hast hier gar nichts zu melden, Niggerschlampe!«

»Das nennt man ›gute Miene zum bösen Spiel machen‹. Widerstand ist sinnlos, Mädels.«

Doch als die Nachrichten von Dawit seltener wurden, erlahmte ihre Widerstandskraft. Plötzlich wirkte sie wie eine Pflanze, die bloß vom Angucken schon verwelkte. Dawit war ihr Ein und Alles. Er vertraute ihr und liebte sie trotz allem, was sie in Sawa durchgemacht hatte. Und würde ihr auch verzeihen, was sie hier erlebte, wenn sie es ihm später erzählen würde. Ihrem Dawit konnte sie alles sagen. Ohne ihn erschien ihr alles Durchhalten, Aushalten sinnlos. Zwei, drei Tage lang war sie völlig niedergeschlagen. Doch eines Morgens wachte die Stimmungskanone in ihr wieder auf. Das Leben, zeigten die Gesten und Worten von Dawits ewiger Verlobten, war stärker als ihr geheuchelter Pragmatismus. Ihr gespielter Zynismus. Ihr zäher Hunger, bei dem sich die Eingeweide verknoteten wie die Zöpfe auf Rachels Kopf. Als der Schmutz. Die schwüle, stinkende Luft. Das Leben war stärker als alles. Als alle Misshandlungen und Fantasien ihrer Peiniger.

Bis zu dem Abend, als sie nicht zurückkehrte. Das war schon bei anderen vorgekommen. Dann wusste man nicht, ob man sie auf ein Boot nach Europa gesetzt hatte oder sie an den Misshandlungen gestorben waren. Ob man sie in einem der Massengräber in Nähe des namenlosen Gefängnisses verscharrt oder ihren Leichnam dem Wüstensand und den Hyänen überlassen hatte, wie Gerüchte in der Halle besagten. Am Abend zuvor, erinnerte sich Semhar, hatte Meaza ein wenig Fieber. Das kannten sie alle, besonders nach der Gemeinschaftsdusche. Das lag auch am Wechsel zwischen dem brütend heißen Tag und der nächtlichen Kälte, vor der sie keine Decke schützte, höchstens die Nähe einer Freundin. Das Fieber verging normalerweise so schnell, wie es gekommen war. Manchmal brauchte es noch einen Zitronentee mit Honig oder eine Paracetamol, die man draußen bekommen konnte oder wenn man einen Aufseher ein wenig verwöhnte.

Am Vorabend kam Meaza also humpelnd zurück und hielt sich deutlich sichtbar Unterbauch und Gesäß. Was bei ihr selten vorkam. Sie habe »keine Lust zum Reden, nicht heute Abend, meine Lieben«. Auch Semhar und die beiden Nigerianerinnen konnten sie nicht zum Sprechen bringen. Aber es sei nicht so schlimm – nicht schlimmer als das, was sie alle kannten – schwor sie und schlief ein, als Semhar sie in ihren

Armen zu den Versen des Neuen Testaments hin- und herwiegte. Der Zauber des Evangeliums wirkte offenbar. Am frühen Morgen reichten Optimismus und Energie schon wieder, um beim Befehl des Kerkermeisters wie ein Zicklein aufzuspringen und nach draußen zu hasten.

»Du, *habiba*«, säuselte das teuflische Schwein.

Sie war schon fertig für die Arbeit angezogen. Semhar schaute ihr noch hinterher. Wie sie putzmunter losging und winkte, wie jemand, der nach einer erholsamen Nacht und einem guten Frühstück das Haus verlässt. Sie erkannte trotzdem, dass in ihrem Blick eine Traurigkeit lag, die nicht zu dem fröhlichen Herumhüpfen passen wollte. Da sie an diesem Tag nicht arbeitete, konnte sie grübeln, was wohl los war, kam aber zu keinem Ergebnis.

Und am Abend kehrte Meaza nicht zurück. Sie musste Leuten mit Extrawünschen bedienen, versuchte sich Semhar einzureden. Die nächtliche Liebesspiele bevorzugen, damit sie die schwarze Haut nicht sehen. Sie würde eben später kommen. Oder erst morgen. Doch nach drei Tagen machte sich Semhar ernsthaft Sorgen. Natürlich wusste sie mittlerweile, dass die Schlepper nicht unbedingt ankündigten, wann es losging. Eines Tages sammelten sie die Frauen einfach wie immer ein. Die einen mussten zur Arbeit, und die anderen saßen abends plötzlich auf einem Boot nach Lampedusa oder einem anderen Ort am Mittelmeer.

Doch so mütterlich, wie Meaza sich ihr gegenüber verhielt, hätte sie sie auf jeden Fall irgendwie benachrichtigt. Meaza allein hatte die Panik gespürt, die sich hinter ihrer scheinbaren Ruhe verbarg. Die Dämonen, die ihr seit der Jugend die Hölle heißmachten. Seit ihr fünfjähriger Cousin, auf den sie aufpassen sollte, vor ihren Augen im Roten Meer ertrank. Und sie, obwohl sie dank ihres Vaters mit den Delfinen um die Wette schwimmen konnte, nichts hatte tun können. Den Leichnam hatte dieses heilige Rote Meer nie zurückgegeben. Eines Morgens vor der Arbeit, setzte Semhar ihre lieblichste Miene auf und fragte den Kerkermeister auf Arabisch, ob er vielleicht etwas von ihrer Freundin, der kleinen Eritreerin, gehörte habe, die er vor fünf Tagen mitgenommen hatte. Seitdem sei sie nicht zurückgekommen. Als Antwort erhielt sie nichts weiter als ein »Kümmere dich um deinen eigenen Arsch, du Nigger« und schwarzen Schleim, den er ihr vor die Füße spuckte.

Aber um Semhar, die Viper, zu entmutigen, brauchte es schon mehr. Bei einem Arbeitsausgang kontaktierte sie Dawits Regimentskameraden und fragte ihn, ob er etwas von dem Pärchen gehört habe, Meaza sei seit fünf Tagen nicht mehr ins Lager zurückgekehrt. Habe er nicht, aber er würde sich erkundigen und Himmel und Hölle in Bewegung setzen. Zwei weitere Tage vergingen. Dann die Antwort, die Semhar befürchtete hatte. Ein kurzer Schlag wie beim Spießrutenlaufen: Nichts. Dawit wisse auch nichts. Wie hätte er auch? Semhar war ratlos, an welchen Heiligen konnte sie sich noch wenden? Wenn Meaza auf dem Boot war, hätte sie sie irgendwie informiert. So klug war sie, daran zu denken. Es sei denn, das Boot hatte sein Ziel noch nicht erreicht. Manchmal irrten die Schiffe wochenlang über das Mittelmeer, ehe sie von der maltesischen oder italienischen Marine oder einer NGO aufgegriffen wurde. Wenn das Boot überhaupt ankam. Wenn Meaza nicht noch in Libyen war. Wenn …

Semhar weigerte sich, das Schlimmste anzunehmen. Lieber betete sie noch mehr, unterstützt von Chochana, auch wenn diese nicht demselben Glauben anhing. Doch der Allerhöchste, davon war Semhar überzeugt, war eigentlich überall ein und derselbe. Selbst wenn er unterschiedliche Namen trug. Dass Meaza und die ebenfalls viel gefragte Rachel nicht da waren, brachte die beiden Frauen einander näher. Die drei Jahre ältere Chochana verstand Semhar gut. Nach und nach konnten sich beide der anderen ein wenig öffnen. An Tagen, wo sie beide nicht draußen arbeiteten, begannen sie, sich ihre Geschichte zu erzählen. Von dem Tag an, als sie ihre Entscheidung trafen. Als es losging. Von der langen Fahrt. Ihren Träumen. Wenn die eine der Mut verließ, gab ihr die andere neue Hoffnung.

Einige Wochen später musste Dawits Kamerad Semhar gestehen, dass er nichts Neues gehört hatte. Er habe vergeblich versucht, den Schlepper zu erreichen, mit dem er in Kontakt stand. Das sei kein gutes Zeichen. Aber er würde die Hoffnung nicht aufgeben, ihn eines Tages doch noch am Telefon zu haben. Dann gäbe er ihr Bescheid. Und wenn sie irgendetwas brauche, was auch immer, würde er tun, was in seiner Macht stehe. Das solle sie nie vergessen. Wenn sie in Europa sei und nicht wisse wohin, könne sie ihn ruhig anrufen. Hier, in Deutschland, gebe esMittel und Wege. Zwar seien die Nächte im Winter dreimal so lang wie die Tage, aber die Menschen freundlich. Es würde ihn wirklich freuen. Er habe sich an ihre Anrufe gewöhnt und sei neugierig auf sie, wie sie aussehe, ob das zu ihrer Stimme passe.

Semhar erfuhr nie, was mit dem Pärchen von Asmara geschah. Sie hoffte, betete, dass ihre Seelenverwandte wie Lazarus aus dem Totenreich zurückkehrte. Bis sie eines Tages, Gott sei Dank mit ihrer neuen Freundin, ein Boot nach Europa bestieg. Doch sogar da besaß sie noch einen Funken Hoffnung und hielt unter den Passagieren nach Meaza Ausschau.

Sie würden sich auf der Stelle wiedererkennen, würden sich weinend in die Arme fallen. Und lachend, weil die Zukunft jetzt offen vor ihnen lag. So wie das Rote Meer für die Kinder Israels, sagte Chochana, die Semhar mittlerweile ihre geheimsten Gedanken anvertraute. Sie würden sich alles erzählen, was in den letzten Monaten ohne die andere passiert war. Bis alles gesagt war. Unter Lachen und Weinen. Unter Weinen und Lachen.

AUF

DEM

SCHIFF

Und das Meer rundherum
rollte sein Schädelrasseln an die Gestade,
Und alle Dinge der Welt seien ein Wahn ihm,
sagten uns am Rande der Welt eines Abends
Die Streiter des Windes am Strand des Exils ...«

SAINT-JOHN PERSE

ÜBELKEIT

Die Frachtler, von ihren eigenen Sorgen in Beschlag genommen, bemerkten nicht oder kaum, wie die Menschen an Deck mit den aufgewühlten Elementen kämpften. Wie sollten sie auch nur ahnen können, dass die Überfahrt für die »Privilegierten« mindestens genauso mühsam war? Der Salzwasserschwall, der sich je nach Wind und Schiffsneigung in die offene Luke ergoss, ließ ihnen keine Zeit, an das Schicksal der Bessergestellten zu denken. Brüllend drängelten sich an der Luke die Böen, wie eine Herde Kamele vor dem Nadelöhr, verfingen sich, steckten fest. Die Nächsten, vorwärtsgeschoben, drückten schon mit aller Macht nach, was das Geschiebe derer weiter hinten noch weiter verstärkte. Nach einem erbitterten minutenlangen Gerangel fielen die ersten plötzlich nach vorn, machten anderen den Weg frei, jubilierend stürzten sie herein. Ein gewaltiges, erst flüchtiges, dann kontinuierliches, dann abgehacktes Getöse. Ein Getöse, das übertönte, was an Deck passierte, sodass man sich das Schlimmste vorstellte. Und das nagte umso mehr an allen.

Und während die Böen brüllten, krachten die Wellen gegen den Schiffsrumpf. In dem Winkel, wo Semhar Zuflucht gefunden hatte, spürte sie jede einzelne Welle wie einen Stoß in den Rücken. Wie ein Rammbock, dachte sie, mit dem man früher wütend und entschlossen die Stadttore stürmte. Die Wellen schlugen mittig gegen das Schiff, das Balkenwerk musste jeden Angriff abfangen und drohte nachzugeben. Das war für Semhar sonnenklar. Früher oder später würde die Nussschale auseinanderbrechen. Die Frage war nur, wann. Sie betete mit ganzer Seele, um das Unglück aufzuhalten. Mit einer Hand umklammerte sie den Kreuzanhänger, mit der anderen, was sich gerade fand: Chochanas Bein, irgendeinen Arm, einen Balken.

Manchmal zogen sich die Wellen zurück, eine kurze Ruhepause. Aber sie dauerte nicht lange genug, um die Wellen zu vergessen oder ein wenig Erleichterung zu verspüren. Sie luden nur weiter draußen ihre Batterien auf, um dann noch zorniger loszuschlagen, wieder und wieder gegen die Nussschale zu knallen. Wie Besessene. Ohne Atem zu schöpfen. Der Krach zerriss einem das Trommelfell, flutete einen mit Angst, das Herz schlug bis zum Hals. Der Magen spuckte Galle. Der Darm gab nach. Schreckensschreie, die immer lauter wurden. Das Ende nahte. Mit der nächsten Welle war es da. Beim nächsten Aufbäumen des Meeres. Wie der unheilbringende Engel Abaddon verrichtete das Meer sein Werk des Todes. Unbeirrbar. Ohne Unterschied. Auch die oben blieben nicht verschont. So dachten in etwa die verängstigten Frachtler.

Durch die chaotische Verteilung der Passagiere saßen Semhar und Chochana in einer grotesken Haltung auf Höhe der Bugvertiefung: halb stehend, das Gesäß zwischen zwei Holzteilen eingeklemmt, die Beine im Gedränge eingezwängt. So fielen sie nicht bei jeder Stoßwelle um. Obwohl im Frachtraum Wasser schwappte, wurde ihr Hintern nur nass, wenn das Boot zu sehr in Schräglage geriet. Aber dafür hatten sie das Gefühl, in einer außer Rand und Band geratenen Schleudertrommel zu sitzen, bei höchster Schleuderstufe. Und daher rührte wohl auch das Gefühl der Übelkeit, das ununterbrochen die Speiseröhre hochkroch.

Das unangenehme Gefühl erinnerte Chochana an die, wie sie bislang dachte, schlimmste Erfahrung ihres jungen Lebens. Eine Zeit lang hatte sie, ohne es ihren Eltern zu sagen, einen Typ gedatet, in den sie unsterblich verliebt war. So sehr, dass sie sogar erwog, sich dem Zorn ihres Vaters zu stellen, der lieber der Verdammung anheimgefallen wäre, als einen Goi in die Familie aufzunehmen. Allerdings hatte sie mit ihm nie wirklich über das Thema gesprochen. Nur ein paar Mal gehört, wie er als Ältester in der Synagoge jenen, die ihren Worten zwar keine Taten folgen ließen, aber in diesem Punkt weniger strenge Ansichten vertraten, die Leviten las. Auch ihre Mutter, Hüterin der Tradition und Vaters Resonanzkasten, hätte bestimmt nicht zu ihr gehalten. Trotzdem erlag sie dem Charme des Typen, der fünf oder acht Jahre älter war als sie. Dort unten im Frachtraum, während das Wasser aus der Luke immer höher um ihre Füße schwappte, fiel ihr plötzlich auf, dass sie gar nicht wusste, wie alt er genau war, dabei hatte sie ihn so abgöttisch geliebt; dass er sie so an der Nase herumgeführt hatte. Aber das hatte sie damals noch nicht erkannt.

Sie hatte also vor, mit ihrem Goi zu fliehen. Nach Abuja, Lagos oder anderswohin. Nigeria war riesig, mit zig Städten, wo man seine Liebe offen leben konnte. Ohne dass die Familie Stress machte und die Gemeindemitglieder einen schief anschauten. Notfalls wollte sie ihr Heimatland sogar verlassen und mit ihm bis ans Ende der Welt gehen. Damals dachte sie zum ersten Mal ans Ausland. Aber sie erzählte nur Rachel davon. »Hat der Kerl dich verzaubert oder was? Du spinnst langsam, *little sister*«, sagte ihre Freundin lachend. Und hatte auch eine eindeutige Meinung dazu, dass der Freund Chochana drängte: »Ein Mann hat gewisse Bedürfnisse«, sagte er, »das ist doch ein echter Liebesbeweis.« Doch Chochana war neunzehn und zögerte. Das widersprach allem, was man ihr zu Hause beigebracht hatte, und nicht einmal Rachel, die sonst nicht zimperlich war, begeisterte dieser Liebesbeweis.

»Wenn er seinen Liebesbeweis einmal hat, wirft er dich weg wie einen alten Lappen, *sis*.« Sie fügte noch hinzu: »Halte, was du hast, dass niemand deine Krone nehme.«

Chochana hörte diesen Satz nur ungern. Ihre Freundin sagte ihn zu jeder, die versucht war, ihre Liebe so zu beweisen, weil das in den Augen ihres Freunds der einzig gültige Maßstab war.

»Hör auf mit dieser Gotteslästerung«, sagte sie. »Auch wenn etwas aus einer anderen Religion stammt, heißt das nicht, dass du es einfach für deine Scheißgeschichten benutzen kannst. Falls du es nicht wissen solltest: Jesus war Jude. Hör also auf damit.«

Allerdings war ihr Liebster nicht nur Goi, er hatte auch noch einen anderen Fehler: In seinem ganzen Leben hatte er niemals einen Finger gekrümmt. Ohne Ausbildung lebte er auf Kosten seiner alten Mutter – der Vater hatte sich längst vom Acker gemacht – und von dem Geld, das ihm seine jüngere Schwester per Western Union aus England überwies. Stets war er wie ein Filmschauspieler herausgeputzt. »Da geht sein Geld hin«, sagte Rachel. Auf seinen Cowboystiefeln kein einziges Staubkorn. Sein Kommen kündigte schon aus zehn Metern Entfernung sein Parfum an, Invictus von Paco Rabanne. Er setzte den Modetrend und beendete ihn. Wer im Dorf jung war und etwas auf seine Männlichkeit hielt, trug, was er trug, und erneuerte seine Garderobe, sobald Monsieurs Geschmack wechselte. Chochana ließ sich von seiner Schaumschlägerei verführen ... wie andere Mädchen, mit denen er angeblich etwas hatte. Aber Chochana war das so egal wie nur was. Die

Leute hatten immer was zu meckern. Heute ärgerte sie sich über ihre Gutgläubigkeit.

Verliebt, wie sie war, gab sie dem Drängen des Typen schließlich nach. Er probierte es mit allen Methoden, flehte, mit Tränen in den Augen, drohte Schluss zu machen, spielte den Beleidigten, deutete an, das andere nicht so zögerlich seien. Einmal ja, einmal nein. Das wäre doch erst echte Liebe. Zwei oder drei Mal gab Chochana nach. Genau erinnerte sie sich nicht mehr. Nur noch vage an eine hastige Sache, als seine Mutter kurz auf dem Markt einkaufen war. Alles andere jedenfalls als die erhoffte Romantik, die Sterne am helllichten Tag. Genauer im Gedächtnis blieb ihr allerdings die Übelkeit, die sie einige Wochen später beim morgendlichen Aufstehen überkam. Die Verzweiflung, die in dem Maße wuchs wie das etwas in ihrem Bauch. Wie sollte sie das ihren Eltern beichten? Da kam ihr die Idee, Hals über Kopf mit ihm abzuhauen. Als Chochana ihm das vorschlug, sagte er, er müsse nachdenken, und versuchte gleich noch mal, auf die Schnelle zum Zuge zu kommen. Als sich Chochana weigerte, meinte er, es gebe bestimmt noch eine andere Lösung.

»Wir können nicht einfach so abhauen. Ohne irgendetwas in der Tasche. Wo sollen wir denn hin?«

»Wir lieben uns doch, oder?«

»Natürlich lieben wir uns, *Babe*. Aber das reicht nicht. Gib mir ein bisschen Zeit zum Überlegen.«

Dann verschwand er von einem Tag auf den anderen ohne irgendein Lebenszeichen. Wie sein Vater seine Mutter ließ er Chochana in der Tinte sitzen. Jeden Tag fürchtete sie mehr, dass die Übelkeit sie zu Hause verraten würde. Ihren mangelnden Appetit, ihre manchmal seltsamen Essensgelüste erklärte sie mit immer wieder neuen Ausreden, ihre anfallsartige Mü-

digkeit schob sie auf die Prüfungsvorbereitungen am Schul-
jahresende. Ihr Vater machte sich bloß Sorgen und kümmerte
sich erst recht um sie. Doch einzelne Bemerkungen ihrer Mutter deuteten darauf hin, dass sie wohl einen Verdacht hegte.
Rachel überzeugte Chochana schließlich, dass sie das loswerden musste. »Kein Problem, du wirst sehen. Aus den Augen,
aus dem Sinn. Vertrau mir, ich kenn mich aus.« Chochana
scheute die Konfrontation mit der väterlichen Wut und vertraute sich lieber ihrer Freundin aus Kindertagen an, die das
nötige Geld und eine Klinik in Onitsha auftrieb. Mitten in der
Woche fuhr Chochana dort hin, um sich angeblich über ihr
Universitätsstudium zu informieren. Damit hörte die Übelkeit auf.

Das war die schlimmste Erfahrung ihres Lebens. Bis zu dieser verdammten Überfahrt. Wenn Chochana jetzt daran dachte, fragte sie sich, wie sie nur so blöd hatte sein können. Aber
den Entschluss zur Mittelmeerüberfahrt bereute sie nicht,
und wäre es nur, um ihre Naivität möglichst weit hinter sich
zu lassen. Doch der Preis, den sie dafür zahlen musste, schien
langsam über ihre Kräfte zu gehen. Nicht unbedingt wegen
der Übelkeit oder den eiskalten Wellen. Am meisten ängstigte
sie das undurchdringliche Dunkel im Frachtraum. Anfangs
redete sie sich gut zu. Das würde bald vergehen. Der Mond
würde wieder auftauchen, ihr Blick sich an seinem Licht festhalten, dann käme das befreiende Morgengrauen. Doch der
Mond kehrte nicht wieder zurück. Genauso wie ihr bescheu-
erter Freund, der ihr die Lust genommen hatte, sich zu verlie-
ben. Die Dunkelheit, der Gestank nach verdorbenem Fisch,
nach Dieselöl …. Sie fühlte sich immer mutloser.

Würde sie durchhalten? Würden sie alle hier unten überleben? Semhar hielt ihre Hand, und Chochana spürte, dass auch

sie angespannt war. Bisher wirkte die Eritreerin wie die Ruhe
selbst und sprühte vor Heiterkeit, aber jetzt fehlte nicht mehr
viel und sie würde selbst zusammenbrechen. »Wir schaffen
das«, sprach sich Chochana selber Mut zu und zwang sich, an
die Kinder Israels zu denken, die vierzig Jahre durch die Wüste irrten, ehe sie das Gelobte Land erreichten. Diese Prüfung
war noch viel schwerer. Der Ewige, dessen Namen man nicht
ausspricht, stellte ihren Glauben auf die Probe. So wie bei Job.
So wie bei Balaam und Jonas. »Wir schaffen das«, sagte sie erneut und murmelte zum zigsten Mal das Gebet der Reisenden. Chochana hatte sich so in ihre Furcht vergraben, dass sie
nicht hörte, wie um sie das Grollen langsam lauter wurde.

Die Zeit schien den Frachtlern zunehmend unverständlich
lang. Höchstens sechs Stunden würde die Überfahrt dauern,
hatte man ihnen gesagt. Wenn auch die Schlepper vorsorglich
hinzugefügt hatten: »Je nach Wetterlage.« Doch nun kämpfte
das Boot schon seit zehn Stunden, wenn nicht noch länger, gegen die Macht der Elemente. Und in der Dunkelheit kümmerte sich keiner um sie, dabei wirbelten sie wie im Mixer herum.
Wenn das Boot kenterte, säßen sie in der Falle, weil sie den
Weg zur Luke nicht finden würden. Gefangen im Frachtraum
und im Mittelmeer. Wie sollten sie wissen, ob das Boot überhaupt in die richtige Richtung fuhr? Ihnen sagte ja keiner was.
Das hätte sie beruhigt. In den Ruhepausen wanderten die
Zweifel, in verschiedenen Sprachen und Versionen, von Mund
zu Mund. Und alle verrieten dieselbe Angst und das wachsende Bedürfnis, endlich Licht am Ende des Tunnels zu sehen.
   Semhar, noch immer wie betäubt, fühlte sich wie in einem
Versuchslabor unangenehmer Empfindungen: Übelkeit, ver-
knäuelte Gedärme, Schwärze vor den Augen. Als sie die Wirk-

lichkeit wieder wahrnahm, lag jemand auf ihr, reglos. Ein höchstens zehnjähriger Junge, der, so erinnerte sie sich, mit einem Mann in den Frachtraum gestiegen war, den er Onkel nannte. Die beiden, die sich sehr nah zu stehen schienen, saßen in ihrer Nähe. Semhar tastete im Dunkeln nach dem Jungen, fühlte seinen Puls und merkte bestürzt, dass es keinen gab. Sie war nicht die einzige, die das erlebte. Mehrere spürten, dass sich neben ihnen jemand nicht mehr regte. Flüstern in der Dunkelheit. Stöhnen an verschiedenen Stellen, das wie ein taubes Echo durch den Frachtraum hallte, sich nach und nach in Weinen, dann in Wut verwandelte.

»Wir krepieren hier unten alle noch«, hörte man es rufen. Wie ein Lauffeuer verbreitete sich der Satz in allen Sprachen Afrikas im Frachtraum. Das Grollen schwoll an, ging von Mund zu Mund – als bedeutungsschweres Flüstern, Summen, Murmeln, Leiern. Schreien. »Wir krepieren hier alle noch. Wir krepieren hier alle noch.« Wer damit anfing, aus welcher Ecke die Bewegung zuerst kam, hätten Chochana und Semhar nicht sagen können. Doch trotz der Dunkelheit, an die sich ihre Augen nun ein wenig gewöhnt hatten, erkannten sie, dass sich ein gewaltiges Geschrei in Richtung Luke bewegte und versuchte, sich gegen den Wind hindurchzustemmen. Halb von den andern mitgerissen, halb, weil sie es so wollten, schlossen sich Semhar, die Viper, die, koste es, was es wolle, an ihrem Ziel festhielt, und Chochana, die Chefin, deren kleine Armee sich unterwegs aufgelöst hatte, der Bewegung an. Dutzende, Hunderte der Verdammten Afrikas gingen zum Sturmangriff über.

DIE SCHLÄGEREI

Die beiden Freundinnen sprangen auf den fahrenden Zug auf, um so gegen alles gewappnet zu sein, vor allem, was das Allerwahrscheinlichste war, dass das Schiff langsam sank. Dann musste man an Deck sein und mit als erster von Bord gehen, wenn denn Hilfe kam. Man musste sofort über die Reling springen, damit man nicht unters Schiff geriet: Die Vorstellung war für Chochana am fürchterlichsten. Während ihr Herz wie Donnerwirbel schlug, bahnte sie sich, Semhar im Schlepptau, mittels Ellenbogen und »Reserven« den Weg. Die beiden brauchten keine Worte, um zu beschließen, dass sie gemeinsam da herauswollten. Die Nigerianerin dachte an den schmerzhaften Abschied von Rachel, die Eritreerin an Meazas Verschwinden. Noch einmal wollten sie keine Busenfreundin verlieren. Nun gehörten sie auf Gedeih und Verderb zusammen, sagten sie sich, während sie sich durch die panische Menge der Frachtler drängten.

Das Schiff schwankte unter ihren Füßen. Lag es daran, dass sich die Menge bewegte? An dem unruhigen Meer? Der Mond kam wieder hervor. Obwohl alle Richtung Luke stürzten, sich die ersten an die Leiter klammerten, konnte man ein bisschen besser sehen. Im Frachtraum herrschte ein einziges Durcheinander. Ein Tohuwabohu aus Schreien, Weinen, Hysterie; die Menschen stießen sich gegenseitig um, trampelten über andere, beschimpften sich in einem sprachlichen Wirrwarr, dass dem Turm von Babel alle Ehre machte. Die hasserfüllten Blicke, das lautstarke Schreien erübrigten jede Übersetzung. Dank ihrer Körperfülle und ihren ein Meter siebzig kam Chochana mit der Situation besser zurecht, Semhar ließ Chochanas Taille nicht einen Moment los, ging schutz- und luftsuchend, mit gebeugtem Kopf, dicht hinter ihr. Doch in der dichten Menge traten die Freundinnen eigentlich bloß auf der Stelle.

Es war wie beim Verkehrsstau in Lagos, wo man für fünf-hundert Meter zwei Stunden brauchte, jedes Auto stur blieb, wo es gerade stand, und die Polizei nur ohnmächtig zuschau-te. Und der ständige Berufsverkehr durch eine spontane Kund-gebung oder das Ende eines Fußballspiels noch dichter wur-de. Als Jugendliche war Chochana einmal in Lagos gewesen und schockiert zurückgekommen. Und ausgerechnet da hatte sie ihre geheime Liebschaft leben wollen! Als sich der Freund vom Acker gemacht hatte, schwor sie sich allerdings schon am nächsten Tag, »bei der Thora von Jerusalem«, nie wieder einen Fuß dorthin zu setzen und wäre es der letzte Ort, wo sie in die-ser Welt noch hinkonnte. »Erinnere mich daran, falls ich mei-ne Meinung eines Tages ändern sollte«, hatte sie zu Rachel ge-sagt.

Dann kehrte sich plötzlich alles um. Ein furchtbares Chaos, die Menschen stolperten rückwärts, fielen, vom Vordermann mitgerissen, hintenüber, wurden niedergetrampelt, niemand half. Andere stürzten von der Leiter, von Deck, Springerstiefel, Knüppel und Eisenstangen drängten sie zurück. Überall Schreie, Hilferufe. Bald stürmte niemand mehr die Luke. Die letzten beiden fielen zu Boden wie reife, vom Baum geschüt-telte Früchte. Dann wurde die Leiter hastig weggenommen, auf Deck gezogen und die Klappe wütend zugeschlagen. Im Frachtraum herrschte nun totale Dunkelheit, nicht das geringste Licht schien von draußen herein. Ein junger Senegalese fischte sein Handy, in einer Plastiktüte, aus der Jeanstasche und schaltete es ein. Andere Passagiere taten es ihm nach. Das Leuchten durchschnitt die Dunkelheit und erhellte den blutigen Körper des Onkels des Jungen, der ein paar Stunden zuvor gestorben war.

Die beiden Frauen sahen ihn gleichzeitig. Chochana konnte einen Schreckensschrei nicht unterdrücken, Tränen der Wut traten ihr in die Augen. Vor lauter Blut war die Farbe des Hemds, das der Mann trug, nicht mehr zu erkennen. Aus seinem Mund sprudelte wie aus einem Geysir immer wieder Blut. Zwei brutale Messerstiche hatten ihn getroffen: einer in die Brust, der andere in den Bauch. Er lag mühsam atmend in einer purpurroten Lache, die Arme dicht am Körper. Ihm fehlte die Kraft, sie auf die Wunden zu legen, um den Blutfluss zu stoppen. Oder er hielt es für sinnlos. Der Tod kommt anscheinend nie überraschend. Im Gegenteil. Er kündigt sich stets an. Damit wir ihm ins Gesicht schauen und er in unseren fahlen Augen die Angst erkennt.

Semhar hastete, so schnell es ging, zu dem Mann am Boden. »Er braucht Luft, Luft«, rief sie auf Englisch, Arabisch und ihrem bisschen Französisch. Und mit kühlem Kopf, wie Chochana bewundernd bemerkte. Seit die Klappe geschlossen war, war die Luft knapp. Aber Semhar hatte mit so fester Stimme gesprochen, dass man ihr gehorchte und seinem Nachbarn im überfüllten Frachtraum noch enger auf die Pelle rückte. Sie kniete sich neben den Mann, zerriss entschlossen das Hemd, bat um ein Stück Stoff und Wasser, möglichst sauber. Einige sorgten mit der Handy-Taschenlampe für Licht. Dann band sie Bandana und Madras, die man ihr reichte, aneinander, bedeutete Chochana erst, den Verletzten auf die Seite zu legen – er war höllisch schwer, »vorsichtig«, befahl sie –, und dann, ihn sachte anzuheben, damit sie den Stoff unter ihn schieben und einen Verband anlegen konnte, was die Blutung hoffentlich aufhalten würde. Alle Handgriffe, die sie beim Militär gelernt hatte, führte sie, ganz darauf konzentriert, ein Leben zu retten, mit großer Sorgfalt und Mitgefühl aus.

Aber es reichte nicht. Die Messerstiche hatten lebenswichtige Organe getroffen. Der Mann hatte über vierzig Fieber und viel, zu viel, Blut verloren. Er delirierte in einer Sprache, die die meisten Frachtler um ihn herum nicht verstanden. Wenn er lauter redete, hörte man ununterbrochen »Tolegba«, »Danbala«. Ein Umstehender, der offensichtlich derselben Ethnie angehörte, erklärte, der Mann sei Fon, er müsse aus Benin, Togo oder Nigeria stammen, auf jeden Fall aus einer Region des ehemaligen Königreichs Dahomey. Da er spüre, dass ihm nicht mehr viel Zeit bliebe, bitte er die Geister der Ahnen, ihn mit Wohlwollen aufzunehmen. Der Übersetzer summte mit ihm ein Lied, das sich wie eine Totenklage anhörte. Dann schluchzte der Sterbende mit einem letzten Atemzug: »Errette mich, Herr, an jenem furchtbaren Tag von der ewigen Ruhe: wenn Himmel und Erde bewegt werden … wenn Du die Erde durch Feuer auf die Probe stellst … Ich zittere und ängstige mich … vor dem nahenden Gericht und Deinem kommenden Zorn.« Kaum eine Sekunde später hauchte er, seine Hand in der des Landmanns, sein Leben aus.

Als man ihm die Augen schloss, schlug Semhar ein orthodoxes Kreuz, von rechts nach links, Daumen, Zeige- und Mittelfinger zusammengelegt, die beiden anderen Fingern in der Handfläche, und sagte: »*Requiem aeternam dona ei, Domine, et lux perpetua luceat ei.*« – »Herr, gib ihnen die ewige Ruhe, und das ewige Licht leuchte ihnen.« Einige Senegalesen, die am

Kopf des Toten standen, rezitierten das *Salat Janaza*: »O Allah! Gewähre Schutz unseren Lebenden und unseren Toten [...] O Allah! Wem [...] von uns Du den Tod bringst, lasse ihn im Glauben sterben.« Ein kleiner Bruch mit der strengen Lehre. Der Tote war gar kein Muslim. Doch sein gewaltsamer Tod hatte die Männer so bestürzt, dass es einfach aus ihnen herausbrach. Jedenfalls war die Absicht gut, Allah in seiner unendlichen Güte würde sie wohl verstehen und ihnen vergeben. Chochana zögerte, was sie tun sollte. Im Judentum durfte man für einen Goi beten. Aber was würde ihr intoleranter Vater sagen, wenn er wüsste, dass eine Frau um Frieden für die Seele eines Goi bat? Noch dazu ohne das Minjan, das Quorum der zehn Männer, das eigentlich für das Sprechen des Kaddisch unerlässlich war. Doch schon betete sie unversehens still in ihrem Herzen das Kaddisch Awelim: »Yitgaddal vèyitqaddash sh'meh rabba[...]: auf der Erde, die erneuert werden wird / und [wo] Er die Toten wieder auferstehen / und zum ewigen Leben erheben wird ...«

Das Boot fuhr weiter über das mittlerweile ein wenig ruhigere Mittelmeer. An Deck, vom Mond fast taghell erleuchtet, erholte sich Dima noch immer von dem Schock, den ihr dieses Erlebnis eben versetzt hatte. Als die *snudsch*, die Nigger aus dem Frachtraum, plötzlich Kopf voran, wie die Ratten aus den Löchern, an Deck auftauchten, hatten die Passagiere erst gar nicht begriffen, wo die überhaupt herkamen. Sollten die nicht bis zum Ende der Reise in ihrer Unterwelt bleiben und sie, sauber getrennt, hier oben? Die Gruppe um den bärtigen, weißhaarigen Palästinenser, der den Schwarzen erstochen und mit Hilfe seiner Komplizen ins Meer geworfen hatte, reagierte als Erste. Mittlerweile hatten sich noch drei Männer mit tunesischem Akzent dazugesellt, deren Gesicht Dima nun endlich erkennen konnte. Zwei von ihnen, um die vierzig, führten die Truppe ins Gefecht mit dem Frachtvieh, das unbedingt an Deck wollte. Da unten würden sie ersticken. Weil auf dem Boot nicht mehr ein so großes Durcheinander war, standen sich beide Gruppen umgehend Auge in Auge gegenüber.

Die an Deck versuchten, die anderen in ihr Loch zurückzudrücken. Mit beiden Händen stießen sie die Anführer gegen die Brust. Aber die *snudsch* waren nicht nur mehr, sondern auch entschlossener. Diesmal wollten sie sich nichts gefallen lassen. Geredet wurde nichts. Die an Deck holten Messer und Schlagstöcke hervor. Dann ein heftiges Mann gegen Mann. Mächtige Hiebe gegen Kopf, Gesicht, Schultern, Seiten, Bauch … Doch die jungen Frachtler wehrten sich. Zunächst schien die Deckgruppe sogar zurückweichen. Einen Moment standen sie mit dem Rücken zur Reling. Mehrere stürzten ins Wasser, weil das Schiff auf einmal schwankte oder der Gegner sie zu sehr bedrängte. Aber einmal in die Enge getrieben, wussten sie, was zu tun war und gewannen wieder die Oberhand.

Als der gnadenlos brutale Kampf zu Ende war, lagen drei Schwarzafrikaner am Boden. Die anderen stieß man in den Frachtraum zurück, zog die Leiter hoch und schloss einfach die Klappe. Die blutenden Opfer, von denen Dima nicht zu sagen wusste, ob sie noch lebten, ereilte dasselbe Schicksal wie das vorige. Man packte sie an allen vier Gliedmaßen und warf sie ins Meer. Ein kurzes Strudeln, dann wurden sie verschluckt. Ob sie irgendwo angespült würden? Oder von Meerestieren gefressen? Oder so lange im Meer trieben, bis sie nicht mehr vom Wasser zu unterscheiden waren?

Der Bärtige setzte ein männliches Grinsen auf: Trotz ein paar Kratzer in den eigenen Reihen hatten sie gewonnen. Er hatte zwar einen ordentlichen Schlag in die Rippen gekriegt, der höllisch schmerzte. Aber das verging, einen echten Kerl wie ihn konnte so etwas nicht erschüttern. Der Blonde hatte eine aufgeplatzte rechte Augenbraue. Um die Blutung zu stillen, holte ein Älterer, der schlimmere Segelohren hatte als Micky Mouse und Will Smith zusammen, irgendwoher Watte, zog schließlich ein Pflaster aus der Hosentasche und klebte es auf die Wunde. Ein anderer, ebenso alt, mit Militärschnitt, der sich aber beim Kampf zurückgehalten hatte, stand ungerührt dabei und sagte schließlich zu dem Blonden:

»Du bist ein echter Kämpfer, Junge. Deine Mutter würde stolz auf dich sein. Du hast dich gut geschlagen. Das wird schon wieder.«

Dima war genauso gelähmt wie alle anderen Passagiere, die den Kampf miterlebt hatten. Während das Schiff weiterfuhr, verscheuchte man alle, die in Nähe der Frachtklappe saßen, und die Männer des Bärtigen bauten sich davor auf. Sie quatschten, als wäre nichts gewesen. Der Alte mit dem Militärschnitt rollte sich eine Zigarette, zündete sie an, nahm einen tiefen Zug und reichte sie dem Blonden. Wie Dima der Geruch verriet, war es kein Tabak. Sie konnte sich gar nicht glauben. »Und die wollen Muslime sein«, dachte sie. Die Männer, die fast jeden Satz mit »*inschallah*« oder »*hamdala*« beendeten, waren in ihren Augen nicht nur Verbrecher, sondern auch noch Gotteslästerer.

Die Syrerin wandte ihren Blick von diesen Gottlosen, anders konnte man sie nicht nennen, ab und ihren Töchtern zu. Hana und Shayma schliefen den Schlaf der Gerechten. Allah ist groß, sagte Dima sich, und lässt nicht zu, dass meine Engel solche Gewaltszenen anschauen müssen. Was waren das bloß für Menschen, die andere abschlachteten wie Schweine und danach plauderten, als wäre nichts gewesen? Dabei waren die, die sie ungerührt über Bord geworfen hatten, vielleicht noch echte Muslime. Der Sturm hatte nachgelassen. Das Mittelmeer lag wieder ruhig und glatt da, das Boot fuhr gleichmäßiger. Als ihre Töchter nicht mehr von den Wellen durchnässt wurden, waren sie weggenickt wie im eigenen Bett. Verrückt, dass Kinder überall schlafen können. Hakim hatte sich die ganze Zeit nicht gerührt. Ob er ebenfalls döste oder nur so tat, damit sie ihn nicht zurechtwies, konnte Dima nicht sehen.

Lass uns lebend in Lampedusa ankommen, betete sie. Lass mich heil aus diesem Schmelztiegel voll armer Schlucker und Afrikaner herauskommen. Auch wenn sie Lampedusa nicht kannte, besser als auf dem Schiff war es wohl allemal. Lass mich nicht mehr neben Mördern sitzen. Lass die Qual endlich ein Ende haben. Die gräulichen Szenen konnten sich ja wiederholen, und das wollte sie nicht noch einmal erleben. Wenn die da unten wieder hochstürmten – man konnte vor ihnen nicht sicher sein, dachte Dima verschreckt. Wahrscheinlich könnten sie die Sperre der Schlepper an der Klappe ganz leicht durchbrechen. Mit dem, was die da rauchten, waren sie bestimmt benebelt, und es wäre ein Kinderspiel, sie zu überwinden. Und wenn die *snudsch* ihr Ziel erreicht hätten, was wäre dann? Müssten die Deckpassagiere in den Frachtraum? Würde man sie ins Mittelmeer werfen, so wie vorher die Afrikaner? Man weiß nicht, wozu diese Leute fähig sind. Oder eigentlich schon. Im Fernsehen hatte sie gesehen, wie barbarisch sie sich untereinander verhielten. Das wollte sie sich erst gar nicht vorstellen.

Und dann dieser Angsthase da neben ihr. Schlief einfach seelenruhig und schnarchte wie ein Trecker. Würde sie in Eu-

ropa überhaupt noch mit diesem Mann zusammenleben können, jetzt, wo er sein wahres Gesicht gezeigt hatte? Der
Schlappschwanz, der Egoist konnte ja nicht mal seine eigenen
Töchter schützen, und für seine Frau, die nicht schlafen konnte, zeigte er nicht das geringste Mitgefühl. Dabei hätten sie
sich doch zum Zeitvertreib gemeinsam an ihr Leben in Aleppo und Damaskus erinnern können. Oder sich die ungewisse
Zukunft ausmalen können, die vor ihnen lag. Sie hatten in
Europa keine Familie, vielleicht, wenn sie genauer überlegten,
ein paar lose Bekannte, das war alles. Nie in ihrem Leben hatte Dima sich so einsam gefühlt. Gern hätte sie Hakim mit dem
Ellbogen eins in die Rippen gegeben, damit er endlich aufwachte und sich wie ein Mann benahm und nicht wie ein
armseliger Feigling. Dieser … Aber sie bezähmte sich und
hielt lieber die *snudsch* im Blick, die direkt neben ihr lagen. So
nah an ihren Töchtern.

DER GEFANGENENCHOR

Als der Sturm wieder losbrach, wachte Dimas jüngere Tochter Shayma auf. Sie fröstelte, obwohl ihr Vater einen Zipfel seiner Jacke über ihre Brust gelegt hatte, sie einen Parka und sogar einen Wollschal trug, den ihre Mutter genauso wie Goretexhandschuhe extra im Einkaufszentrum von Tripolis gekauft hatte, weil sie wusste, dass es auf dem Meer auch Mitte Juli noch frisch sein konnte. Doch Shayma war schon immer verfroren gewesen und darum bibberte sie jetzt trotzdem. Sie musste aufs Klo und fragte, wo es ist. Die Frage kam für Dima wie ein Faustschlag in den Magen. Wie sollte sie ihr in dem Alter erklären, dass es das an Bord nicht gab? Dass sie sich vor aller Augen und Ohren erleichtern musste. Wie ein Tier. Eigentlich ein Wunder – *hamdalaer* -, dass ihre Töchter nicht schon früher mussten. Der ganze Wirrwarr und der Stress durch den Sturm hatten sie wohl durcheinandergebracht.

Die Schlepper, die am Vorabend in Tripolis ins Hotel gekommen waren, hatten von sechs Stunden Überfahrt gesprochen. Solange müssten die Passagiere an sich halten. »Nur so kurz«, hatte er gesagt und Daumen und Zeigefinger dicht nebeneinander gehalten. Davon starb man schließlich nicht. Natürlich gebe es Eimer, wenn es unbedingt sein müsste, aber nicht genug für alle. Und sie könnten auch nicht überall stehen. Dann wäre ja leider weniger Platz für die Passagiere, und sie müssten die Plätze noch teurer verkaufen. Das würde sie sicher verstehen. Aber sie könne ganz beruhigt sein. Sechs

Stunden allerhöchstens. Vielleicht weniger, *inschallah*. Doch er hatte die Elemente nicht berücksichtigt, durch die die Überfahrt nun länger wurde als geplant. Wenn dieser Schlauberger ihnen nicht überhaupt nur heiße Luft verkauft hatte. Wahrscheinlich. »Für Geld machen solche Leute alles.« Und wie das Boot schon fuhr, der Kapitän hatte höchstens rudimentäre Schifffahrtskenntnisse. Zweifellos hatte man das Steuer einem mittelmäßigen Automechaniker anvertraut, der gerade nichts Besseres zu tun hatte und billiger war als die Konkurrenz.

Ihre Jüngste, die immer dringender musste, riss Dima aus ihren Gedanken. Ihr Löwenmutterinstinkt erwachte, sie stand auf, eine Tochter an jeder Hand; die Ältere hatte sie extra geweckt, damit sie nicht schutzlos neben den *snudsch* schlief, und ihr schamloser Mann schnarchte ja. Entschlossen stieg sie über die Menschen an Deck, wankte in Richtung Schlepper und sprach den Alten mit Militärschnitt direkt an. Sie wandte sich an ihn, weil er sich im Kampf zurückgehalten, die Manöverkritik übernommen, Plus- und Minuspunkte verteilt, also die typische Haltung des Chefs eingenommen hatte, der die Schmutzarbeit den anderen überlässt. Sie sagte, ohne Vorgeplänkel, ohne Guten Tag, Guten Abend, »Wie geht es? Der Familie?«: »Die Kinder müssen Pipi oder Groß. Seit der Abfahrt waren sie nicht auf Toilette, sie können nicht mehr einhalten.«

Damit gleich klar war, dass sie sich von solchen Herumtreibern nicht einschüchtern ließ, hatte sie absichtlich ein wenig übertrieben. Sie sollten ruhig merken, dass sie in einer anderen Liga spielte. Einen langen Moment sagte der Mann nichts. Immer noch hielt er den Kopf gesenkt, als würde sie mit jemand anders sprechen. Dann blickte er endlich auf, mit einem verächtlichen Lächeln um die Lippen, drehte sich zu seinen Kollegen um, ein einvernehmlicher Blick, und erwiderte schließlich tiefernst in seinem seltsamen tunesischen Akzent, er sei hier nicht der Klomann. Aber wenn es um sie ginge, würde er sie natürlich sofort begleiten und ihr helfen, das Seidenhöschen abzustreifen, mit den Zähnen, wenn es sein müsse. Die anderen lachten dreckig. Der Alte hielt inne, damit sich das Gelächter in der Luft entfalten konnte, als habe er die Reaktion der anderen erwartet. Wie ein Schmierenkomödiant, der nach jedem Stichwort eine Pause macht, in der das eingeschworene Publikum applaudiert. Als das Hohngelächter verklungen war, redete er weiter. Da es sich aber um Kinder handele und sie ihn so freundlich gefragt habe, hinter der mittleren Kabine ständen Eimer für die Inkontinenten. Und da er die herablassende Verachtung in der Stimme der Syrerin gespürt hatte, fügte er noch hinzu:

»Und vergessen Sie nicht, den Inhalt des Eimers ins Meer zu werfen. Hier laufen ungute *kahluscha* herum.«

Dima konnte einstecken. Unter Gelächter umrundete sie mit ihren Töchtern die Kabine, suchte die Eimer und hoffte, dass kein Mann auf sie aufmerksam wurde. Glücklicherweise saßen hinter der Kabine, wo es trotz der Meeresbrise widerlich nach Pisse und Exkrementen stank, zwei Familien. Hama fragte verblüfft: »Hier?« »Ja, mein Herzchen. Nur auf der Fahrt.« Und »Bald sind wir auch schon da«, log sie und verkniff sich das »Es gibt Schlimmeres«, das ihr eigentlich auf den Lippen lag. Als sich ihre Töchter erleichterten, hielten die Frauen der Familien mit Wache. Dima überschlug sich geradezu darin, ihnen zu danken, »Allah wird es euch vergelten«, und die Scham zu verbergen. Nie in ihrem Leben war sie so gedemütigt worden. Unweigerlich stiegen ihr die Tränen vor allem der Wut in die Augen. Doch sie schluchzte nicht, sie wollte die Kleinen nicht ängstigen. Sie unterdrückte das Weinen und verfluchte Hakim und seine Vorfahren bis ins fünfzehnte Glied. Und seine Nachkommen, falls er irgendwo Kinder mit einer Geliebten haben sollte.

Seit sich die Klappe erbarmungslos über ihnen geschlossen hatte, waren die Frachtler noch besorgter. Doch am allerverängstigsten war die Nigerianerin. Sie fühlte sich wie ein Tiger im Käfig. Niemand konnte ihr das Gefühl nehmen, ganz allein auf der Welt zu sein. Allein einer Horde Dämonen entgegentreten zu müssen. Sie schloss die Augen, um ein wenig zu schlafen, aber vergebens. Mit geschlossenen Augen, glaubte sie, müsste sie nicht daran denken. Nicht an das Eingesperrtsein, nicht an das Gefühl, in der Dunkelheit zu ersticken. Wenn *HaSchem* sie in seiner unendlichen Güte schlafen ließe, dann müsste sie diesen energieraubenden Kampf nicht führen und würde erst aufwachen, wenn die europäische Küste in Sicht war. Zumindest für die an Deck. Doch kurz vorm Einschlafen schreckte sie jedes Mal wieder hoch. Irgendwann gab sie es auf. Eigentlich wollte sie ja auch nur verhindern, dass ihr Herz ohne sie davongaloppierte.

Und sie ließ nicht locker. Das war nicht ihre Art. Auch sie konnte verbissen sein. Sie griff auf eine andere Technik zurück, um ihr rebellisches Herz zu beruhigen, atmete tief durch die Nase ein, hielt den Atem ungefähr zehn Sekunden lang an, atmete langsam durch den Mund wieder aus. Das wiederholte sie mehrere Male mit geschlossenen Augen und hoffte, dass sich ihr Herz so besänftigen ließe und zu einem normalen Rhythmus zurückfand. Wie lange würde sie sich selbst überlisten können?

Doch leider funktionierte auch das genauso wenig. Noch immer war ihr Herz ein aufgescheuchtes Huhn, das kreuz und quer über die Wiese lief und das man vergeblich versuchte, mit dummen Tricks einzufangen.

Schließlich fiel ihr das einzige Lied ein, das sie auswendig kannte und das ihr in der Situation passend schien. Der Italienischlehrer am Gymnasium hatte es ihnen beigebracht. In ihrer Generation stand die Sprache Dantes damals hoch im Kurs. Wegen der Auswanderer der letzten zwanzig Jahre. Viele Landsleute, darunter viele Frauen, die dann in die Klauen der italo-nigerianischen Mafia gerieten, glaubten, der Keim der Hoffnung auf ein besseres Leben würde in der Erde des *Belpaese* besonders gut gedeihen. Tausende Jungfußballer träumten von einer goldenen Karriere bei Juventus Turin, Inter oder AC Mailand. Der italienische Fußball war in den 1990ern zwar nur noch ein Schatten seiner Vergangenheit, speiste aber noch die Träume der Jugend auf der anderen Seite des Mittelmeers. Ehe Ariel mit der Musik zu Ruhm und Geld kommen wollte, sah er sich schon als der neue George Weah, bis heute der einzige afrikanische FIFA-Fußballer des Jahres. Alle, Frauen wie Männer, kannten die Heldentaten der Nigerianer Kanu, Taribo West, Taye Taiwo und Martins, die ihr Glück im *calcio* gemacht hatten.

Chochana war schon früh ein wahrer Fan des runden Leders, das in ihrem Land quasi zur Religion erhoben worden war. Obwohl der Frauenfußball weniger Geld einbrachte, hatte auch sie davon geträumt, das Trikot der Nationalmannschaft, der *Super Falcons,* zu tragen. Wie Tausende ihrer Landsleute hielt sie zu Italien. Aber sie träumte nicht davon, dort zu leben. Was sollte sie dort? Es gab doch, dachte sie zweifellos aufgrund ihrer Unwissenheit, kein großartigeres und schöneres Land als Nigeria. Hier hatte man genug, damit alle ein gutes Leben führen konnten. Man musste nur wollen. Dass die

Leute auswanderten, war eine Modeerscheinung, die sich früher oder später geben würde. Als Jugendliche hatte sie nicht daran gedacht, woanders hinzugehen. Italien weckte in ihr nicht mehr Träume als England, Frankreich oder die USA. Und erst recht nicht mehr als China oder Australien. Selbst nicht als das nahe Südafrika, wo viele Landsleute trotz der herrschenden Vorurteile auf ein besseres Leben hofften. Wenn sie jemals an ein anderes Land gedacht hätte, dann nur an Israel. Aber nicht als *Alija*, also um endgültig ins Heilige Land auszuwandern, so wie es manche in der Gemeinde erträumten, als sie nach einem Ausweg aus der Dürre und den klimatischen Wechselfällen suchten. Sie wollte das Heilige Land der Thora einfach besuchen, einmal mit eigenen Füßen den Boden betreten, wo sich die wunderbaren Geschichten, die sie in ihrer Kindheit immer erzählt bekam, abgespielt hatten.

Kurzum, sie hatte sich wegen ihrer *calcio*-Liebe für Italienisch als erste Sprache entschieden. Weil sie machen wollte, was allen machten, weil sie schon anders genug war. Eine gute Entscheidung. Die Sprache gefiel ihr unbeschreiblich. Im dritten Italienischjahr lernte sie dann den Song, der ihr jetzt in den Sinn kam, um ihre Panik vor dem Eingesperrtsein und der Dunkelheit zu überwinden. Der Lehrer, ein junger sonnengebräunter Römer mit Dreadlocks, die er unter ein Netz verbannte, mit Silbersternchen im linken Ohrläppchen und tiefgrünen Augen, war schön wie ein Engel. Das hatte sie auch motiviert. Wäre er doch ihr erstes Mal gewesen und nicht dieser Wichser. In Italienisch wurde sie eine echte Streberin. Die Texte, die der Lehrer in der Klasse übersetzen ließ, kannte sie alle auswendig. Und die Arie aus Nabucco, die sie zuerst in der Klasse, dann immer wieder zu Hause hörte, gefiel ihr umso mehr, weil sie vom Exil und der Gefangenschaft der Hebräer

erzählte. Vom Jordanufer, an dem sie in ihren Kindheitsträumen so gern entlanglief. Yerushalayim zu besuchen und ihre
Füße, ihre »Reserven«, ihren ganzen Körper in den mythischen Fluss zu tauchen, schien ihr ein Vorgeschmack aufs
Paradies …

Mit geschlossenen Augen summte Chochana in der Dunkelheit des Frachtraums *Va, pensiero*. Verblüffend leicht erinnerte sie sich an den »Gefangenenchor«. Die Tränen, die ihr
über die Wangen liefen, versuchte sie erst gar nicht aufzuhalten. Sie hatte das Gefühl, allein auf der Welt zu sein. Jedenfalls
konnte sie in der tiefen Schwärze niemand sehen. Auch wenn
sie nur leise summte, während das Schiff erneut wie betrun-
ken torkelte und die Wellen wütend gegen den Rumpf schlugen, in ihrem Kopf und Herzen sang sie mit lauter Stimme:

Va, pensiero, sull'ali dorate;
Va, ti posa sui clivi, sui colli
Ove olezzano tepide e molli
L'aure dolci del suolo natal!

Da konnten die Wellen so wuchtig aufprallen, wie sie wollten,
Chochana hörte sie nicht mehr. Sie war woanders. Der »Gefangenenchor« hallte durch ihren Kopf und entführte sie an
einen Ort weit weg von dieser Kloake, die gerade ihren Träumen vom besseren Leben den Garaus machte. Als sie kurz vor
der Abreise aus ihrer Heimat erfahren hatte, dass sie zuerst
Lampedusa erreichen würden, hatte sie plötzlich das Bedürfnis verspürt, die Arie noch einmal zu hören. Sie schaute das
Video auf Youtube an und sang solange mit, bis sie jedes Detail, jedes Nuance, jeden Ton genau kannte. Die Bühne war ein
wunderschöner Platz in einer italienischen Stadt. Ob Neapel,

Rom oder Verona wusste sie nicht mehr. Es war unwichtig. Das Publikum klatschte vom ersten Ton an mit. So stellte sie sich die Oper vor, im Freien, damit sich die »goldenen Schwingen« der Freiheit auf den »Hängen und Hügeln«, von denen *Va, pensiero* erzählt, entfalten konnten. Damit einem unwillkürlich die Tränen in die Augen stiegen. Und den »wonnigen Hauch der Heimaterde« in die Tiefen des Frachtraums brachten, wo man gerade verfaulte. Damit man die todbringenden Wellen, die auf den Schiffsrumpf prallten, nicht mehr hörte:

Del Giordano le rive saluta
Di Sionne le torri atterate.
Oh mia patria si bella e perduta!
Oh membranza si cara e fatal!

Chochana stellte sich beim Singen die Gefangenschaft der Hebräer in Babylon vor, weit weg von den »Ufern des Jordan« und den »zerfallenen Türmen Zions«. Was bedeutete es, im Exil zu sein? In babylonischer Gefangenschaft? Zig hundert Kilometer entfernt von den Seinen, der Muttersprache, der Landschaft und den Gerüchen der Kindheit? Wie fühlte man sich dort? Wurden die »Erinnerungen«, »die Tage von einst« in der Gefangenschaft noch lebendiger? Verfluchte man seinen Unterdrücker und seine Nachkommen erst recht bis in alle Ewigkeit? Hasste man sich am Ende selbst?

Chochana wusste keine Antwort auf die vielen Fragen, die ihr beim Singen durch den Kopf gingen. Auf die Fragen, die Verdis machtvolle Melodie und das Libretto von Temistocle Solera in ihr auslösten. Mit jedem Schlagabtausch zwischen Schiff und Mittelmeer wuchs die Entfernung, die sie von ihrem Heimatland und den Erinnerungen an eine Liebesge-

schichte trennte, bei der sie oft genug das unangenehme Gefühl gehabt hatte, die einzige Beteiligte zu sein. Manchmal
fragte sie sich sogar, ob sie das nicht alles nur geträumt hatte.
Doch diese Arie, die ihr der »Herr eingab«, damit sie die »Kraft
zum Leiden« hatte, existierte glücklicherweise wirklich:

O simile di Solima ai fati
Traggi uns suono di crudo lamento,
O t'ispiri il Signore un concento
Che ne infonda al patire virtù!

ERTRUNKEN

Va' Pensiero verschaffte Chochana eine Atempause, die aber leider nicht lange währte. Als sie das Lied zwei oder drei Mal im Kopf wiederholt hatte, verflog die beruhigende Wirkung. Ihr kluges Herz durchschaute das Manöver; wie die Wellen hatte es nur kurz den Rückzug angetreten, um danach desto machtvoller wiederzukehren. Es raste los wie ein Stier in die Arena, rannte mit hängenden Zügeln, bäumte sich auf, stoppte abrupt, zweifellos, um den Gegner abzuwerfen und, einmal am Boden, seinen Brustkorb mit den Hufen zu zertrampeln; schoss nach der Untat wieder voran, erklomm die Stufen, blickte das Publikum herausfordernd an, um sich an seiner Angst zu weiden. Jetzt spürte Chochana es im Hals. Gleich würde es ihr aus dem Mund springen und blutig auf die Oberschenkel fallen. Doch ehe sie vor einem Gegner kapitulierte, der stärker war als sie, versuchte sie es noch mit einer Ablenkung. »Schläfst du?«, fragte sie Semhar. Schon eine Weile hatten sie nichts mehr gesagt. Tief unten im Frachtraum eines Schiffs, das gegen das aufgewühlte Meer ankämpfte, kam es einem fast wie Jahrhunderte vor. Chochana musste eine bekannte Stimme hören, damit sie dem Dämon, der von ihrem Geist Besitz ergriff und ihr kranke Gedanken einflüsterte, endlich den Mund stopfen konnte. Sie wollte etwas über das Rote Meer hören. Stimmte das wirklich?

»Was?«, sagte Semhar.

»Rot. Dass das Meer rot ist. Blutrot. Rosenrot. Tomatenrot.«

»Es ist das schönste Meer überhaupt. Es ist *wonderful*, wie ihr in eurer Sprache sagt.«

»Das hatte ich dich nicht gefragt.«

»Ja, aber …«

»Also raus damit.«

Es war die Panik, die Chochana aggressiv machte. Semhar, die Viper, war klug genug, das zu bemerken. In ihrem Land, antwortete sie, nenne man das Rote Meer Erythräisches Meer. Es habe eine wunderschöne, weltweit einzigartige blaugrüne Farbe. »Weißt du, die Postkartenfotos von den Malediven oder der Karibik sind nichts dagegen.« Aber sie habe es auch rot gesehen. Nicht oft, aber es sei wirklich rot. Manchmal halte das wochenlang an. Bis eines schönen Tages die ursprüngliche Farbe zurückkehre. Als Kind habe sie felsenfest geglaubt, dass sich dann ein Mensch zu weit auf das Territorium der Haie gewagt habe, die Haie schlemmten und sich das Meer dadurch rot färbte. Logisch oder? »Doch wieso gerade der Hai so einen schlechten Ruf hat, wo doch auch andere Meerestiere Menschenfleisch mögen?«

»Weiter«, sagte Chochana ungeduldig. Sie wollte nicht, dass ihre Freundin wieder abschweifte. Nichts konnte sie geradeaus erzählen, kam vom Hölzchen aufs Stöckchen, wie bei der pingeligsten Talmud-Auslegung. Am Ende verlor sie dann den Faden. »Also, was für ein Rot?«

»Wie blutiges Fleisch«, sagte Semhar; Chochana wollte ja etwas Konkretes hören.

Semhar wusste, dass die Nigerianerin kein rohes Fleisch mochte. Das war ihre Art, so zu erzählen, wie es ihr gefiel. Also die Geschichte sei komplizierter. Nur wenige Eltern, wie ihr Vater, ließen ihre Kinder im Meer baden. Aus Angst, dass sie ertrinken könnten. »Die Leute, die dort schwimmen können, kannst du an einer Hand abzählen. Ungelogen.« Darum hätten sie die Sage von den Haien erfunden, die am liebsten zartes Kinderfleisch fraßen. Mit einem Biss ihrer zighunderten Zähne würden sie sich ein Stück abreißen und ohne Kauen, mit einem Happs, herunterschlingen. Die rote Farbe, die das Meer manchmal annahm, stamme also von ungehorsamen Kindern. Auch sie habe das geglaubt. Doch eines Tages, als sie gerade auf der weiterführenden Schule war, habe ihnen eine Biologielehrerin erklärt, dass die Blüten verschiedener endemischer Algen das Erythräische Meer rot färbten. Den Namen wisse sie nicht mehr: »Weißt du, irgendetwas Kompliziertes, was man sich nicht merken kann, Latein oder so.« Aber sie müssten ihren Eltern trotzdem gehorchen, habe die Lehrerin gemahnt, im Roten Meer wimmele es wirklich vor Haien.

Semhar redete noch eine Weile weiter. Sie ließ sich jedenfalls nicht lange bitten. »Eine echte Quasselstrippe«, habe ihr Vater immer gesagt. Als kleines Kind war sie gar nicht mehr zu stoppen, wenn sie einmal losgelegt hatte. Erst bei der Armee habe sie gelernt, zu schweigen, wenn es sein musste. Was blieb ihr auch anderes übrig, wenn sie nicht schikaniert werden wollte. Und das sei noch schlimmer gewesen. Außerdem hatte sie ein Ziel vor Augen: Sie wollte nicht, bis sie vierzig war, in der Kaserne versauern oder einen Beruf ergreifen müssen, den ihre Vorgesetzten auswählten. »Das ist ja wie eine arrangierte Hochzeit, wenn die Eltern aussuchen, mit wem du dein Leben verbringst, oder? Der reinste Horror.«

In dem dunklen Frachtraum spürte Semhar, dass Chochana ihre Stimme noch immer brauchte. Also legte sie los, erzählte von ihren Zwillingsbrüdern Jacob und Esau, von denen der eine wie ihr Vater Fischer werden wollte. Nur ungern hätten sie sich von ihr den Schulstoff erklären lassen. Die Armen mussten den Inhalt eines ganzen Mathejahrs oder die gesamte englische Grammatik an einem Nachmittag über sich ergehen lassen. Eigentlich seien sie ihre Versuchskaninchen gewesen. Hatte sie Chochana schon erzählt, dass sie Lehrerin werden wollte? Am liebsten an einer Mädchenschule. Das erste Mal sei ihr die Idee gekommen, als die Lehrerin ihnen das Rote Meer erklärte. »Das war fast wie eine Berufung, weißt du.« Jakob, der Sportler, sei am schlechtesten in der Schule zurechtgekommen. Er mied sie wie die Pest, und wenn er dem Unterricht seiner Schwester, der Lehramtsanwärterin, wirklich nicht entkommen konnte, habe er sie mitten in eine Erklärung solange mit Küssen bedeckt, bis sie endlich schwieg.

Wenn sie in Europa Fuß gefasst habe, würde sie Familienzusammenführung beantragen, damit die Zwillinge nicht zum Militär müssten und erkannten, dass die Welt mehr war als das Rote Meer. Wie schön die Welt war. Dass der Horizont weiter reichte als ihr Blick vom Pier in Massaua. Jakob hätte so auch größere Chancen auf eine Olympia-Goldmedaille. Allerdings nur, wenn er in den Farben einer anderen Nation laufen würde. Wie sie ihn kannte, würde er nur unter der eritreischen Fahne starten wollen. Die oder keine. Aber ob die Diktatur es zulassen würde, dass ein Exilant für das Land antrat? Das wäre ja ein schlechtes Zeichen für alle Zuhause. Aber für die Eltern kam das alles nicht mehr in Frage. Sie wollten nicht ins Ausland. Ihre Zukunft liege hinter ihnen, sagten sie. Sie verstand das, auch wenn sie es nur schwer akzeptieren könne.

Schließlich schlug Semhar einen feierlicheren Ton an und erklärte Chochana ihren Glauben an einen einzigen Schöpfer. »Ob man ihn nun Gott nennt, wie wir Christen, Jahwe, Allah oder Architekt des Universums«, jedenfalls sei er gut und verständnisvoll. Bestimmt würde er sie ans andere Ufer geleiten.

So wie Jesus den Sturm und das Meer stillte, als er und seine Anhänger auf einem zerbrechlichen Kahn in ein Unwetter gerieten. Egal, was passierte, sie würden heil ankommen. Sie müssten nur noch diese Prüfung bestehen. Semhar beruhigte ihre Freundin mit Worten, die auch ihre eigene Furcht, die sie so gut zu verbergen wusste, besänftigt hätten. Auf jeden Fall mit aufrichtigen Worten, die sie selber glaubte.

Doch plötzlich wurde sie von gewaltigem Lärm unterbrochen, wie von einem jähen Aufprall. Zweifellos war das Schiff gerade auf ein Riff aufgelaufen. Die Freundinnen waren auf der Stelle hellwach. Gleich würde der Rumpf dort, wo der Lärm hergekommen war, auseinanderbrechen und das Meer in den Frachtraum stürzen. Doch in den langen Minuten, in denen sie den Atem anhielten, passierte nichts. In Wahrheit war nur eine riesige Woge gegen das Schiff gekracht. Es folgten weitere genauso mächtige Wellen. Sturm und Meer brüllten durch den Frachtraum. Wieder torkelte das Schiff wie ein Betrunkener oder Wahnsinniger, wieder musste es Backbord und Steuerbord gewaltige Hiebe einstecken, stürzte in abgrundtiefe Täler und erhob sich gleich darauf, wie Semhar sagte, auf den Hügel von Golgatha. Wieder ertönten die Schreckensschreie der Passagiere. Die spitzen Schreie der Frauen, das herzzerreißende Weinen der Kinder, die rauen Rufe der Männer. Sie einte dieselbe Panik, die Angst, im Maul der Haie oder anderer Meerestiere zu enden.

Es konnte nicht mehr lange bis zum Morgen sein. Am schwarzen Himmel schimmerten erste rosa Streifen. Dima schaute auf die wasserfeste Armbanduhr, die sie noch am letzten Abend in Tripolis gekauft hatte und die, obwohl laufend vom Meerwasser überspült, wundersamerweise trotzdem funktionierte. Da hatte sie wirklich eine glückliche Eingebung gehabt. Und wenn es nur dafür wäre, dachte sie, rechtfertigte es den hohen Preis. Mit den Sturmböen kehrte der Albtraum zurück, den die Passagiere hinter sich glaubten. Schreckerfüllt beobachteten sie, wie das Schiff in die Wogen abtauchte, unbeschädigt wieder auftauchte, Bocksprünge auf dem Wellenkamm machte. Wenn es den Wellen nicht ausweichen oder darübergleiten konnte, kriegte es eine echte Breitseite ab, neigte sich unter der Wucht des Aufpralls seitwärts. Manchmal kam die Welle auch direkt von vorn. Dann wich das Schiff förmlich zurück, machte fast einen Salto rückwärts, kippte beängstigend. Machte all das, was Dima in der Nacht gar nicht bemerkt hatte. Auf einmal stand ihr das Wasser bis zur Hüfte, so weit lag das Schiff auf der Seite. Die Angst in den Augen der Passagiere verzigfachte sich. Doch unbeirrt setzte das Schiff seinen Weg fort. Quietschend und wimmernd. Immer hörbarer knackend und knirschend. Als würde es im nächsten Moment genau in der Mitte entzweibrechen und das Meer einen nach dem anderen verschlucken. Die besseren Schwimmer wiegten sich wohl in der Illusion, sie könnten sich retten. Aber in dem kalten, aufgewühlten Meer gab es kein Entrinnen, dachte Dima.

Als ihre Töchter aufwachten und nach Essen verlangten, wurde sie aus ihren Gedanken geritten. Die beiden hatten Hunger. Es war ja sieben Uhr. Der Himmel hell und klar. Seit fünfzehn Stunden hatten sie nichts zwischen die Zähne bekommen. Genauer gesagt, seit dem Imbiss am Vorabend. Bei der Aufregung der Abreise und dem Stress durch das Wetter war ihnen den Appetit vergangen. Jetzt meldete sich der Magen zurück. Nach zwei Wochen in Tripolis war Dima klar gewesen, dass ihre Kontakte nur zweite Garde waren. Dieses

Warten konnten sie ihr nicht überzeugend erklären. Warum aus drei fünf, dann sieben Tage wurden, *inschallah*. Und so weiter. Als wenn das Allahs Sache wäre. Und darum hatte sie nicht nur Wasserflaschen mitgenommen, sondern noch zwei Milch- und drei Saftpackungen, Trockenkekse, Brioches, Datteln und ein Fläschchen 90-prozentigen Alkohol, »den kann man immer gebrauchen«. Damit sie auf jeden Ernstfall vorbereitet war. Ein Glück, dass sie soweit gedacht hatte. Alles andere wäre ja gar nicht auszumalen: Die Natur machte, was sie wollte, die Leute rundherum schrien, und ihre Töchter weinten vor Hunger. Hakim beeilte sich, ihr zu helfen. Als wolle er wiedergutmachen, dass er die ganze Zeit geschnarcht hat. »Auf dem Meer muss man etwas im Magen haben, meine Süßen.« Er selbst aß nichts. Wie er Dima später erklärte, befürchtete er, dass sie nicht genug Vorräte für die scheinbar endlose Fahrt hätten. Er konnte hungern, seine Töchter aber nicht.

Während Hakim seine Töchter zum Essen ermutigte, stürmte es so heftig, als würden zehntausend wütende Elefanten trompeten. Das Wasser um das Schiff strudelte, brodelte, hielt es erneut an der Stelle. Und wenn das Schiff doch vorwärtskam, mit bloßem Auge konnte man es jedenfalls nicht erkennen. Plötzlich neigte es sich seitwärts, und die Wellen fegten eine Frau und ihren Sohn von Bord. So schnell, dass sie nicht einmal mehr schreien oder Hilfe rufen konnten. Der Ehemann rannte zur Reling, beugte sich, mit beiden Händen festklammernd, darüber und blickte nach unten. Nur weil zwei Männer ihn zurückzerrten, stürzte er nicht hinterher ins wildgewordene Gewässer. Er wollte nicht aufgeben, aber die beiden Männer waren stärker und hielten ihn fest. In der Hoffnung, seine Frau und seinen Sohn aus den Wogen auftauchen zu sehen, blickte er zurück. Und sah nichts als zwei orangefarbene Objekte: die Rettungswesten, die, von den Wellen weggerissen, an die Oberfläche stiegen. Von der Strömung fortgetragen, weiter hinten wieder aufblitzten, wieder verschwanden, weiter entfernt erneut auftauchten. Ein spöttischer, sadistischer Tanz. Der Mann schrie. Schrie, er habe all diese Opfer nur gebracht, all das nur riskiert, um seiner Familie, seinem Sohn ein besseres Leben zu bieten. Weit weg vom Krieg in Libyen. Der französische Präsident Sarkozy und seine westlichen Komplizen hätten sein Land ins Chaos gestürzt, sie zur Flucht genötigt. Und nur darum seien seine Frau und sein Junge nun gestorben.

»Alles nur darum«, wiederholte er zigmal. »Alles nur darum. Wozu soll ich noch weiterleben?«

Die beiden Leibwächter an seiner Seite, sackte er zusammen, die Augen auf die endlose Weite des Mittelmeers gerichtet. Andere Passagiere waren so schockiert, dass sie erneut forderten, umzukehren. Ein stämmiger Mann um die dreißig mit dickem Bauch, wandte sich direkt an den Alten mit Militärschnitt, den Dima nach den Toiletten gefragt hatte. Der würdigte ihn nicht eines Blickes und unterhielt sich ungerührt mit seinen Komplizen, die einen Joint rumgehen ließen. Je mehr Minuten verstrichen, desto selbstsicherer wurden die fordernden Stimmen. Ein junger, schmaler Brillenträger mit idealistischem Blick wollte wissen, warum man die Luke denn geschlossen habe.

»Wie sollen die armen Unglücklichen im Frachtraum denn Luft bekommen? Sie werden da unten noch ersticken. Auch sie haben für die Überfahrt bezahlt, oder?«

Andere unterstützten ihn.

»Ganz richtig, was der Herr da sagt.«

»So behandelt man keine Menschen«, sagte der erste Mann.

»Das ist widerlich«, meinte eine Frau.

»Dazu haben Sie kein Recht«, fügte eine anderer hinzu.

»Wir werden Sie anzeigen, wenn wir angekommen sind.«

Bei dem Wort »anzeigen« sprang der Alte wie von der Tarantel gestochen auf. Um nicht vom Sturm und dem schwankenden Schiff umgeworfen zu werden, hielt er sich an der mittleren Kabine fest. Alle an Deck verstummten. Der Alte nahm noch einen Zug, gab den Joint weiter, stieß, den Kopf wie in Ekstase leicht in den Nacken gelegt, langsam den Rauch aus. Dann drehte er sich zu den Aufmüpfigen um und schrie gegen den Sturm an:

»Wenn ihr so um die da unten besorgt seid, ihr könnt ihnen gern euren Platz überlassen«, sagte er unter dem Lachen seiner Komparsen. »Und du Brillenschlange, du willst hier den Richter spielen? Bei besserem Wetter würdest du schon für kleinere Frechheiten teuer bezahlen. Aber ich habe keine Lust, mich mit Schwachsinn rumzuschlagen, darum erkläre ich es jetzt. Wenn die Klappe aufsteht, kommt Wasser rein. Und wisst ihr, was dann passiert? Wenn ihr krepieren wollt, da ist das Meer. Ich habe keine Lust dazu. Solange ich hier bin, bleibt die Klappe zu.«

Aber noch nicht alle waren überzeugt. »Vor dem Streit war die Klappe doch auch auf!«, schimpfte eine Frau vor sich hin. »Wie zynisch«, murmelte ein anderer. »Wie könnt ihr Menschen, die Muslime sind wie ihr, nur so behandeln?«, sagte der junge Brillenträger, der nicht lockerlassen wollte. Als der Alte wieder saß, wurden die Rufe nach Umkehr wieder lauter. Erneut war das Deck in zwei Lager geteilt: Die einen wollten zurück nach Sabratha und die andern, die Mehrheit, allen Stürmen und strudelnden Wellen zum Trotz, weiterfahren. Beleidigungen flogen hin und her. Der Alte und sein Trupp zogen sich zurück. Solange die Sicherheit des Schiffs, also ihre, nicht gefährdet war, sollten die sich doch ruhig in die Haare kriegen. Da jeder gesehen hatte, wie die vorigen Auseinandersetzungen ausgegangen waren, würden wohl selbst die größten Schreihälse stillhalten.

»Lasst die einfach rumspinnen«, sagte der Alte abschließend.

»DAS MACHEN DA ALLE«

Dima hätte ihre Töchter gern vor den derben, gotteslästerlichen Worten bewahrt, die über Deck flogen. Der Abschaum brüllte allerdings so laut, dass er sogar das Getöse von Wind und Wellen übertönte. Doch dieser Kampf war nebensächlich. Jetzt musste sie vor allem ihre Kinder vorm Ertrinken beschützen. Das schreckliche Ereignis eben war eine Warnung. Jetzt musste sie noch besser aufpassen. Nachdem sie schon Haus und Heimat verloren hatte, den Verlust ihrer Töchter würde sie nicht überleben.

Shayma war in die Arme ihres Vaters geflüchtet und nuckelte, die Augen geschlossen, den Kopf an seine Brust gelegt, am linken Daumen. Ein Zeichen wachsender Unsicherheit bei ihr. Hana schaute sich um wie ein unruhiges Tier, drehte den Kopf wie ein Periskop nach rechts und links, ebenso fasziniert wie verängstigt vom brausenden Sturm, dem wilden Wirbeln der Wellen und dem bedrohlichen Wimmern des Schiffs, das sich den wütenden Elementen entgegenstemmte. Dima betete leise. Allah, das wusste sie, »antwortet dem Bedrängten, wenn er ihn anruft, und nimmt das Übel hinweg.«

Plötzlich brach ihr junger marokkanischer Nachbar in Schluchzen aus. Vor einigen Stunden noch hatte er ihre Töchter unentwegt angelächelt und versucht, sich mit seinem komischen Akzent irgendwie verständlich zu machen. Dima gelang es nicht, ihn genauer zu verorten. Das kratzte an ihr. Doch sie konnte auch gut Gesichter lesen, und um auf andere Gedanken zu kommen, versuchte sie, sein Alter zu erraten. Höchstens fünfundzwanzig, sechsundzwanzig, mehr konnten es nicht sein. Ein nettes Gesicht, trotz der eher unangenehmen Zähne. Schließlich hatte sie sich doch als Syrerin vorgestellt und ihn gefragt, wo er herkam. Darum wusste sie, dass er Marokkaner war und Hassan hieß. Auch dank seinen Scherzen war es ihr gelungen, ihre Töchter von der allgemeinen Gefahr und all den Fragen abzulenken, die sie nicht beantworten konnte.

Seit wieder Sturm aufgekommen war, hockte er, mit rundem Rücken, gebeugtem Kopf, zusammengekauert da und umklammerte seine Beine. Sprach nicht mehr, suchte nicht mehr den Blick ihrer Töchter. Und jetzt weinte er wie ein kleiner Junge, der merkt, dass er der Ungerechtigkeit der Welt hilflos gegenübersteht. Offensichtlich verlor er gerade die Nerven. Seine Schultern zuckten unkontrolliert, er konnte seine Angst nicht mehr verbergen. Hakim legte, ohne seine Tochter loszulassen, einen Arm um seine Schultern und flüsterte ihm tröstende Worte zu. Zwischen zwei Schluchzern stammelte der Marokkaner, vielleicht um nicht als Angsthase dazustehen: »Wisst ihr, ich habe keine Angst vor dem Tod. Aber vorher möchte ich mein zweijähriges Töchterchen noch mal sehen.«

»Man soll den Teufel nicht an die Wand malen«, sagte Dima. »Wo ist Ihre Tochter denn?«

»Bei ihrer Mutter.«

Hassan war mit dreizehn Jahren im Koffer seines Onkels nach Italien gekommen, und man verheiratete ihn mit der Mutter seiner kleinen Aicha, einer hübschen Kalabrierin, zwölf Jahre älter als er, Aktivistin für Menschenrechte und Ehrenamtlerin in einem Hilfsnetzwerk für Flüchtlinge. »Sie ähnelt unseren Maghrebinerinnen«, sagte er mit schmerzlichem Lächeln, zog eine Plastiktüte aus der Tasche, nahm ein Handy heraus, schirmte es sorgfältig vor den allgegenwärtigen Wasserspritzern ab und zeigte ihnen das Bildschirmfoto mit den beiden Frauen seines Lebens. Man sah eine füllige Frau, deren Haare ebenso rabenschwarz waren wie ihre Augen, im Arm hielt sie ein lächelndes Kind. Er habe sie in Mailand kennengelernt, wohin es sie, wie viele aus Kalabrien, auf der Suche nach Arbeit verschlagen habe.

»In Kalabrien gibt es kaum Arbeit. Da ist es noch schlimmer als bei euch im Maghreb, hat sie gesagt.«

Aber die Heimat seiner Frau, nach ihren Worten ein Paradies, das seine Kinder nicht ernähren konnte, lernte er nie kennen. Einige Wochen nach der Geburt seiner Tochter nahm man ihn nach einem kleinen Gesetzesverstoß unter Jugendlichen fest. Eine Art Initiationsritus, um in die Freundesgruppe aufgenommen zu werden. Da wusste er noch nicht, dass er jahrelang dafür bezahlen musste. Eine banale Polizeikontrolle, weil er bei Rot gefahren war. »Das machen da alle«, und werden höchstens verwarnt. Wenn der Carabiniere schlecht gelaunt war, bekam man mal einen Strafzettel. Außer man hatte Locken, hieß Mohammed oder Hassan. Dann konnten sie einen festnehmen. Obwohl er Italienisch mit Mailändischem Akzent sprach – was ihn schon in schlimmeren Situationen gerettet hatte –, er die Hälfte seines Lebens in diesem Land verbracht hatte, besaß er trotz der umfangreichen Legalisierung von 2008 nur eine befristete Aufenthaltserlaubnis aus humanitären Gründen, die alle zwei Jahre verlängert werden musste und bald auslief. Bei der Geburt von Aicha hatte er geheiratet, aber nicht die Zeit gehabt, sich um die italienische Staatsbürgerschaft zu bemühen. Der Bulle war gnadenlos, selbst als er ihm sagte, dann würde sein Töchterchen, eine kleine Italienerin, ohne Vater aufwachsen. Am Ende musste er bezahlen: sofortige Abschiebung nach Marokko, früheste Rückkehr nach Italien in zehn Jahren.

Seit drei langen Jahren versuchte er, zurückzukommen. Seine Anfragen beim italienischen Konsulat in Marokko blieben fruchtlos. Seine Frau habe Himmel und Erde in Bewegung gesetzt, vergeblich. Er ging nach Tunesien, weil dort regelmäßig Schlauchboote nach Lampedusa abfuhren. Seine Kalabrierin war dagegen, aber er hielt es nicht mehr aus, so weit weg von seiner Familie zu leben. Und die Überfahrt war kurz. Eine Nacht und ein Tag, und schon erreichte man die schroffen Küsten Lampedusas; wenn man aus Afrika kam, das Tor nach Europa. Mit dem Geld, das er mit Scheißjobs – »entschuldigt den Ausdruck« – verdiente, und dem, das seine Frau schickte, fand er einen Platz auf einem Boot. Mitten in der Nacht landete das übervolle Schlauchboot offenbar an einer Insel. Zumindest sah es vom Meer wie eine Insel aus. Wie die vielen Lichter zeigten, die durch das Auf und Ab der Wellen beim Näherkommen blinkten, lebten dort jedenfalls Menschen. Das also war Lampedusa, eine kleine, karge Insel, auf der man sich bestimmt schnell eingesperrt fühlte. Er konnte es kaum glauben, er hatte es geschafft. Zum ersten Mal in seinem Erwachsenenleben weinte er: Bald würde er seine Frau und Tochter wiedersehen.

»Aber Sie sind heute hier, also haben Sie es nicht geschafft«, sagte Dima mit sanfter Stimme.

»*Già*«, sagte der junge Mann, der besser Italienisch als Arabisch sprach. Darum hatte sie seinen Akzent nicht erkennen können.

»Nein«, sagte er mehrmals, ohne weitere Erklärung.

»Wie ist es auf Lampedusa? Die Ankunft? Die Leute? Wie nehmen sie uns auf?«, fragte Dima, die spürte, dass dem Mann das Reden guttat und er so seine Angst ein wenig vergaß.

Als Hassan fortfuhr, war es, als spreche er nur zu sich selbst. Der Motor des überfüllten Schlauchboots gab den Geist auf, ein Fischerboot rettete sie und eine Militärpatrouille geleitete sie zum Hafen. Menschenrechtsaktivisten, die man benachrichtigt hatte, strömten an die Mole und schwenkten lächelnd eilig gemalte Willkommensschilder. Ein LGBT-Aktivist mit Piercings und Tattoos hatte in Regenbogenfarben auf sein Schild gekritzelt: »Welcome, Emigranten. Danke, dass ihr uns nicht mit den Italienern alleine lasst.« Die Helfer hatten Thermoskannen mit Pfefferminztee und Wasserkästen und reichten den Überlebenden, als sie aus dem Schlauchboot stiegen, zu Trinken. Die Flüchtlinge, wie man sie dort nannte, wurden in ein Auffanglager außerhalb der Stadt gebracht. Den Mutigsten gelang es dank einer Lücke im Metallzaun, trotz des Verbots nach Belieben im Lager ein- und auszugehen. Da es Januar war und die Touristensaison, von denen die Insel hauptsächlich lebte, noch weit entfernt, drückten Behörden und Polizei ein Auge zu. So seien sie mit der Bevölkerung in Kontakt gekommen, konnten NGOs und Flüchtlingshilfswerke ansprechen.

Da er Italienisch sprach, habe er es leicht gehabt. Seit dem Untergang mehrerer großer Schiffe Anfang der Nuller-Jahre, von denen manche zum weltweiten Gesprächsthema geworden waren, landeten die Flüchtlingsströme im Wesentlichen in Lampedusa. Laut Gerüchten machte mancher ein gutes Geschäft damit. Ehe die Gelder von Regierung und Europäischer Union das Aufnahmelager erreichten, wo sie die Verwaltung und Lage der Flüchtlinge verbessern sollten, wurden Millionen abgezwackt – und die Zahlstellen nahmen zu. Ihr werdet es dann ja sehen. Mit den Einheimischen lief es insgesamt eigentlich gut.«Ich erinnere mich noch gut daran, wie wir mit unseren Fischerbooten nach Tunesien fuhren und dort wie Freunde empfangen wurden. Wir blieben drei oder vier Tage, dann stachen wir wieder in See«, erzählte ihm einmal ein alter Mann, der ihm auch ein Zimmer gab, wo er zwei Mal seine Familie treffen konnte. Seine Kalabrierin hielt es nicht mehr aus, ihn so in der Nähe zu wissen, ohne ihn zu besuchen. Aber für Hassan gab es keinen Weg, um von Lampedusa ans Festland, also nach Sizilien, zu gelangen.

Nach allem, was seine Frau sagte und er im Internet gelesen hatte, hatten sich die Dinge in letzter Zeit allerdings verändert. Das lag teilweise am Fernsehen, das den lieben langen Tag schlecht über Flüchtlinge berichtete: sie seien Vergewaltiger, skrupellose Mörder und brächten tödliche Krankheiten mit. Dabei hatten in Lampedusa höchstens zwei, drei schwarze Schafe mal kleinere Diebstähle begangen, meistens aus Hunger. Die Bevölkerung war nicht feindselig, aber vorsichtiger geworden. Einige Handlanger einer Splittergruppe namens *Generazione identitaria*, zu denen sich verbündete Identitäre und extreme Rechte aus Polen, Ungarn, Österreich, den Niederlanden und Frankreich gesellten, wollten allerdings ein Schiff anheuern, um die Rettung von Mittelmeerflüchtlingen durch *Médicins sans frontière* und ähnliche Organisationen zu verhindern. Ihr mittelfristiger Traum war es, im Mittelmeer eine Mauer zu errichten, um die muslimischen Eindringlinge aus dem Süden wie in anderen Regionen der Welt, die sich besser um ihre Bürger kümmerten, aufzuhalten. Das sei, so ließen sie verlautbaren, keineswegs utopisch. Man müsse es nur wollen. Eine solche technische Heldentat sei zudem ein Beweis der Überlegenheit der europäischen Zivilisation über alle anderen.

Nach drei Monaten im Auffanglager wurde Hassan nach Palermo gebraucht und nach Marokko abgeschoben. Diesmal ging er nicht nach Tunesien. Die tunesischen Küstenwachen legten seit einiger Zeit einen größeren Eifer an den Tag und brachten die meisten Schlauchboote auf. Nach allem, was man hörte, hatte der italienische Innenminister mit Tunesien einen Vertrag unterzeichnet, über deren Einzelheiten der Normalbürger nicht informiert wurde. Doch seitdem schlüpften nur noch wenige durchs Netz. Die Küstenwache machte den Flüchtlingen das Leben schwer, sie wusste, was die Flüchtlinge riskierten, wenn sie erwischt wurden. Plötzlich schoss der Preis für die Überfahrt in die Höhe, und man musste den passenden Moment abwarten, der sich von heute auf morgen wieder verschieben konnte. Und dabei wusste man noch nicht einmal, ob das auch stimmte oder die Schlepper die Flüchtlinge nur zermürben wollten, damit sie noch mehr zahlten.

Hassan schlug sich darum nach Libyen durch, »eine Odyssee, die Sie sich nicht vorstellen können«, fasste er für Dima zusammen. Und dabei schätze er sich verglichen mit den Afrikanern noch glücklich, sagte er, als käme er von einem anderen Kontinent. Für sie sei es noch schwerer, auf ein Schiff zu kommen. Vor allem in Libyen. Dort habe er furchtbare Dinge gesehen. Man verhalte sich ihnen gegenüber offenkundig rassistisch, verächtlich und grausam. Er spreche aus Erfahrung. Dima verstand die Anspielung an die *snudsch* und schwieg beschämt. Der Wortwechsel mit den eingebildeten Puten beim Einschiffen rief unangenehme Erinnerungen in ihr wach. Doch wie auch immer, sagte Hassan, er könne sich nicht vorstellen, seine Tochter zehn Jahre lang nicht zu sehen. Seine

Frau habe vorgeschlagen, in jeden Sommerferien mit der Kleinen nach Marokko zu kommen. Öfter konnte sie sich nicht leisten. Das fand er gut, aber es war doch nur ein Notbehelf. »Könnt ihr euch das vorstellen? Welchem Vater würde es genügen, seine Tochter nur einmal im Jahr zu sehen? Ich habe doch keinen umgebracht!« Er habe ihr geraten, Geld zu sparen, damit er die Überfahrt bezahlen konnte. Früher oder später würde er eine Lösung finden. Und das hat er dann auch. Sechs Monate später schaffte er es auf dieses Schiff.

»Und jetzt ist alles umsonst«, schluchzte er.

»Allah ist groß«, sagte Dima mitfühlend. »Bestimmt kannst du deine Tochter bald in den Arm nehmen.«

Diesmal würde es klappen, beruhigte sie ihn. Und er würde durchs Netz schlüpfen. So war das Leben eben. »Man rennt die ganze Zeit hinter etwas her, ohne es je zu kriegen. Aber eines Tages, wenn man es am allerwenigsten erwartet, findet sich eine Lösung.« Alles würde ein gutes Ende finden, das spüre sie. Dima wirkte überzeugt. Als hänge es nur von ihrem Willen ab, ob das Schiff gut gesteuert, die Elemente bezwungen und nach der Ankunft ein positiver Verwaltungsentscheid gefällt wurde. So überzeugt, dass der junge Marokkaner ihren Töchtern wieder heiter zulächelte. Während das Schiff seine Fahrt fortsetzte, fragte sich Dima in einer Wellenpause, wie sie und ihre Familie dort wohl aufgenommen würden. Würde man ihnen vor die Füße spucken? Feindselig gegenübertreten? Oder würden sie einem großzügigen Menschen begegnen, der ihnen half, so wie der alte Fischer Hassan. Der Vorname Hassan erinnerte sie im Übrigen an einen früheren Moment ihres Lebens, den sie gern vergessen würde. Sie drückte die Ältere an die Brust und blickte zum fernen Horizont.

DIE IDEE

Wie lange war es her, dass das Schiff in Sabratha abgelegt hatte? War es Tag oder Nacht? Chochana und Semhar hätten es nicht sagen können. Sie hatten jegliches Zeitgefühl verloren. Auf dem Meer und erst recht in ihrer Lage schien die Zeit einfach nicht zu vergehen. Sie wussten oder besser spürten nur eins: Die Wellen kehrten nach einer langen, ruhigen halben Stunde, die sie sie fast vergessen ließ, mit neuer Heftigkeit zurück. Offenbar gönnte das Meer dem Schiff keine gemütliche Fahrt und ihnen keinen Hoffnungsschimmer, die Illusion, dies sei trotz aller Unbequemlichkeiten eine x-beliebige Überfahrt. Im Gegenteil: Hartnäckig knallte es wieder gegen den Rumpf, während draußen der Sturm so ungestüm brüllte wie der, den Gott befahl, als Jona mit dem Schiff statt nach Ninive nach Tarsis fuhr.

Seit Stunden wurde es im Frachtraum immer heißer. Kein Lufthauch drang durch die Ritzen der Luke. Die Luft war zum Schneiden. Die Schwüle verschlimmerte sich noch durch den warmen, angstschweren Atem der Frachtler. Die Körper kribbelten vor Stress, auf der Haut breiteten sich Hitzepickel aus. Die Nigerianerin hatte es erst gar nicht gemerkt, so sehr war sie auf ihren launischen Herzschlag konzentriert. Doch plötzlich war es fast so heiß wie in der Sauna. Schweißperlen traten ihr auf die Stirn. Bald waren die Freundinnen schweißgebadet.

Als Chochana spürte, wie ihr ein erster Schweißtropfen zwischen den Brüsten herunterliefen, zog sie die Jacke aus, die sie in dem naiven Glauben, sie würde an Deck sitzen, angezogen hatte. Auch eine Chefin konnte gutgläubig sein, spottete sie. Nun saß sie in einer durchnässten Bluse da, die ihr buchstäblich auf der Haut klebte. Am liebsten hätte sie sie ausgezogen, genauso wie den BH und mit nackter Brust dagesessen. Aber das traute sie sich nicht einmal in der tiefsten Schwärze des Schiffsbauchs. Die Bürde der Erziehung. Sie spürte geradezu, wie die Blicke ihres Vaters die Dunkelheit durchschnitten und sie mit ewiger Verdammnis straften. So wie *HaSchem* Kain anschaute, als er nach dem Brudermord in sein Grab geflohen war. Der Schweiß rann ihr vom Kopf über den Nacken, die Wirbelsäule entlang bis in die Poritze. Was würde sie nicht alles für eine Dusche geben! Wäre sie doch noch im Lager von Sabratha! Sie konnte den Geruch ihrer eigenen Haut kaum ertragen. Das roch sie sogar in dem Gestank um sie herum. Oder waren es die anderen, die genauso stanken?

Neben ihr wischte sich Semhar ununterbrochen den Schweiß ab. Mit der Handrückseite, dem Unterarm, der Jacke. Sie musste sich beeilen, sonst brannte ihr der salzige Schweiß in den Augen und sie sah noch weniger. Doch je mehr sie wischte, desto mehr schwitzte sie. Sie schwitzte wie ein Schwein. Und fühlte sich wieder der Ohnmacht nah. Aber wie durch ein Wunder fing sie sich. Sie dachte an die Hundstage in Massaua, wenn sogar das Rote Meer siedend heiß war. »Heute müssen wir die Fische gar nicht kochen«, lachte Esau dann, »sie sind schon gar.« Wenn das so weiterging, würden sie noch alle krepieren, bevor sie in Europa ankamen. Das hielt man nicht aus, ohne Luft. Auch sie nicht, obwohl sie bei einem wirklich herausfordernden Klima Wache um Wache geschoben hatte. Man musste etwas tun. Vielleicht konnten sie die Schlepper irgendwie dazu bewegen, die Klappe wieder zu öffnen. »Ich vermag alles durch den, der mich mächtig macht«, sagte sie sich mit dem Brief des Apostels Paul an die Philipper. Sie könnten Räuberleiter machen, an die Klappe klopfen und den da oben erklären, wie unerträglich es hier unten war. Dass sie hier krepierten.

Genau das müsste man ihnen sagen. Von sich aus verstanden sie es offensichtlich nicht. Auch für sie war es ja nicht gut, wenn sie mit lauter Leichen im Frachtraum auf Lampedusa landeten. Man würde sie zur Rechenschaft ziehen und ins Gefängnis stecken. Aber vielleicht war ihnen das egal. Weil ihnen Komplizen vor Ort halfen, ungestraft davon zu kommen und einem Prozess wegen Menschenhandels zu entgehen. Das gab es, wie sie gehört hatte, wenn man die Schlepper identifizieren konnte. Doch wie auch immer, auf jeden Fall mussten sie hier unten ihr Schicksal selbst in die Hand nehmen und Krach schlagen. Schon eine Weile schwirrte ihr die Idee im Kopf herum.

»Manchmal muss man allen Mut zusammennehmen und laut schreien, wenn man gehört werden will. Stimmt doch, oder?«

»Hm, hm«, sagte Chochana, um ihr zu bedeuten, dass sie zuhörte.

Schnell merkte Semhar, dass sie nur für sich sprach. Die Nigerianerin sagte weder ja noch nein. Obwohl sie sonst so schlagfertig war und widersprach. Semhar hätte gern ihre Meinung gehört. Aber wenn sie nicht antwortete, wie sollte sie wissen, was sie dachte? Wenn sie wenigstens das Gesicht sehen könnte, um in ihrer Miene zu lesen. Es sah ja fast aus, als wäre sie irgendwo anders, in ihrer ganz eigenen Welt. Oder als wäre ihr etwas zugestoßen. Semhar nahm Chochanas Handgelenk und fühlte den Puls. Einmal schlug er regelmäßig, dann holperte er. Oder stockte, um gleich wieder loszugaloppieren, als wolle er die verlorene Zeit aufholen. Die Nigerianerin reagierte nicht. Vielleicht schläft sie, dachte Semhar. Wie konnte sie bloß feststellen, ob sie aus den Pantinen gekippt war? Langsam wurde Semhar panisch. Was bei ihr selten vorkam. Aber das hier war etwas anderes. Nicht nur war ihre Freundin verstummt, da ging ihr ja auch noch dieser andere Gedanke durch den Kopf.

Chochana musste einfach wieder zu sich kommen. Und sie musste sich mit jemandem austauschen, sich vergewissern, ob das auch wirklich eine gute Idee war. Sie brauchte für diese rettende Idee alle im Frachtraum, vor allem die Männer, die die Räuberleiter machen mussten. Aber sie allein konnte das nicht entscheiden. Die Nigerianerin, die so gern die Chefin spielte, würde es vielleicht im Alleingang machen. Doch die unterdrückten Schluchzer, die sie hörte, bestärkten sie. Die Passagiere im Frachtraum waren am Ende: vor Schwüle, Erschöpfung, Stress. Ihre Hoffnung auf ein besseres Leben hatte sie ans Ende ihrer Kräfte gebracht. Und wenn sie hier unten jetzt nichts unternahmen, wäre bald auch ihr Leben vorbei.

Selbst damals auf den Sklavenschiffen gab es Aufstände. Das hatte sie in dem Film *Amistad* gesehen. Da war sie so vierzehn, fünfzehn Jahre alt und sofort Hals über Kopf in den Hauptdarsteller verknallt, Djimon Hounsou aus Benin, ein Body wie ein Gladiator. Sie war hin- und hergerissen zwischen Wut, wegen dem Thema, und ihrer Liebe für Cinque-Djimon. Als er die Muskeln anspannte, seine Ketten und dann die seiner Kameraden zerriss, liefen ihr Schauer über den Rücken. Er war der erste Mann, bei dem ihr Herz so klopfte. Warum verdammt noch mal schlief Chochana ausgerechnet jetzt so tief?

Je länger sie warteten, desto schlimmer wurde es noch. Sie mussten jetzt handeln.

DIMA

Wo eine unglaubliche Bombenflut jahrelang über Aleppo, die Weiße, niedergeht, Seidendruckereien, jahrhundertealte Pinien und marmorne Häuser aus dem menschlichen Gedächtnis tilgt und die Bewohner auf der Suche nach Frieden und Hoffnung schließlich ins Exil treibt.

Dir (allein) dienen wir,
und Dich (allein) bitten wir um Hilfe.

Sure I,5

DER ANFANG VOM ENDE

Als die entfesselten Elemente wenigstens ein wenig nach-
ließen, dachte Dima an die vergangenen neunundzwanzig
Monate zurück. An den langen, quälenden Weg bis hierher,
auf dieses Schiff, wo sie jetzt mit dem Rücken an die Reling gelehnt saß, unterwegs ins Exil. Da sie sehr an ihrem Heimatland
hing, konnte sie sich dieses Wort kaum in seiner ganzen Trag-
weite vorstellen. Es besaß für sie eigentlich keine Bedeutung.
Von Politik hatte sie sich immer ferngehalten, selbst an der
Uni, wo sich die Sprücheklopfer gern damit hervortaten, Vater
und Sohn Assad mit gedämpfter Stimme für alle Schlechtig-
keiten der Welt verantwortlich zu machen und sogar von Diktatur redeten. Die meisten dieser komischen Typen waren anders als sie nicht alteingesessen. Während ihre Familie noch
immer Immobilien in Aleppos Altstadt besaß, allerdings
schon seit zwei Generationen im schickeren Westen wohnte,
wo auch sie zur Welt gekommen war, gehörten diese zum Pö-
bel im Osten der Stadt und wohnten dort seit höchstens einer
Generation. So wie dieser Hassan, bei dem allein Kleidung,
Gesicht und Sprache die bescheidene soziale Herkunft verrieten. Der Arme hatte doch wirklich geglaubt, sie würde mit
ihm ausgehen. Welche Anmaßung! Nach einem Semester hatte sie nichts mehr von ihm gehört. Spurlos verschwunden! Im
Grunde interessierte er sich nicht wirklich für sein Studium.
Nach allem, was sie wusste, hatte man ihn und seine Kumpel,
nach einem Umweg übers Gefängnis, ins Exil geschickt.

Dima war all das immer ziemlich gleichgültig gewesen. Die ganzen Diskussionen, wer nun aus Politik oder Kirche das Land unter seiner Fuchtel habe. Oder ob beide einen Pakt geschlossen haben, um ihre jeweiligen Interessen zu wahren und die Bevölkerung zu unterdrücken. Das war doch nur unnötiges Uni-Gewäsch, wo viele aus Klassenneid auftrumpften. Sie hätte ihre Lieblingstasche, eine Louis-Vuitton in beigerosé, darauf verwettet, dass sich dieser Hassan wie die ganzen Opportunisten nur als Sprachrohr des Volkes aufspielte, um einen Zipfel der Macht zu erlangen. Nach zwei Jahren Psychologie hatte sie die Geisteswissenschaften dann aber lieber aufgegeben und sich für ein konkretes Berufsbild in der Chemie entschieden. In dem Bereich explodierten gerade die Stellenangebote, besonders in Aleppo, wo die Hälfte der im Land benötigten Medikamente hergestellt wurde. Ihre Eltern hatten nichts dagegen. Hauptsache, sie studierte.

»Die Zeiten ändern sich«, sagte ihr Vater – Friede seiner Seele – oft. »Wenn Vater und Sohn Assad eins in Syrien geschafft haben, dann ist das die Befreiung der Frau. Das kann man von anderen Ländern rundherum nicht behaupten. Du solltest deine Chance nutzen.«

Stimmte wirklich, was ihr Vater sagte, dass die Assads die Emanzipation der Frau gefördert hatten? Oder war das eher eine soziale Errungenschaft, von fortschrittlichen Frauen und Männer erkämpft, der sich das Baath-Regime nicht verweigern konnte, wenn es den Imamen eins auswischen wollte? Davon hatte sie keine Ahnung. Aber sie würde ihre Chance nutzen. Und wie. Eigentlich hatte sie seit Kindertagen nichts anderes getan. Als das jüngste von drei Kindern wurde sie erst recht verwöhnt, weil ihre Eltern nicht mehr mit ihr gerechnet hatten. Ihre Mutter, Hausfrau, war fast fünfundvierzig und ihr

Vater, Agraringenieur, noch zehn Jahre älter. Ihre Geburt betrachteten sie als Segen Allahs. Ihr Bruder und ihre Schwester, siebzehn und fünfzehn Jahre älter als sie, verwöhnten sie als Kind und Jugendliche hemmungslos. Sie war die Prinzessin, der man jeden Wunsch von den Augen ablas. Doch dann ging Adnan, der Älteste, nach Damaskus, um in einem Staatsbetrieb zu arbeiten. Und Lamia heiratete und ließ sich mit ihrem armseligen Salafisten, der ihr mit einer Gehirnwäsche seltsame Ideen in den Kopf pflanzte, im Osten der Stadt nieder. Ein Schock für Dima.

Durch die nicht standesgemäße Ehe entfremdeten sich die Schwestern. Zum endgültigen Bruch kam es, als Lamia plötzlich wie eine peinliche schwarze Fliege in Abaya und Nikab auftauchte, wo die Syrerinnen doch für ihre Eleganz und Liebe zu schillernden Farben bekannt sind. Dima war in einer Familie aufgewachsen, die keinem strengen Islam anhing, aber natürlich die Vorschriften des Propheten achtete. Beim Opferfest teilten sie das Schaf mit den Ärmsten, und auch den Ramadan hielten sie strikt ein. Von Ausnahmen abgesehen, etwa als ihre Großmutter einen Oberschenkelhalsbruch hatte. Eigentlich wollte ihr Vater – Allah habe ihn selig – auch nach Mekka pilgern, aber das Leben ließ ihm keine Zeit dazu. Und seine fromme, liebevolle Gattin folgte ihm zwei Jahre später nach. Ohne den Mann, mit dem sie fast sechzig Jahre lang ihr Schicksal geteilt hatte, konnte sie nicht weiterleben. Dima war nie versucht, den seltsamen Weg ihrer Schwester einzuschlagen. Eine gute Muslima ja, eine Frömmlerin nein.

Kurz gesagt, sie hatte sich immer aus der Politik herausgehalten. Und die gewaltige Wende darum auch nicht kommen sehen. Es war wie ein Krebsgeschwür, das drei Jahre lange wucherte, das das soziale Gewebe von allen Seiten angriff. In vielen Regionen des Landes wurde es unerträglich, auch in ihrer Stadt Aleppo. Wie Dima später erfuhr, war alles direkt nach dem berühmten »Arabischen Frühling« losgegangen. Hier und dort hatte sie davon gehört. Im Internet oder manchmal auch im Staatsfernsehen. Doch Aleppos wirtschaftliche Situation hatte mit der dieser Länder jedenfalls nichts gemein. Vor diesem ganzen Durcheinander lag die Arbeitslosigkeit unter fünf Prozent. Wer da keine Arbeit fand, musste schon stinkfaul sein, ein echter Faulpelz wie die Familie, in die Lamia hineingeheiratet hatte. Und damit fängt alles an, oder? Wenn die Leute nichts zu tun haben, kommen sie auf dumme Gedanken. Weil sie nur Däumchen drehen. Dann geben sie der Regierung, den Bessergestellten, dem Schicksal, also Allah, die Schuld. Sie hatte mit ihrer Arbeit und den beiden Kindern genug zu tun. Obwohl ihr eine *sindschiyeh*, eine Äthiopierin, in Haushalt und Küche half. Und manchmal auch ihre Mutter zur Seite stand, weil sie nach dem Tod des Vaters auf andere Gedanken kommen wollte.

Und genau da war es passiert. Am Freitag, dem 10. Februar 2012. Dima erinnerte sich noch gut. Zuerst explodierten die beiden Autobomben, mit Dutzenden Toten und Hunderten Verletzten. Das Staatsfernsehen, das die Bevölkerung auf die Seite der Macht einschwören wollte, zeigte am Anfang, wie Überlebende völlig verstört mit blutendem Gesicht durch die Straßen irrten. Jede Gruppe schob der anderen die Schuld daran zu. Noch am selben Tag folgte ihre Mutter dem Vater ins Grab. Dima würde nie wissen, ob durch das Blutbad oder die Trauer, die sich seit zwei Jahren in ihr angestaut hatte. Ihre Mutter hatte oft stundenlang dagesessen und ins Leere gestarrt. Dabei hatte Dima sie bei sich aufgenommen. Das war Hakims Idee gewesen, damit sie unter Aufsicht war. Jedenfalls konnte sie in ihrem Alter nicht mehr allein leben, auch wenn sie das nicht zugeben wollte. Sie machte alles Mögliche, damit es keiner merkte. Beschimpfte die *sindschiyeh*, um selbst zu kochen. Erzählte ihren Töchtern Geschichten, die sie aber mittendrin abbrach, und manchmal erinnerte sie sich nicht einmal mehr daran, was sie gerade erzählt hatte. Und neben solchen Aussetzern klagte sie immer mehr über die verschiedensten Schmerzen. Hakim hoffte, dass die stürmischen Fragen der Kinder die Großmutter langsam von ihrer übermäßigen Trauer nach dem Tod ihres Mannes ablenken würden. Hana und Shayma schienen das zu spüren und weigerten sich abends manchmal, vom Bett ihrer *Dschidda* zu weichen. Aber das reichte nicht aus. Nach zwei Jahren starb sie, glücklich, ihrem Mann nachfolgen zu können.

Dima würde also nie wissen, ob der Verlust des Ehemanns ihrer Mutter den tödlichen Schlag versetzt hatte oder das zweifache Attentat am Tag des Gebets. Bis dahin war die Stadt vom Bürgerkrieg verschont geblieben, Aleppo das letzte Bollwerk eines längst vergangenen Syrien. Die paradiesische Stadt ihrer Kindheit und frühen Jugend. Nie würde sie sie wiedersehen, dachte sie gerührt, ob weil sie sich immer weiter von ihrem Heimatland entfernte oder die Zeit unweigerlich verging, blieb unklar. Zur Beerdigung war ihr Bruder aus Damaskus angereist. Auch ihre Schwester war da, die mittlerweile in einem der Familienhäuser im alten Aleppo wohnte, auf der Ostseite, mit ihrem Mullah und der ganzen Kinderschar. Wenn sie schon zu blöd war, die Pille zu nehmen, dann musste sie eben weniger vögeln, regte sich Dima, die sonst alles Vulgäre ablehnte, auf. Oder gar nicht mehr. Das wäre für alle am besten.

Seit diesem blutigen Freitag war das Leben in Aleppo nicht mehr dasselbe. Die Menschen schauten sich ängstlich nach allen Seiten um und entfernten sich schnellstens von jedem Auto, das, mit oder ohne Fahrer, länger an derselben Stelle stand. Die Frauen motteten ihren verführerischen Gang ein, bei dessen Anblick die Männer jede noch so wichtige Aktivität unterbrachen, um ihnen nachzuschauen. Zum Glück mussten das ihre Eltern nicht mehr erleben. Anfangs hatte Dima bedauert, dass ihre Mutter mit erst einundachtzig Jahren gestorben war. Sie hätte ruhig, wie ihr Ehemann, noch zehn weitere durchhalten können. Auch wenn ihr Kopf verrücktspielte, ihre Enkel hätten noch ein wenig länger etwas von ihr gehabt. Aber dann dachte Dima, umso besser. Allah weiß schon, was er tut. Und wie. Weder ihr Vater noch ihre Mutter mussten mit ansehen, wie die Stadt sich in einen Trümmerhaufen verwandelte und die Bewohner sich wie die *snudsch* in Afrika, die mit Macheten aufeinander losgingen, zerfleischten.

Und was für Dima am schlimmsten war, in Aleppo breitete sich ganz schnell eine Atmosphäre des Misstrauens aus. Menschen, mit denen man früher am Abend noch ein Schwätzchen auf der Straße gehalten oder sich gegenseitig zu Tee und Kuchen eingeladen hatte, trauten einem plötzlich nicht mehr über den Weg. Und noch schlimmer, beschuldigten einen mit Blicken oder auch scharfen Worten, dem feindlichen Lager anzugehören. Und die Leute aus dem Ostteil der Stadt wurden auf einmal hemmungslos frech, stolzierten laut lachend durch den großen öffentlichen Gärten des Bahnhofsquartiers, den Al-Sabil-Park und das Shahba-Einkaufszentrum, obwohl sie sich da sowieso fast nichts leisten konnten und höchstens ihr Nichtstun vor den Regalen spazieren führten. Als Dima und Hakim in ihrem klimatisierten SUV einmal an der roten Ampel standen, machte einer von denen eine Daumenbewegung, als wolle er ihnen die Kehle durchschneiden. Noch heute spürte sie den kalten Schweiß am Rücken. Und als sie das letzte Mal Lamia getroffen hatten, redete sie schon genauso rachsüchtig wie diese Habenichtse. Wie Hakim ihr erzählte, gingen im Internet die Wogen hoch. Die Rede sei von Demokratie, dass mit der Erbdiktatur endlich Schluss sein müsse. Aber sie hatte Besseres zu tun, als sich mit dem Gegeifer zu beschäftigen. Abends im Bett unterhielt sie sich manchmal mit ihrem Mann darüber. Besser gesagt, sie hörte zu, aber verstand nicht, woher der ganze Hass kam.

Fünf Monate nach dem Attentat griffen die Aufständischen das Viertel Salaheddine im Süden von Aleppo an. Die Regierung schickte Panzer in die Stadt. In ihrem ganzen Leben hatte Dima noch nicht so viel Kriegsgerät gesehen. Dann mischten sich noch die Russen, Iraner und der Westen ein. Es regnete die unglaublichsten Bomben vom Himmel, Feuerbälle wie beim Ende der Welt. Man hörte die Flugzeuge und Hubschrauber dröhnen, wusste aber nicht, woher sie kamen, von welchem Himmel, welcher Macht. War das der Teufel oder Allah? Oder die abtrünnige IS-Miliz, die plötzlich überall auftauchte? Oder ein Aufstand in der Armee, wo Soldaten mit schweren Waffen und Panzern desertierten? Die Allianzen und Gegenallianzen wurden immer unübersichtlicher. Selbst die israelischen Kolonialisten schossen Missiles auf Aleppo, um, wie sie sagten, die Hisbollah zu treffen. Von allen Seiten nahm man die Bevölkerung unter Beschuss, wie Frischlinge oder andere unreine Tiere. Dima verstand überhaupt nichts mehr.

AUF DEM WEG NACH DAMASKUS

SEIT ALLES ANGEFANGEN HATTE, waren eineinhalb Jahre vergangen. Die Stadt war zweigeteilt. Der Westen, in dem Dima und ihre Familie seit jeher wohnte, wurde noch immer von der Regierung kontrolliert. Der Osten geriet unter die Fuchtel verschiedener rivalisierender Gruppen und ihrer jeweiligen Verbündeten. Jede Hoffnung auf Frieden war damit verloren. Die gegnerischen Gruppen warfen sich, wie zärtliche Worte, von morgens bis abends Mörsergranaten zu. Sie mussten ihren Töchtern beibringen, beim ersten Alarm in den Keller zu flüchten, wo ihre Familie wie die Ratten manchmal eine ganze Woche ohne einen einzigen Sonnenstrahl verbrachte. Man wusste nicht, ob es Tag war oder gerade die berühmten Sterne von Aleppo funkelten, die man nirgendwo anders auf der Welt sah. Wenn Hana und Shayma keine Lust mehr hatten, aus Langeweile zu streiten, nervten sie sie mit Fragen:

»Wann hört das wieder auf, *yom*?

»Ganz bald, *inschallah*. Ganz bald.«

»Aber ›bald‹ hast du gestern schon gesagt«, insistierte Hana, die Ältere.

»Aber heute ist es ›ganz bald‹.«

»Ist das wie ›sehr, sehr bald‹?«

»Ja, mein Herzchen.«

Aber das hörte nicht auf. Zum ersten Mal in ihrem Leben mussten ihre Töchter sich daran gewöhnen, dass es nicht alles gab, dass sie mit dem zurechtkommen mussten, was ihr Vater zwischen zwei Bombardements beschaffen konnte. Bislang hatten sie nur Überfluss und die Qual der Wahl gekannt. Jetzt mussten sie sich mit dem zufriedengeben, was sie auf dem Teller hatten. Oder hungern. Ihre Anpassungsfähigkeit war geradezu erstaunlich. Dima fragte sich, ob sie es als Kind genauso leicht hingenommen hätte, nur feuchte Kellerwände und die Nachbarn zu sehen, deren Häuser bereits zerstört waren. Oder andere, mit denen sie manchmal wenig gemein hatten, die aber einfach nicht allein sein wollten. Auch das war eine Möglichkeit, das Misstrauen zu besänftigen und den Schulterschluss zu üben. Doch die Zwangsgemeinschaft bedeutete mehr Unruhe, mehr quengelnde, unvorsichtige, ängstliche Kinder und hungrige Mäuler … Man konnte nicht seinen Kindern etwas geben und so tun, als sähe man die sehnsüchtigen Blicke der anderen nicht.

Protestgeschrei kam nur von den Kindern. In den Kellern lösten sich die Zungen. Um Angst und Langeweile zu verscheuchen, suchte man nach Erklärungen für das Unverständliche, das da oben vor sich ging. Die einen gaben der Diktatur die Schuld am Chaos, andere den treulosen Islamisten, die die Religion missbrauchen würden, um die Macht an sich zu reißen. Ein älterer Herr mit weißem Patriarchenbart hielt das alles für Quatsch, man hätte sich das Land doch immer geteilt. Dann schimpfte er auf seine Landsleute, die sich von einem Ausland aufhetzen ließen, das von Demokratie faselte, aber ohne Probleme die Monarchien am Golf unterstützte.

»Die haben in unserem Land nichts zu suchen«, bekräftigte ein enger Nachbar von Dima und Hakim. »Die haben doch nur ihre Wirtschaftsinteressen im Sinn. Jedes Land muss seinen eigenen Weg gehen, im eigenen Rhythmus. Wir brauchen keine erhobenen Zeigefinger. Noch gestern haben sie als

Kolonialherren dieselben Rechte missachtet, die sie heute predigen.«

Wie schön, dass Obama beim Einsatz von Chemiewaffen von einer »roten Linie« und »enormen Konsequenzen« gesprochen habe, auch wenn er dann darauf geschissen habe. Dass er sich in seiner berühmten Rede in Kairo mit bebender Stimme an die arabische und islamische Welt wandte und so tat, als wolle er die Situation in dieser Weltregion ernsthaft verändern, aber sich wie seine Vorgänger auf die Seite Israels schlug. Und ohne Zögern den Friedensnobelpreis annahm, ohne je etwas dafür getan zu haben.

»Wenn man dafür nur schwarz sein, schöne Reden schwingen, den starken Mann spielen, im Oval Office sitzen und Hunderte Unschuldige mithilfe von Drohnen töten muss, dann will ich den auch«, sagte Dimas Nachbar sarkastisch.

»Wie viele Leute kennst du, die eine Million Dollar ausgeschlagen hätten?«, fragte Hakim. »Den Fehler haben doch die gemacht, die ihm den Preis gegeben haben.«

Die Gespräche entwickelten sich mehr und mehr zum Grabenkampf, nicht unähnlich der Situation draußen. Für Dima war diese Zeit Politik im Schnelldurchgang. Und seit damals ertrug sie es nicht mehr, irgendwo eingesperrt zu sein, höchstens vorübergehend in einem fahrenden Auto. Sobald sie sich länger in einem geschlossenen Raum aufhielt oder ihn nicht verlassen konnte, wie sie wollte, fühlte sie sich in der Falle, bekam keine Luft mehr, hatte das Gefühl, gleich in Ohnmacht zu fallen, das Leben auszuhauchen. Sie wusste nicht, dass sie dieselbe Panik empfand wie die *sindschiyeh*, mit der sie sich beim Einschiffen in die Haare gekriegt hatte. Wenn es einmal eine längere Gefechtspause gab und sie, selten genug, beschlossen, im eigenen Schlafzimmer zu schlafen oder Dima abends einfach nicht mehr länger im Keller begraben sein wollte, ihr Schicksal Allah und dem Propheten anvertraute und sie doch noch ins Schlafzimmer hochgingen, lag sie zur Tür hin, die Hakim unbedingt offenstehen lassen musste. Wollte der arme Hakim einmal zärtlich sein, musste er warten, bis seine Kinder endlich eingenickt waren. Doch kaum im Bett fiel seine Frau im unbewussten Wunsch, ein wenig Erholung nachzuholen, oft sofort in bleiernen Tiefschlaf.

Mit seinem Fricklergeschick schaffte es Hakim, Strom in den Keller zu legen. Allerdings wurde das neue Privileg durch Stromausfälle im ungelegensten Moment ständig sabotiert. Aber so musste sie nicht rund um die Uhr im Dunkeln dahinvegetieren, konnten am Laptop auch mal einen Film gucken und die Kinder beschäftigen. Manchmal gab es sogar Fernsehempfang. Und da ab und zu auch das Internet funktionierte, wusste man, wo man sich in der Stadt versorgen konnte. Die ersten Wochen hatten sie, *hamdullah,* genug zu essen, wenn es auch kein Schlaraffenland war. Dann wurde auch das schlechter. Eines Tages fing ein Nachbar eine der riesigen Ratten, die, ohne sie weiter zu beachten, durch den Keller huschten. Nur wenn man sie jagte, wurden sie aggressiv. Bestimmt verteidigten sie ihr Revier. Das Vieh war jedenfalls so groß wie ein junger Hase und wäre fast im Kochtopf gelandet, hätten die Kinder sich nicht geekelt und ein Alter gesagt: »Ratten sind unrein, wie Schweine.«

In jeder kürzeren und längeren Gefechtspause versuchte Hakim mit den anderen Männern, Essen zu beschaffen. Dafür mussten sie den »Todesweg« nehmen, der den Osten mit dem Westen der Stadt verband, also die Checkpoints passieren, die jede Gruppe errichtet hatte. Das hieß, erst einmal mit den Wachen verhandeln. Als gängige Währung dienten Bakschisch, Flehen, Verwandtschafts- und Freundschaftsbande. Zwischen zwei Passierstellen galt es dann, Snipern auszuweichen, die sich in den zerstörten Häusern verbargen. »Man kommt sich vor wie im belagerten Sarajevo«, sagte Hakim zu Dima, die jedes Mal Angst um ihren Mann hatte. Bei Sonnenaufgang machten sich die Männer auf und kamen manchmal erst abends zurück, wenn überhaupt. Manchmal blieben sie auf der anderen Seite, ohne irgendeine Nachricht. Die Handys funktionierten nur ab und zu. An diesen Abenden hatte Dima immer einen Heidenbammel, dass ihre Töchter am nächsten Morgen als Waisen und sie als Witwe aufwachen würden. Und all das für nichts weiter als ein bisschen Essen am nächsten Tag oder auch nichts. Dann lag in den Augen der Männer eine solche Enttäuschung, dass sie einem leidtaten. Doch die Erwachsenen konnten ein, zwei Tage auf Essen verzichten, wenn wenigstens die Kinder und Alten etwas hatten.

Wenn die Wasserversorgung durch eine Mörsergranate beschädigt oder aus einem anderen Grund kein Wasser aus dem Hahn floss, schloss Hakim einen Gummischlauch an den nächstgelegenen Hydranten an. Hakim fand einfach immer eine Lösung. Und falls das nicht ging, suchte er mit den anderen Männern im ganzen Westen der Stadt nach Wasser und brachte es in Kanistern mit. Kleine und große Geschäfte erledigte man in halbvollen Wassereimern, die in der nächsten Gefechtspause in der Toilette ausgeleert wurden. Dann nahm ein Erwachsener auch die Kinder und begleitete sie nach draußen, damit sie sich die Beine vertreten und nach Herzenslust schreien und toben konnten, ehe es in den feuchten Keller zurückging. Ein unerträgliches drunter und drüber. Das Geplärre der Babys. Der Gestank, wenn man den Eimer nicht ausleeren konnte. Das dumpfe Krachen von draußen, das das ganze Haus erbeben ließ. Während Dima auf diesem unmöglichen Schiff nach Lampedusa unterwegs war, kam ihr ungewollt so vieles in den Sinn.

Wie sie das überhaupt so lange ausgehalten hatten, fragte sie sich. Vielleicht gewöhnte sich der Mensch genauso wie die Ratten einfach an alles. Doch nach achtzehn Monaten unter diesen Umständen hatten sie einfach keine Kraft mehr und sahen ein, dass sie wie Zehntausende andere vor ihnen Aleppo verlassen mussten. Sie löschten das Licht, schlossen die Fenster und gingen. Nur mit dem Allernotwendigsten: offizielle Dokumente, Sparbücher, Grundbuchauszug. Ein paar Familienfotos, die übrigen speicherten sie auf einem USB-Stick. Zwei oder drei Kleidungsstücke. In Damaskus würden sie sich neu einkleiden. Und natürlich das Handy. Nur, was in einen, höchstens zwei Koffer passte.

Dima bestand darauf, am Freitag, dem Tag des Gebets, zu gehen. Auch wenn die meisten Moscheen der Stadt teilweise oder ganz zerstört und darum geschlossen waren. Aber in diesem einen Punkt machte sie keine Kompromisse. Für Hakim war das kein Problem. Und wenn die Bombardements am Freitag zu heftig wären? Dann würden sie eben am nächsten Freitag gehen. Aber auf jeden Fall am Freitag. Damit sie diesen unseligen Freitag aus ihrem Gedächtnis streichen konnte, an dem ihre Geburtsstadt im Chaos versank. An dem ihre Mutter ihrem Vater nachfolgte. Ihre Abreise sollte unter einem guten Stern stehen. Außerdem gabe ihr das die Gewissheit, dass sie zurückkommen und das Leben wieder wie vorher sein würde.

Sie mussten nicht bis zum nächsten Freitag warten. Am Donnerstag vereinbarten die Kriegsparteien unter der Ägide von UN und Weltsicherheitsrat eine achtundvierzigstündige Waffenruhe. Am nächsten Morgen versammelte sich der Keller zum Gebet, Männer vorn, Frauen hinten. Dann verabschiedeten sich Dima und ihre Familie von den Unnachgiebigen und Unentschiedenen und flohen aus dem bis ins Innerste verletzten und zerfetzten Aleppo. Am meisten bedauerte Dima, dass sie ihrer Schwester nicht Bescheid sagen konnte, die im Osten der Stadt festsaß. Auch wenn sie sich wegen ihrem blöden Mullah nicht mehr grün waren, gehörten sie doch zu ein und derselben Familie. Ihre verstorbene Mutter – Allah nehme sie ins Paradies auf – hätte es nicht gutgeheißen, wenn sie sich nicht verabschiedete. Aber an dem Tag kamen ihre Anrufe nicht durch. Doch eine benachbarte Familie, die sich noch nicht zum Umzug entscheiden konnte, würde ihre ältere Schwester informieren, falls diese oder ihr Mullah von Ehemann die Demarkationslinie überschreiten und sich nach ihnen erkundigen sollten.

DIE ENTSCHEIDUNG

Dima und ihre Familie wurden von ihrem Bruder Adnan in Damaskus aufgenommen. Die Hauptstadt war bislang vom Bürgerkrieg verschont geblieben. Mit allen nur denkbaren Fortbewegungsmitteln begab sich eine Karawane aus Syrern dorthin. Sie blieben nur so lange, hofften sie, bis die Feindseligkeiten beendet waren, sie zurückkehren und ihr voriges Leben wieder aufnehmen oder, so die Pessimisten, sie das Land verlassen konnten. Adnan wohnte mit seiner Frau Qamar, die er noch aus Aleppo kannte, aber dann aus den Augen verloren und erst Jahre später in Damaskus wiedergetroffen hatte, in einer großzügigen Wohnung im wohlhabenden Viertel Abu Remmaneh, nicht weit vom Ummayaden-Platz. Ihre beiden Söhne, von denen der eine schon arbeitete und der andere gerade die Uni abschloss, lebten in einer Dreizimmerwohnung, in derselben Straße wie ihre Eltern. Sonst hätte Dimas Schwägerin sie nicht ausziehen lassen. Und die Unabhängigkeit unter elterlicher Aufsicht hatte unbestreitbare Vorteile: Fast jeden Tag kamen sie zum Essen oder um die Schmutzwäsche zum Waschen und Bügeln zu bringen. Oder weil sie einfach gern bei den Eltern waren. Wenn sie am Wochenende nicht gerade Damenbesuch hatten oder mit Freunden einen angesagten Club besuchten, schliefen sie manchmal sogar dort.

Kurzum, die relative Freiheit ihrer Cousins bedeutete ein eigenes Zimmer für Hana und Shayma, die sich so nicht gegenseitig auf die Füße traten. Nach der langen Zeit im Keller brauchten sie das einfach, freute sich Dima und bedankte sich überschwänglich bei ihrer Schwägerin. »Allah wird es dir vergelten.« »Was?«, fragte Qamar. »Wozu hat man Familie?« Hakim und seine Frau schliefen im Gästezimmer. Und die beiden Jungen okkupierten einfach das Sofa, wenn sie wieder einmal alle zusammen bis in die Puppen aufblieben, in Dimas und Adnans Kindheitserinnerungen und dem Duft von Qamars köstlichen Gerichten schwelgten.

»Was denkt ihr, warum ich sie geheiratet habe?«, scherzte ihr Ehemann stolz, dessen Küchenkünste sich auf die Zubereitung von *zhourat*, einen Blütentee mit der Rose von Damaskus, beschränkten.

»Blöder Macho!«, sagte Qamar und warf ihm die Serviette ins Gesicht. »Soll das das Vorbild für deine Söhne sein?«

»Lass dir nur nichts gefallen, Schwesterherz. Und merk dir, Blödmann, nicht du hast hier gekocht!«, sagte Dima, während sich Hakim diplomatisch zurückhielt und freundlich lächelte.

Tante Qamar, die den Auszug ihrer Söhne noch nicht ganz verwunden hatte, schloss die beiden Mädchen schnell ins Herz. Und Onkel Adnan bot ihnen in Ermangelung von Enkeln bei jeder Gelegenheit an, eine Spritztour durch die Stadt zu unternehmen. So lernten sie den über tausend Meter hohen Berg Qasiun kennen und genossen, als es Nacht wurde, im warmen Dufflecoat, vor dem heimtückischen Wind gut geschützt, den Blick auf Damaskus' Lichter. Am Wochenende nach ihrer Ankunft fuhr Adnan mit ihnen zur Grotte Magharat al-Damm, wo der Legende nach Kabil seinen Bruder Habil tötete und damit den ersten Mord der Menschheitsgeschichte beging. Die Schwestern waren gleichermaßen fasziniert wie erschrocken. Die Geschichte an diesem Ort zu hören, verlieh ihr eine geradezu symbolische Bedeutung. Dann kam der Ausflug zum Souk Al-Hamadiyeh, »dem schönsten und größten Basar der Welt«, wie sich ihr Onkel brüstete, der mehr Lokalstolz besaß als ein ansässiger Damaszener. Die Schwestern genossen an den Ständen die Farben und Gerüche, befühlten die Ware der Händler, die ihnen zu ihrer großen Freude im Vorbeigehen Leckereien und Nippes anboten. Sie stopften sich mit *bouza* voll, Geschmacksrichtung Orangenblüten und Pistazie, sodass sie beim Abendessen keinen Hunger mehr hatten. Staunend betrachteten sie die Gebirge aus Dörrgemüse, Früchten und Gewürzen und lauschten verwundert den unzähligen Geräuschen, die von überall her zu kommen schienen. Ihr Gastgeber schaute amüsiert zu, und diesmal war auch ihr Vater dabei. Dima und Qamar machten einen Einkaufsbummel, um die in Aleppo zurückgelassene Garderobe zu ersetzen und von Schwägerin zu Schwägerin in Ruhe zu quatschen.

Schon vor ihrer Ankunft hatte Qamar, die gut klüngeln konnte, den beiden Mädchen einen Platz in der Schule besorgt und bei den Müttern der beiden Klassen darauf hingewirkt, dass die Mädchen von ihren Klassenkameraden herzlich aufgenommen wurden. So konnten sie ein annähernd normales Leben führen, mit allen Ritualen, die Kinder in dem Alter brauchen. Schon nach drei Wochen fühlten sie sich wie zu Hause. Aleppo wurde zu einer Erinnerung, von der sie ab und zu, wenn man sie danach fragte, erzählten, aber fast nie untereinander. Doch nach Dimas Ansicht war die Sache klar: Sie waren nur vorübergehend in Damaskus. Nur so lange, hoffte sie wie Zehntausende anderer Flüchtlinge, bis die Kriegsparteien sich nicht mehr beweisen mussten, wer den

Größten hatte, und die Familie wieder in ihre Geburtsstadt zurückkehren konnte.

So oder so würde dieser verdammte Krieg ja mal zu Ende sein. Selbst der Iran-Irak-Krieg hatte nach acht gnadenlosen kampfreichen Jahren geendet. Sie erinnerte sich noch an die Flüchtlingsströme, die sich damals, als sie Kind war, über Syriens Straßen ergossen. Man konnte die Menschen im Fernsehen sehen, ihren leeren Blick, Scharen von Kindern liefen ihnen hinterher. Viele waren in Aleppos Altstadt gestrandet, wo sie von einer Rückkehr in die Heimat träumten. Die Bevölkerung begegnete ihnen mitfühlend, manche beschuldigten sie aber auch misstrauisch, ihnen Brot und Arbeit wegzunehmen. In Syrien würden die Regierungstruppen, unterstützt von Russland und dem benachbarten Iran, bestimmt früher oder später die Oberhand gewinnen, versuchte sich Dima, zu überzeugen. Im schlimmsten Fall würde es eine bedingte Kapitulation gegenüber den vom Westen unterstützten gemäßigten Kräften geben. Gemeinsam würden sie die IS-Fanatiker besiegen.

Dima wollte nichts, aber auch gar nichts von diesen Verrätern hören, die die schönsten Sehenswürdigkeiten des Landes, um die sie alle Welt beneidete, in die Luft jagten, Moscheen wie lästige Fliegen ausradierten und das Bild des Islams vor den Augen der ganzen Welt beschmutzten. Und sie hing zu sehr an ihrer Freiheit als Frau, als dass ihr dieser Nikab in Trauerfarbe, der sie an ihre Schwester und ihren Mullah erinnerte, irgendwie tugendhaft erscheinen konnte. Diese Karte spielte auch die Regierung, die sich nach allen Kräften bemühte, die kleine Gruppe, die noch an einen irgendwie gearteten Laizismus glaubte, auf ihre Seite zu ziehen. Jedenfalls hoffte Dima, *inschallah*, dass die Leute wieder zur Vernunft kommen würden.

Sechs Monate später machte sich Hakims Frau keine Illusionen mehr: Der Krieg rückte unaufhaltsam auf Damaskus zu. Und die Lage im übrigen Syrien hatte sich sogar noch verschlimmert. Doch im Fernsehen waren nur die Siege der regierungstreuen Armee zu sehen, die man ihnen als vernichtende Niederlage der Feinde von Frieden und Fortschritt verkaufte. Dass die Aufständischen und IS-Truppen nur noch hundertfünfzig Kilometer von der Hauptstadt entfernt waren, erwähnte man nicht. Der Krieg griff auch auf das Internet über; jede Partei versuchte, es zu kapern und als Propagandainstrument zu missbrauchen. Informationen bekam man nur über informelle Kanäle: E-Mail, Telefon, Handy oder die Buschtrommeln … Oder sogar Brieftauben, wie Adnan angesichts der überall herumschwirrenden Nachrichten »aus gut informierter Quelle« scherzte.

Dima sah, wie die archäologische Ausgrabungsstätte und die zweitausendjährigen Tempel in Palmyra in die Luft flogen, die sie als Jugendliche mit ihren Eltern besucht hatte. Wie die Geschichte von Jahrhunderten mit einem Fingerschnipsen von der Landkarte getilgt wurde. Ihre Mitbürgerinnen und Mitbürger verließen das kriegsgebeutelte Land zu Hunderttausenden und flohen in alle Himmelsrichtungen. Genauso wie die Afrikaner, deren Elend den lieben langen Tag auf allen Fernsehkanälen und Internetplattformen der Welt ausgewalzt wurde. Da begriff Dima, dass es in ihrem Heimatland keine Zukunft mehr für sie und ihre Familie gab. Früher oder später würden der IS, die Aufständischen oder die westlichen Truppen Damaskus erreichen. Und so wie sich der Assad-Sohn an den Thron klammerte, würde das Krieg bedeuten. Auch sie sollten besser gehen, solange es noch Zeit war. Schweren Herzens traf sie diese Entscheidung. Jetzt musste sie nur noch mit ihrem Mann reden.

Als eines Abends alle im Haus schliefen, sprach sie mit Hakim. Schon immer hatten sie die besten Gespräche im Bett geführt. Oft nach dem Sex. Jedenfalls weit weg vom Lärm und den Anspannungen des Tages. Sie genossen diesen Moment der Entspannung in den Armen des anderen und unterhielten sich. Schon lange hatten sie sich, selbst wenn niemand in Reichweite war, angewöhnt, zu flüstern. So werde man am besten gehört, hatte eine erfahrene Freundin Dima am Vorabend ihrer Hochzeit anvertraut, und kein böser Dschinn können die Worte auf dem Weg von einem Mund zum nächsten stehlen. An jenem Abend schüttete Dima ihrem Mann das Herz aus. Sprach von ihren Zweifeln und Befürchtungen. Dass der Krieg ihre Familie erreiche, auseinanderreiße, ihnen das Liebste nehme. Der Tod der Eltern sei, auch wenn er ungeheuer schmerze, doch der natürliche Lauf der Dinge. Aber den Tod einer Tochter würde sie nicht ertragen. Das würde sie vernichten. Sie habe eine solche Sehnsucht nach einem normalen Leben ohne Angst vor dem Morgen. Sie wolle einfach wieder ganz normale Dinge tun: ins Kino gehen, ins Restaurant oder Konzert. Hakim zögerte zunächst.

»Das alles machen wir in Damaskus doch auch. Was gibt es woanders, was wir hier nicht hätten?«

»Aber bis wann noch?«

»Ach, das wird sich alles wieder regeln, *ruchi*. Schließlich ist hier unser Leben. Unser Land, wir haben kein anderes. Mit über vierzig emigriert man nicht mehr, er war einundvierzig, sie achtunddreißig. Und wo sollten wir hin?«

»Dorthin, wo man uns will«, sagte Dima. »Wo unsere Töchter eine Zukunft haben.«

Das Argument überzeugte ihn schließlich. Hana und Shayma waren seine Augensterne. War es nicht seine Pflicht als Vater, sie vor allem und jedem zu beschützen? Auch wenn das hieß, ihnen eine Zukunft im Exil zu bieten? Weit weg von der heimatlichen Sonne, ihren Freundinnen und Kindheitserinnerungen? Wenn einer Tochter etwas passieren sollte, würde er sich das nie verzeihen. Und wenn ihm oder Dima etwas zustoßen sollte, was würde dann aus den beiden? Sicher könnten sie auf Adnan und Qamar zählen. So wie die beiden sie verwöhnten. Manchmal musste er geradezu einschreiten und die Zügel wieder anziehen. Sonst hätte er bald zwei launische Gören im Haus. Bei ihrer Mutter konnte man da nicht so sicher sein. Natürlich dürfe man ihn nicht falsch verstehen, er liebe seine Dima sehr. Sie war alles, sogar ausgelassen, aber nicht einfach. Charakterstärke nannte man das wohl. Also wenn er noch zwei Prinzessinnen neben der Königinmutter hätte … Kurzum, Kinder brauchen Grenzen. Qamar und Adnan waren nicht die biologischen Eltern, vielleicht sträubten sie sie darum, auch mal ein Machtwort zu sprechen.

Aber abgesehen davon wurde auch ihm die Zeit mittlerweile lang. Seit sechs Monaten tat er nicht gerade viel: sein Schwager oder dessen Freunde besorgten ihm ab und zu kleinere IT-Jobs. Das konnte man nicht arbeiten nennen. Es deprimierte ihn, in der Wohnung herumzuhängen. Und er ging auch nicht wirklich gern an die wenngleich nicht unbeträchtlichen Reserven, wenn es genauso gut andere Möglichkeiten ab. In Wahrheit lebten sie jetzt zwar in Damaskus, aber mit dem Herzen waren sie noch immer in Aleppo. Sie hatten die Heimatstadt verlassen, sich aber nicht wirklich für hier entschieden. Sonst würden sie sich, Dima und er, aktiv auf Job-suche begeben. Was sie aber nicht machten, weil sie sich damit ein neues Leben aufbauen würden, das die Rückkehr nach Aleppo erschwerte. Lieber taten sie so, als würden sie auf das Kriegsende warten. Aber darauf hatten sie keinen Einfluss. Das wusste er, Hakim, nur zu gut. Und was man aus Aleppo hörte, war auch nicht gerade aufbauend. In wenigen Worten, es dauerte nicht lange, da hatte seine Frau ihn überzeugt. Als sie sich einig wurden und in enger Umarmung einschliefen, wurde die Stille von der rauen Stimme der Muezzins zerris-sen, der zum Morgengebet rief.

ERKUNDUNGEN

Schon am nächsten Tag erkundigte sich das Paar bei verschiedenen Konsulaten nach der Möglichkeit, ein Flüchtlingsvisum zu erhalten. Australien schlossen sie aus ihren Überlegungen aus, das war zu weit. Auch die USA. Nicht nur wegen der Entfernung. Der amerikanische Traum, den so viele Syrer träumten, ließ sie kalt. Dasselbe galt für Afrika, trotz der nahen Maghreb-Staaten. Hakim kannte seine Frau nur zu gut, um zu wissen, dass sie allein bei der Erwähnung dieses Kontinents die Krise kriegen würde. Für ihre Familie kam nur Europa infrage ... oder gar nichts. Aber natürlich auch nicht die osteuropäischen Länder, wo die Fremdenfeindlichkeit vor allem gegenüber Muslimen beängstigend alltäglich geworden war. Durch den Aufstieg der extremen Rechten in diesen ehemaligen kommunistischen Ländern lehnte man alles Fremde ab. Die Argumente, die sie für ihren Hass brauchten, lieferte ihnen dieser Abschaum von IS und Al Kaida auf dem Silbertablett. Auch wenn Dima praktizierende Muslima war, trug sie den Schleier nur in der Moschee, so wie es der heilige Koran verlangte. Draußen liebte sie nichts mehr, als dass ihre wunderschönen, ebenholzschwarzen Locken ungebändigt auf die Schultern fielen. Sie hatte keine Lust, den Sündenbock für diese frustrierten, gestörten Idioten zu spielen.

Auch Frankreich strich das Paar von der Liste potenzieller Asylstaaten. Wie ihnen Freunde, die in Belgien lebten, erzählt hatten, habe der Normalbürger zwar ein großes Herz für

Fremde, die Politiker aber würden sich allein an Worten berauschen: Land der Menschenrechte hier, Einwandererland da. Doch bei den geringsten sozialen Spannungen würden sie das Thema Immigration den Populisten zum Fraß vorwerfen und noch dazu von intellektuellen Angsthasen unterstützt, die, ganz höfische Günstlinge, gern das große Wort führten. Unter dem Vorwand, keine Begehrlichkeiten wecken zu wollen, würden sie lieber gestürzte Diktatoren als deren Opfer aufnehmen. Oder bestenfalls Künstler und Intellektuelle, dank deren Bekanntheit sich der ewige Mythos vom Einwandererland nähren ließ.

»Schade«, sagte Dima, »wie gern würden die Mädchen in der Stadt mit dem berühmten Eifelturm, den Champs-Élysées und dem Arc de Triomphe leben.«

»Aber Frankreich ist nicht nur Paris!«

»Keine Sorge. Wir würden auch Versailles, Mont-Saint-Michel, die Loire-Schlösser, die Côte d'Azur oder das mittelalterliche Rocamadour besuchen«, reihte sie Klischee an Klischee. »Das muss ein schönes Land sein, auch wenn die Küche natürlich nie an die unsere herankommen könnte.«

»Natürlich«, sagte ihr Mann. »Aber wir sollten realistisch bleiben, *habiba*. Wie du selbst gesagt hast, sollte man uns dort auch wollen. Und wie man nicht nur von unseren ›Belgiern‹ hört, ist das in Frankreich nicht der Fall.«

Im Endeffekt kamen für Dima und ihre Familie also höchstens noch ein Dutzend Aufnahmeländer infrage, weil sie dort hoffen konnten, dass man ihre Diplome zumindest nach einer kleinen Zusatzprüfung anerkennen, sie Arbeit finden und einen gewissen Lebensstandard erreichen würden. Begeistert und naiv suchten sie nach dem kostbaren Sesam-öffne-dich, mit dem sie sich in Europa ganz legal eine Existenz aufbauen könnten. Sie verfügten über einen Beruf und Vermögen; sie würden der Gesellschaft nicht auf der Tasche liegen. Alle vier sprachen Englisch, Dima auch ein wenig Französisch, was in der Schweiz, Belgien oder Luxemburg von Vorteil wäre. Eigentlich waren sie die perfekten Kriegsflüchtlinge. Aber ihre Anfragen wurden überall und oft ohne wirkliche Begründung negativ beschieden.

»Wahrscheinlich hat unsere Unterlagen keiner richtig angeguckt«, sagte Dima. »Es sind wohl einfach zu viele«, beschwichtigte ihr Mann. Wie sollte man alle berücksichtigen? Verständnisvoll und objektiv beurteilen? Wenn sie in die USA emigrieren wollten, hätten sie vielleicht mehr Glück. Mitfühlende Beamte empfahlen ihnen, es später noch einmal zu versuchen. »In einem halben oder einem Jahr, wer weiß?« Das war der einzige Trost, den ihnen verständnisvollere Seelen bieten konnten. Momentan würden sie nicht alle Voraussetzungen erfüllen, um als Flüchtling und erst recht nicht als politischer Flüchtling anerkannt zu werden. Die europäische Wirtschaft erhole sich gerade erst, und der Alte Kontinent allein könne nicht alle Elenden der Welt aufnehmen.

»Leider können wir Ihnen derzeit nichts anderes mitteilen. Wir bedanken uns im Voraus für Ihr Verständnis.«

Während sie warteten, näherte sich der Krieg in Riesenschritten Damaskus. Dima spürte seinen Atem bedrohlich im Nacken. Eines Tages nahm er die konkrete Form einer Autobombe an, die die Aufständischen oder der IS für sich reklamierten. Und als eine Woche später ein äußeres Hauptstadtviertel heftig bombardiert wurde, wurden bei der Mutter der Familie Erinnerungen an die tristen Tage in Aleppo wach. Und an diese Bohnenstange, die an ihrem verdammten Thron klebte.

In ihren Träumen fand das Land zum Frieden zurück und sie und ihr Haus in Aleppo blieben von den Bomben verschont. Gelobt seien Allah und sein Prophet! Sie arbeitete wieder. Und wenn sie abends nach Hause kam, saß sie mit ihrer Familie am Tisch und aß, was die äthiopische *sindschiyeh*, die während ihrer Abwesenheit über das Haus gewacht hatte, für sie gekocht hatte. Das war doch verdammt noch mal nicht zu viel verlangt! Wenn sie dann morgens im Gästezimmer ihres Bruders aufwachte, hätte sie am liebsten geweint, unterdrückte es aber, um Hakim nicht zu beunruhigen.

Nach all den vergeblichen Behördengängen, die nicht nur mühsam und belastend, sondern insgesamt auch teuer waren, nahm das Paar Kontakt mit einem Schleppernetz auf, das ihnen versicherte, sie könnten die Familie von Tripolis aus nach Europa bringen. »Über den Preis reden wir später.« Erst einmal müssten sie sich auf eigene Kosten nach Tripolis begeben. Aber das war in diesen Kriegszeiten kein leichtes Unterfangen. Die meisten Fluggesellschaften flogen Syrien nicht mehr an. In Übereinstimmung mit den Regierungen ihrer Länder wollten sie so Druck auf den Assad-Sohn ausüben, damit er sich hoffentlich endlich davonmachte. Ohne den Diktator, so dachte man im Westen, wäre es einfacher, einen Frieden auszuhandeln, der die Islamisten, ihr rotes Tuch, außen vorließ.

Dima und ihr Mann erwogen, zunächst in den Libanon zu reisen und dort einen Flug nach Tripolis zu nehmen. In normalen Zeiten waren es von Damaskus nach Beirut zwei Autostunden. Doch angesichts von Hunderttausenden Syrern, die bereits dort waren oder dorthin wollten, drohte der libanesische Rettungsring unterzugehen. Der winzige Libanon, der unter den Flüchtlingswellen der Region zusammenbrach, konnte jeden Moment die Grenzen schließen. Und wenn sie dann dort festsaßen, würde es vielleicht keine Möglichkeit mehr geben, über den Landweg nach Tripolis zu gelangen.

»Genauer betrachtet also keine gute Idee«, schloss Hakim.

Nach einer weiteren Nacht fruchtbarer Gespräche beschloss das Ehepaar, nach Algier zu fliegen und von dort weiter in die lybische Hauptstadt. Hakim hatte sich im Internet genau informiert. Der Vorteil von Algier war, dass sie kein Visum brauchten, womit sie Zeit und Geld sparen würden. Aber dafür müssten sie quälende Umwege und Kurzflüge in Kauf nehmen, da Libyen aufgrund der chaotischen Zustände, die seit Gaddafis Sturz dort herrschten, von vielen Fluglinien gemieden würde. Im schlimmsten Fall müssten sie eine Stelle finden, wo sie die eintausend Kilometer lange Grenze zwischen beiden Ländern im Auto passieren konnten. In wenigen Wochen lernte Dima, wie viele Konflikte es in der Region gab und wie schwierig es selbst für Leute wie sie war, Syrien zu verlassen. Das zermürbte sie. Doch Hakim versprach seiner Frau, die Familie nach Tripolis zu bringen: »Ich gebe dir mein Ehrenwort, *habiba*.«

Als Adnan von ihren Plänen erfuhr, versuchte er ein paar Mal vorsichtig, seine Schwester und ihren Mann davon abzubringen: »Das ist gefährlich«, sagte er. »Jeden Tag berichten die Zeitungen über Schiffe, die im Mittelmeer untergehen. Das Meer hat sich in einen gigantischen Friedhof verwandelt.«

Es würde ihm das Herz brechen, wenn er erführe, dass sie im Mittelmeer gestorben, spurlos verschwunden wären. Ohne dass er sie identifizieren könnte, ohne ein Grab. Ohne das *Salat Janaza* zu sprechen, damit ihre Seele Ruhe fände. Davon würde er sich nie wieder erholen, er würde sich sein Leben lang Vorwürfe machen, wenn er es zuließe, dass sie und ihre

Kinder sich dieser Gefahr aussetzten. Als älterer Bruder betrachte er es als seine Pflicht, sie auf die Gefahren ihres geplanten Vorhabens aufmerksam zu machen. Doch je länger Adnan sprach, desto weniger überzeugend klang er. In seinem Innersten gab er ihnen recht. Wären er und Qamar jünger, würden sie wohl auch nicht nein sagen. Aber mit über fünfundfünfzig begab man sich nicht mehr auf so ein Abenteuer. In diesem Alter hatte man mehr Erinnerungen als Zukunft. Aber wenn ihre beiden Jungens ihnen morgen sagen würden, sie gingen, wüsste er nicht, wie er reagieren würde. Ob er ihnen nicht im Namen Allahs, dem Gnädigen und Barmherzigen, das *bismillah*, den Segen, geben würde. Es würde ihn zutiefst in der Seele schmerzen, aber er würde es wohl tun.

Da seine Schwester und ihr Mann entschlossen schienen, empfahl er ihnen, diskret vorzugehen. Er arbeite für ein Staatsunternehmen. Wenn das bekannt würde, müsste seine Familie dafür zahlen. Man würde sie als Oppositionelle betrachten, die das Regime verunglimpften, auch wenn sie eigentlich nur ihre Haut retteten. Er lebe lange genug in Damaskus, um zu wissen, zu was die Regierung fähig sei. Zum ersten Mal erwähnte Dimas Bruder die Politik vor Ort. Normalerweise mied er das Thema.

Adnan warnte sie zudem vor Betrügern, vor Schleppern, die die Verzweiflung der Menschen ausnutzten, ihnen das irdische Paradies in den schönsten Farben ausmalten, aber bei der Ankunft alles Hab und Gut abnahmen. Doch davon abgesehen verabredeten sie, dass Adnan ihnen die jeweils notwendigen Geldbeträge zukommen lassen, und wenn sie wüssten, wo sie eine Bleibe fänden, ihr restliches Vermögen überweisen würde. *Allah akbar*! Bestimmt würde er sie sicher ans Ziel bringen.

Das war, was Dima zu hören hoffte. Die Worte taten ihr gut und bestätigten sie in ihrer Entscheidung. Hakim und sie hatten beschlossen, zu gehen, und wären so oder so gegangen. Mit oder ohne den Segen des Bruders, dachte Dima. Gerührt schloss sie Adnan in die Arme und überschüttete ihn mit Küssen, als hätte allein er ihr Projekt erdacht und würde es finanzieren. »Danke«, hauchte sie.

DER AUFBRUCH

Ihren Töchtern zu sagen, dass sie wieder woanders hinmussten und diesmal noch weiter weg, war auf jeden Fall schwierig, aber am meisten fürchtete Dima, nicht die richtigen Worte zu finden, um den Aufbruch zu begründen. In Aleppo hatte es nicht viel zu erklären gegeben. Der Krieg war einfach greifbar und grausam da. Mit seinem Eingesperrtsein, täglichem Mangel, Albträumen und Ängsten. Seinem Hass auf alles Menschliche, der beinah übelerregend an den mythischen Brudermord von Kabil und Habil erinnerte. Mit Schüssen aus Waffen aller Art und jeden Kalibers. Mittleren, kleinen, schweren. Raffinierten, selbst gebastelten. Automatischen, ferngesteuerten. Hauptsache, sie brachten Tod und Hölle und mähten die Menschen unabhängig von Geschlecht und Alter nieder. Der Krieg war da. Mit dem Dröhnen der Flugzeuge und Hubschrauber. Dem Zischen der Raketen, Tag und Nacht. Dem Beben unter den Füßen, wenn die Panzer näher rückten. Mit dem Beton- und Staubgetöse, wenn die Häuser zusammenstürzten und nur dank ihrer geknickten Stahlstreben noch so taten, als blieben sie stehen. Mit den Hilferufen der Menschen, denen niemand helfen konnte. Dem Sirenengeheul der Krankenwagen, das sich im Chor näherte und abrupt stoppte: aufkeimende und gleich wieder zerstörte Hoffnung. Danach die bedrückende Stille voller Fragen und Befürchtungen. Wie eine gigantische dunkle Wolkenfront am Himmel, Vorbotin sintflutartiger Regenfälle und vernichtender Überschwemmungen.

Das alles kannten Hana und Shayma. Es war Dima und ihrem Mann nicht schwergefallen, ihnen zu erklären, dass sie weggehen und in Damaskus, bei Onkel Adnan und Tante Qamar Schutz suchen müssten. Die Monate, in denen ihre Töchter unter für sie ungewohnten Bedingungen eingeschlossen waren, waren ja kein Kinderspiel, auch wenn Hakim zu Anfang so getan hatte, um es für sie erträglicher zu machen. Wenn der Magen knurrt, du Hungerkrämpfe hast und dich eines Tages sagen hörst: »Im Schlaf hat man keinen Hunger«; wenn du schreiend aus einem Albtraum erwachst, weil riesige Eisenraupen auf dich losgehen, dich lebend verschlingen und du sechs und acht Jahre alt bist, dann begreifst du im Flug. Du fragst dich, ob du wohl jemals so alt werden wirst wie deine Eltern. Ob auch du die Freuden der Liebe eines Tages kennenlernen und Kinder zur Welt bringen wirst. Ob du deine Kinder groß werden siehst und, genau wie deine Eltern, für sie Geschichten erfindest, an die nicht einmal Dreijährige glauben. In deinem Unglück fragst du dich vielleicht sogar, ob es Allah und den Propheten überhaupt gibt.

Die Kleine machte wieder ins Bett. Beide hatten nur sehr widerwillig eingesehen, dass der Horror nicht von heute auf morgen zu Ende sein würde. Wie von Zauberhand. Und als Dima ihnen dann eines Abends sagte, dass sie morgen in die Hauptstadt umziehen würden, war ihnen das unbedingt logisch erschienen. Was sie seit eineinhalb Jahren erlebten, war ja kein Leben. Shaymas einzige Sorge war, ob sie wieder in ihr Haus, das bislang verschont worden war, zurückkehren, ihre Lieblingsspielsachen und ihre Freundinnen irgendwann wiedersehen würde. Aber natürlich, wenn das alles hier vorbei war. Die beiden sahen problemlos ein, dass der Umzug nötig war, jedoch nur als Übergangszeit. Dass sie nicht wieder nach

Aleppo zurückkehren würden, konnten sie sich nur schwer vorstellen.

Aber das jetzt war etwas ganz anderes. Die Mädchen hatten sich erstaunlich schnell an das Leben in Damaskus gewöhnt und Aleppo ihr gegenüber gar nicht mehr erwähnt. Das schien für sie längst Vergangenheit. Aus den Augen, aus dem Sinn. Dima machte das traurig. Aleppo war ihre Wurzeln. Und wie ein Baum kann auch der Mensch ohne diese nicht leben. Sie geben einem im großen Abenteuer Leben Halt. So kann man auch sehr weit weggehen, ohne sich zu verlieren, und später wiederkommen. Ohne sie würde man auf der Stelle verdorren und eingehen. Genau darum fiel es Dima schwer, ihre eigene Person mit dem schmerzlichen Wort Exil in Verbindungen bringen, auch wenn sie ihm jetzt mit jeder Meile näherkam, die dieses verrottete Schiff zurücklegte.

Die Mädchen hatten sich ein neues Zuhause, mit neuen Gewohnheiten und Freundinnen, aufgebaut, Sprache und kulturelle Welt waren dabei unverändert geblieben. Obwohl man Damaskus in Dimas Augen natürlich gar nicht mit ihrer Geburtsstadt vergleichen konnte, schon seit der Seidenstraße das wirtschaftliche Herz des Landes.

Aleppo, die Stolze, das Wien der Levante, mit ihren vielen Toren und säkularen Monumenten: der mittelalterlichen Zitadelle, dem Palais Dschumblat, dem Uhrturm am Bab al-Faradsch, der Kathedrale der vierzig Märtyrer … Und nun sollten sie wieder die Koffer packen. Noch dazu für ein Ziel, das sie sich mit ihren begrenzten Erfahrungen gar nicht vorstellen konnten, wo sie eine neue Sprache sprechen, die Welt mit anderen Augen sehen, anders mit ihrer Umgebung in Kontakt treten mussten.

Und auch wenn ihre Töchter durch den Krieg schnell mehr vom Leben begriffen hatten, wusste Dima, dass sie ihnen nicht alles sagen konnte. Oder nur mit so einfachen Worten, dass sie es nicht wirklich verstanden.

Wie sollte sie ihnen beispielsweise erklären, dass sie ihren Klassenkameradinnen nichts davon erzählten durften, um Onkel Adnan und seine Familie nicht in Gefahr zu bringen? Wie sollte sie begründen, dass sie so viele Umwege machen mussten, um in ein Land zu kommen, das sie am Ende vielleicht gar nicht aufnehmen würde? Was ist das, ohne Papiere leben? Nach dem zigsten nächtlichen Gespräch kamen Hakim und sie schließlich überein, so wenig wie möglich so spät wie möglich zu sagen. »Je weniger sie wissen, desto besser«, sagte Hakim.

Dennoch konnte Dima nicht anders, als ab und zu darauf anzuspielen, dass man ja ins Ausland gehen könne. Wenn sie im Fernsehen alle zusammen einen Film schauten, wo man Deutschland, Italien oder England sah, fragte sie ihre Töchter, ob sie die Länder nicht eines Tages gern besichtigen würden. Irgendwann wurde so ihre Neugier geweckt, plötzlich stürzten sich die beiden aufs Internet und die riesigen Enzyklopädien im Wohnzimmerschrank. Seitdem wussten sie, wo auf der Weltkarte das Kolosseum, das Forum Romanum, das Brandenburger Tor oder der Big Ben lagen. Einige der Sehenswürdigkeiten erinnerten sie an den Jupitertempel oder den römischen Triumphbogen in Damaskus oder die Ruinen von Palmyra, die das Fernsehen ständig zeigten. Allerdings hütete sich Dima davor, ihnen zu sagen, wie sie dorthin reisen würden. »Das wird sich dann schon finden«, dachte sie so wie Hakim auch.

Drei Tage vor der Abreise musste sie ihren Töchtern dann doch sagen, dass sie nach Europa reisen würden, in die Länder, die sie in den letzten Wochen im Fernsehen gesehen hatten. Anders hätte sie sie vielleicht beschützt, wäre aber Gefahr gelaufen, dass sie sich sperrten. »Schon wieder? Ich will nicht. Warum können wir nicht wie unsere Freundinnen bleiben? Die wohnen doch auch hier.« Aber die Neuigkeit warf ihre Töchter nicht übermäßig um. Ihre *mama* hatte ihnen ja von Europa erzählt, da war es nur natürlich, dass sie endlich dort hinreisten. Die Kleine wollte wissen, ob sie den Weihnachtsmann und die Einheimischen sehen würden, die Große fragte nach dem Schnee, Bären und sonstigem Exotischen. Dima antwortete »mal sehen«, ohne zu viel zu versprechen.

»Das hängt davon ab, wie lange wir dorthin brauchen.«

»Ist das so weit? So weit wie nach Amerika?«, fragte Hana.

»Weiter als zum Mond?«, rief Shayma.

»Nein, nicht so weit«, sagte Dima. »Aber wir müssen einen Zwischenstopp in Algier einlegen und dann noch einmal in Tripolis. Das ist die Hauptstadt von Libyen, einem anderen Land.«

»Was ist ein Zwischenstopp?«

»Ein Halt am Flughafen, bevor man mit einem anderen Flugzeug weiterfliegt.«

»Und warum müssen wir einen Zwischenstopp machen?«

»Weil es keinen Direktflug von Damaskus nach Libyen gibt.«

»Wo ist das, Libyen?

»In Afrika, *ruchi*.«

»Da sind die Menschen also schwarz.«

»Nein, sie sehen ganz ähnlich aus wie wir, Schnuckelchen.«

»Wieso?«

»Das ist eine lange Geschichte.«

»Erzählst du sie uns irgendwann?«

»Ja, mein Herzchen.«

»Sprechen die Menschen in Tripolis afrikanisch?«

»Nein, Arabisch, mein großes Mädchen.«

»Warum?«

»Und warum müssen wir dahin?«, rief Hana dazwischen, noch ehe Dima Shayma geantwortet hatte.

»Mama und Papa haben dort etwas zu erledigen.«

»Könnt ihr das nicht später erledigen oder Onkel Adnan fragen, ob er das machen kann? Dann sind wir doch schneller in Europa.«

»Das geht nicht, mein Liebling. Wir müssen da selber hin. Alle zusammen.«

»Und danach kommen wir wieder nach Hause?«, fragte Shayma.

»Keine Sorge, mein Engelchen. Tante Qamar und Onkel Adnan warten auf uns.«

»Nicht hierhin. In das Zuhause, wo wir vorher waren.«

Seit sie Aleppo verlassen hatten, hatte Shayma nicht mehr davon gesprochen. Und Dima fälschlicherweise angenommen, ihre Tochter hätte mit dem Ort der frühen Kindheit abgeschlossen. Und nun fragte sie in einem so ungünstigen Moment, dass Dima keine Antwort einfiel. Es gab ihr einen Stich ins Herz. Spürte ihre Tochter unbewusst, dass die Abreise endgültig war? Warum hatte sie sie ausgerechnet jetzt gefragt? In ihrer Panik wusste Dima nicht, was sie sagen sollte. Nach nur kurzem Zögern, damit Shayma keine Zweifel kamen, stammelte sie irgendetwas wie »Darüber reden wir morgen« oder »später, wenn Papa zurück ist«. Sie erinnerte sich nicht mehr. Glücklicherweise hatte die Kleine nicht weitergebohrt und von anderem gesprochen. Am Abend im Bett schlug Hakim vor, die Töchter immer nur auf die jeweils nächste Etappe vorzubereiten, ohne zu sehr ins Detail zu gehen.

»Kinder leben im Augenblick. Das Gestern ist schnell vergessen, an Neues passen sie sich blitzschnell an. An die Zukunft denken sie gar nicht. Sie sind gewissermaßen flexibler als Erwachsene und leiden darum auch seltener unter Migräne.« So umschiffte Hakim das Problem, drehte sich um und schlief ein.

Die Überfahrt sollte dreitausend Dollar pro Kopf kosten. Dafür würden die Schlepper sie nach Europa bringen, weiter nichts. Die Fahrt bis nach Tripolis und die Kosten für Übernachtung und Verpflegung vor Ort waren ihre Sache. Doch Geld war für das Paar eigentlich nie ein Problem gewesen. Solange Dima denken konnte, hatten sie genug davon. Beide arbeiteten seit etwa fünfzehn Jahren. Ihr Mann ein bisschen länger, weil er keine Zeit durch einen Studienwechsel verloren hatte. Hakim wusste eben schon immer, was er wollte. Mit der Zeit konnten sie sogar Geld zurücklegen, noch dazu hatten sie von ihren Eltern geerbt. Und mussten auch keine Kredite abbezahlen. Das Haus in Aleppo gehörte Dimas Familie. Sie hatte zunächst als Chemielaborantin in der Pharmaindustrie gearbeitet, dann nur noch als Arzthelferin, wegen der Familienplanung. Sie wollte schon immer Kinder. Hakim, ebenfalls aus einer wohlhabenden Familie, war IT-Fachmann.

Eigentlich hatten sie sich über ihren Beruf kennengelernt. Zum ersten Mal waren sie sich in der Klinik begegnet, wo sie arbeitete und Hakim sich wegen einem Magengeschwür behandeln ließ. Er hatte eine Heidenangst vor der Magenspiegelung, einer im Grunde harmlosen Untersuchung. Sie erinnerte sich noch gut daran, wie ängstlich er war. Ganz anders als der bestens gelaunte, gut aussehende, etwas angeberische Mann mit den perfekten Zukunftsaussichten, den sie später dann kennenlernte.

Obwohl die Untersuchung völlig schmerzlos war und mancher Patient sie ganz ohne Narkose ertrug, verlangte er eine Vollnarkose. Und ließ sich davon nicht abbringen. Dima rührte seine Angst, und sie beruhigte ihn wie ein kleines Kind. Schließlich schaffte sie es, ihn von einer Lokalanästhesie zu überzeugen. Das war ihr erster von vielen noch folgenden Kompromissen, die ihre Partnerschaft einmal charakterisieren sollten. Nicht nur ist er ein schöner Mann und beruflich fest im Sattel, dachte Dima, er kann auch Schwäche zeigen. Von diesen Möchtegern-Machos, die nicht mit der Zeit gehen wollten, hatte sie die Nase voll.

Aber sie hatte sich ihm nicht wie eine alte, verzweifelte Jungfer, die den Erstbesten nimmt, an den Hals geworfen und war erst recht nicht mit ihm ins Bett gegangen. Dann denkt der Typ nur, du gehst mit jedem ins Bett und will dich nicht mehr heiraten. Und falls er dir dann doch noch den Ring an den Finger steckt, dann nur, damit du sein Hausmädchen wirst. Sie hatte ihn erst einmal schmoren lassen. Und wie. Ihre Mutter, ihre Cousinen und Freundinnen fürchteten schon, dass sie sich die gute Partie entgehen ließe, und warfen ihr vor, die Launische, die Prinzessin aus Tausend und eine Nacht zu spielen. Sie sei ja schon immer Papas Liebling gewesen und seit frühester Kindheit einfach hoffnungslos verwöhnt, sagte ihre ältere Schwester, die ihrer Mutter das Wort redete. Und als die so viel ältere Schwester hätte sie ja leider auch noch dazu beigetragen. Und das sei nun das Ergebnis: Kein Anwärter sei für Mademoiselle gut genug. Damals bekam die emotionale

Beziehung zu ihrer Schwester einen ersten Knacks, bis sie dann nach dem Tod der Mutter, die sie noch zusammengehalten hatte, endgültig zerbrach.

Dima wusste nur zu gut, wo sie ihren Anwärter hinhaben wollte. Von Anfang an hatte sie gespürt, dass er der Richtige war. Genau er. Wenn sie ihn sah, raste ihr Herz so sehr, dass sie auf dem Weg zum Rendezvous jedes Mal eine fünf- oder zehnminütige Pause einlegte, um sich erst einmal zu beruhigen. Hakim sollte bloß nicht denken, dass sie es kaum erwarten konnte. Dass sie mit sechsundzwanzig noch nie einen Freund gehabt hätte, weil sie keiner wollte oder alle sie unausstehlich fanden. Das machte Männern Angst. Und Hakim musste man erst recht beruhigen. Das hatte sie schon bei der Magenspiegelung gemerkt. Au auch andere Männer, wie dieser armselige Hassan, hatten etwas von ihr gewollt, aber sie hatte alle abgewimmelt. Bis Hakim kam.

Sie ließ ihn kommen, erlaubte ihm gerade so viel, dass er nicht die Geduld verlor und aufgab, aber nie wirklich das, was er sich wünschte. Das Spiel beherrschte Dima perfekt. Mit ihrem Lächeln und den schmeichelnden Worten war sie, wenn sie wollte, eine Meisterin der Verführung. Vater, Bruder, Cousins und Freunde wickelte sie gleichermaßen um den Finger. Alle gingen in die Falle und verlangten noch nach mehr. Was die junge Syrerin wollte, war, geliebt zu werden wie die Frauen in den europäischen und amerikanischen Filmen, die sie abends oder am Wochenende in Aleppos Kinos regelrecht verschlang. Am besten gefielen ihr dabei die geheimnisvollen Kinos mit der kleinen Leinwand, von denen es vor dem Krieg in der Stadt nur so wimmelte. Und alles lief, wie die Prinzessin es sich wünschte. Hakim wollte sie immer öfter sehen, schenkte ihr jede Menge Blumen, lud sie ins Restaurant ein, brachte ihr internationale Filmklassiker auf DVD mit und verlobte sich schließlich offiziell mit ihr.

Und auch nach der Heirat blieb er aufmerksam, weil er seine Dima liebte. Die dichten schwarzen Locken, den lasziven Gang, der ungewollt ihre gezügelte Sinnlichkeit verriet. Ihr Gesicht, das sich plötzlich aufhellte, wenn sie sich zu einem offenen Lachen hinreißen ließ. Genau damit hatte sie Hakim am Ende verführt. Und er blieb auch darum aufmerksam, weil sie ihm mit allen möglichen und denkbaren Repressalien drohte, falls Monsieur sein gutes Benehmen ablegen sollte. »Glaub ja nicht, dass du dich wie ein Rüpel benehmen kannst, nur weil wir jetzt im selben Bett schlafen.« Wenn nötig, konnte sie ihn auch endlos warten lassen und Hakim mit seinem Wunsch nach Vaterschaft auf später vertrösten. Der junge Ehemann musste ihr versprechen, dass er auch wirklich Nachkommen wolle, so wie sie, wenn sie es vielleicht tatsächlich noch mehr wollte als er. Und nicht nur, um seinen Freunden und der Gesellschaft zu beweisen, dass er was in der Hose hatte. Sie habe nicht vor, die patriarchalischen Anwandlungen eines syrischen Mannes zu unterstützen. Ob Hakim sich sicher sei, dass er sich auch um die Kinder kümmern werde? Und so viel Zeit für die Kinder hätte, wie sie nun einmal brauchen. »Ein Kind ist kein Strauch, es wächst nicht von allein. Und selbst Sträucher brauchen jemanden, der sie von Zeit zu Zeit gießt.« Es käme gar nicht in die Tüte, dass Monsieur in seiner Freizeit mit Freunden im Café herumhänge und ihr und den Frauen der Familie die Erziehung der eigenen Nachkommenschaft überlasse.

Und bis dahin wolle sie ihre Jugend genießen und mit ihm reisen. Nach und nach gelang es ihr, aus ihm den Mann zu formen, den sie sich erträumte. Wenn ihre Freundinnen die Qualitäten ihres häuslichen Hakims gar nicht genug loben konnten und sich über die Herren der Schöpfung beklagten, die sie zu Hause hätten, sagte Dima halb spöttisch, halb stolz: »Selber schuld. Ihr habt sie nicht gut genug erzogen. Mein Ergebnis ist echte Qualitätsarbeit. Mit der *sindschiyeh* und ihm, da habe ich noch genug Zeit für mich.« Mit ihrem Hakim würde sie bis ans Ende der Welt gehen, durch dick und dünn.

Als sie am Samstag aufbrachen, fürchtete sie sich vor nichts. Hakim war an ihrer Seite. Fast jedenfalls, denn ihre Töchter wollten diesmal unbedingt in der Mitte gehen. Stolz spazierten sie mit ihren Eltern in der Abflughalle des internationalen Flughafens von Damaskus, der so leer war, dass ihre Schritte widerhallten, auf und ab. Stundenlang hatten sie alles wissen wollen und tausend Fragen gestellt, die ihr Vater gern beantwortete: »Wieso bleiben die Flugzeuge in der Luft? Wenn man aufs Klo geht, fällt den Leuten das dann auf den Kopf?«, fragte Shayma. »Was bedeutet Autopilot?«

Auch wenn das in Dimas Leben eine wichtige Wende war, wenigsten waren sie alle vier zusammen. Adnan, Qamar und ihre beiden Söhne hatten sie zum Flughafen begleitet. Beim Abschied waren alle gerührt, aber nicht zu sehr. Alles Wichtige war bereits zu Hause gesagt und getan, nach dem Moschee-Besuch gestern Abend. Und beim Frühstück am Morgen. Umarmungen, Gefühlsausbrüche, wohlwollende Worte, die zigste Mahnung, aufzupassen, und viel Glück: »Möge Allah in seiner Barmherzigkeit mit euch sein.« Tränen gab es auch. Die sechsjährige Shayma ermahnte sie schließlich, dass sie ja nicht auf eine Beerdigung fuhren, sondern Bären und den Weihnachtsmann sehen wollten. Alle lachten. Die Jungen, die auch dort übernachtet hatten, weil sie den letzten

Abend mit ihnen verbringen wollten, brachten die Koffer nach unten, die anderen folgten ihnen auf die Straße. Adnan lenkte den Minibus mit zehn Plätzen, den sie extra gemietet hatten, damit sie nicht in zwei Autos fahren mussten. Am Flughafen angekommen, gingen sie nach dem Check-in erst im letzten Moment durch die Passkontrolle. Noch ein letzter Wangenkuss, ein langer Händedruck, dann liefen Dima und Hakim eilig los und unterdrückten rasch die Tränen, die ihnen in die Augen steigen wollten. Ihre Töchter zogen sie ungeduldig weiter, sie sahen schon die Bären und den Weihnachtsmann. Den neuen Ort. Das Morgen.

AUF

DEM

SCHIFF

Where are your monuments, your battles, martyrs?
Where is your tribal memory?
Sirs, in that grey vault. The sea.
The sea has locked them up.

DEREK WALCOTT

Wo sind eure Monumente, eure Schlachten, Märtyrer?
Wo ist eure Stammeserinnerung?
Ihr Herren, in jener grauen Gruft. Dem Meer.
Das Meer hat sie weggesperrt.

DER ANGRIFF

Ununterbrochen dachte Semhar darüber nach, wie sie ihre Leidensgenossen dazu bewegen könnte, die Luke zu erstürmen. Der schwache Lichtschein, der durch die Klappe drang, ließ vermuten, dass es Tag war. Die Eritreerin konnte den Frachtraum genauer erkennen, auch zahllose, allerdings nicht näher ununterscheidbare Silhouetten, doch die Hitze, die schwüle Luft und das Gefühl, zu ersticken, blieben unverändert. Das wäre der richtige Moment zum Angriff, dachte die Soldatin in ihr. Die Leute hatten die Nase voll und fürchteten, alles zu verlieren, ihre Zeit, Geld, ihre Träume, all die Opfer, die sie bis hierhin schon gebracht hatten. Und ihr Leben. Die Rechnung würde aufgehen. Wenn sie an diesem Hebel ansetzte, könnte sie sie bestimmt zum Handeln bewegen. Die da oben hatten ja keine Ahnung, was sie hier durchmachten. Wie in dem Sprichwort, wo sich die Steine im angenehmen, kühlen Fluss nicht um die Kiesel in der glühenden Sonne scheren. An Deck mussten sie erfahren, dass es hier unten nicht mehr lange auszuhalten war. Wollten sie etwa, dass sie hier verreckten? Dann wenigstens im Kampf. »Besser aufrecht sterben, als auf Knien leben«, sagte sie sich mit Che Guevara. Solche ideologischen Weisheiten kannte sie aus der Armee; sie stammten aus der Zeit, als die Regierung in Asmara noch sozialistische Anwandlungen hatte.

Neben ihr versuchte Chochana noch immer, ihr hüpfendes, rasendes Herz unter Kontrolle zu bekommen. Und die

261

Hitze. Alles an ihr klebte. Sie war kurz vorm Explodieren. Am liebsten würde sie schreien, so lange und laut, bis sie diesen Dämon loswürde, der sie von innen zerfraß. Ihren Geist, ihr ganzes Sein, das bisschen Energie, was ihr noch blieb, richtete sie auf den Nahkampf mit dem Bösen in ihr, eine letzte Schlacht, die sie gewinnen musste. Für sich. Für Ariel. Damit sie ihm, einmal in Europa, helfen konnte, die Hölle von Sabratha zu verlassen. Sie würde nicht aufgeben. Nein, das würde sie nicht. Egal, was da komme, und sollte es ihr Leben kosten. »Aber was redest du da?«, flüsterte der Engel in ihrem Kopf. Du musst leben. Verstehst du, leben. Auch für deine Eltern, damit sich ihre Opfer gelohnt haben. Damit sie stolz auf ihre Tochter sein können.

Wie einen Refrain wiederholte sie diese Sätze immer wieder, während sie sich den Schweiß von Hals und Gesicht wischte, der jedoch wie fleischfressende Pflanzen in Animationsfilmen sofort wieder da war. Jedenfalls so schnell, dass sie nicht hinterherkam. Um sich Mut zu machen, summte sie vor sich hin: »*Oh! Jonah. Oh. Jonah. Go down to Niniveh.*« Ein alter, mitreißender Gospelsong. Zum ersten Mal hatte sie ihn als A-Cappella-Gesang von einem Männerquartett gehört. Und ihn als Klingelton auf ihr Handy geladen. Sie liebte A-Cappella-Männerchöre. Das war Musik pur, Musik in Reinkultur. Sie hörte das Lied, bis es ihr schließlich aus den Ohren herauskam, wie immer, wenn ihr etwas gut gefiel. Dagegen war sie machtlos. Die Liebe von Chochana war einfach maßlos. Selbst noch nach dieser betrüblichen Erfahrung mit dem Arschloch.

An Deck kämpften die Passagiere wieder mit dem Sturm. Er kam, zog sich zurück und brachte auf dem Rückweg gewaltige Wellen mit, die über sie schwappten. Das Schiff wurde auf

die Seite geworfen, auf die andere, richtete sich wieder auf –
wie eine Marionette in den Händen eines bösen Golems.
Wenn der Sturm nachließ, übernahm das Boot, knirschte und
krachte, dass es einem Angst und Bange wurde. Die Aufmüpfigen, die für die Horde im Frachtraum eine menschlichere
Behandlung verlangten, und ihre Gegner, die Was-geht-mich-
das-alles-an, die ihre Träume in Gefahr sahen, warfen sich von
Zeit zu Zeit Beleidigungen an den Kopf. Aber eher, damit ihr
Entsetzen ein Ventil fand, und nicht, weil sie wirklich glaubten, dass sie die Gegenseite überzeugen könnten. Die Schlepper schauten sich das Ganze gleichgültig an.

Dima und Hakim unterhielten sich wieder. So konnten sie
ihre eigene Unruhe in Schach zu halten und außerdem den
Mädchen Normalität vorspielen. Auch sie verschanzten sich
hinter gegensätzlichen Ansichten. Diese einmonatige Warte-
zeit, das Eingesperrtsein im Hotelzimmer in Tripolis, die
Überfahrt, die gefährlicher war als gedacht, und dann die ungewisse Zukunft: War es wirklich richtig gewesen, den Mädchen dieses Abenteuer zuzumuten? Und dann Hakim, der
während der Rauferei dieser *schnudsch* einfach schlief. All diese Belastungen brachten die Schwachstellen ihrer Beziehung
ans Tageslicht und legten das Ungesagte bloß, das sich wie
Staubflusen unter einem persischen Teppich über Monate
und Jahre hinter der glänzenden Fassade des allseits beneide-
ten und bewunderten Ehepaars angesammelt hatte.

Als ihr Mann sie unglücklicherweise fragte, was sie zu den
Frachtlern meinte, brach alles auf. Dima versuchte nicht einmal mehr, sich zu beherrschen. Also für sie, sagte sie in scharfem Ton – sonst wäre sie geplatzt –, sei das Entscheidende, ihre
Töchter in Sicherheit zu bringen.

»Die Familie zu beschützen, ist auch für mich das Allerwichtigste«, sagte Hakim.

»Was willst du damit sagen, *habibi*? Und wie willst du sie beschützen? Während hier die schlimmsten Dinge passieren, schnarchst du wie ein Rhinozeros. Tolle Art, sie zu beschützen. Wirklich toll«, sagte Dima.

»Ich glaube, das hier ist nicht der richtige Moment für Streitereien«, zischelte Hakim leise, damit die Töchter nichts hörten.

»Hör mal, jeder muss sehen, wo er bleibt. Und du, du willst, dass diese Horde aus *snudsch* an Deck stürmt, mitten unter uns landet und unseren Töchtern an die Kehle geht? Ich nicht. Du und deine miesen großen Ideen! (Als Dima das sagte, dachte sie wieder an die beiden Afrikanerinnen beim Einschiffen, deren Frechheit ihr noch immer im Magen lag. Solche Leute hatten bei ihnen höchstens als Putzfrau etwas zu suchen. Und dann erlaubten sie sich auch noch, nur weil sie zufällig auf demselben Boot waren, Befehle zu erteilen? Was glaubten die denn, wo wir hier sind?)

»Aber trotzdem«, sagte Hakim nach einer Weile, »das ist keine Art, mit Menschen umzugehen. Der Islam sagt doch etwas ganz anderes.«

»Genau, lass uns darüber reden. Was sagt der Islam? Dass der Mann hinter dem Rücken seiner Frau heimlich Alkohol trinken soll? Wie du, als ich dich in Damaskus dabei erwischt habe? Wer weiß, wie oft du mich beim Alkohol schon belogen hast? Hast du auch in Aleppo schon getrunken? Dann hast du es echt gut versteckt, weißt du? Und wer weiß, welche Lügen du mir sonst noch auftischst.«

»Der Islam verbietet Alkohol nicht offiziell. Das steht nicht im Koran.«

»Weil du ihn nur so liest, wie es dir passt. Mit Worten kennst du dich aus. Wie konnte ich nur auf dein Süßholzraspeln reinfallen? Du hast mich eingewickelt und wie! Was war ich blöd!«

»Jedenfalls ist das hier nicht der richtige Ort und Zeitpunkt, um darüber zu reden. Das geht die Mädchen nichts an.«

»Natürlich nicht. Weil du nie über irgendetwas reden willst«, sagte Dima, die immer das letzte Wort haben musste.

Hakim sagte nichts mehr. Er verkroch sich in ein undurchdringliches Schweigen, das höchstens von den wütenden Elementen oder den Schimpftiraden der anderen Passagiere gestört wurde. Auch er dachte an Aleppo und an das, was er alles aufgab. Doch noch mehr an die Zukunft, die auf der anderen Mittelmeerseite auf sie wartete. Wovon würden sie leben, wenn ihre Ersparnisse aufgebraucht wären? Wie lange würde es dauern, bis er die Sprache des Landes gelernt hätte, das sie aufnahm? Bis ihre Abschlüsse anerkannt würden? Englischsprechende IT-Fachleute hatten offenbar bessere Chancen. Gut, dass er das englische Fachvokabular beherrschte. Aber wenn nicht, ein neuer Beruf? Aber welcher? Ehrlich gesagt war er sich nicht mehr sicher, ob er mit Dima die richtige Entscheidung getroffen hatte. Vielleicht hätte er besser allein fahren und später, wenn er sich irgendwo etabliert hätte, Familienzusammenführung beantragen sollen, anstatt alle dieser Gefahr auszusetzen. Oder vielleicht wären sie besser geblieben und hätten sich den Schwierigkeiten gestellt, die auf sie zugekommen wären. Aber vielleicht würde irgendeine Gruppierung sie töten, die die Region besetzt, sie würden wie schon Zehntausende andere sterben. Und hier? Vielleicht erwartete sie bald genau das, und wenn das Schiff unterging, könnte er nicht einmal seine Töchter retten. Wie lange hält man es wohl mit einer Rettungsweste im Mittelmeer aus? Ohne Wasser, ohne Nahrung? Diese Geschichten von Leuten, die, an ein Holzstück geklammert, ohne Essen und Trinken tagelang im Ozean treiben und überleben, sind doch Ammenmärchen. Nach seinen Berechnungen sind das höchstens Stunden, keine Tage. Dann würde der Tod kommen, mit seinen grauenhaften Augen, und seinen flüssigen Mantel über ihre stummen Schreie breiten.

Mittlerweile hatte Semhar beschlossen, zum Angriff überzugehen, ohne vorher mit jemandem darüber zu reden. Auch nicht mit Chochana, die erst beinah wie eine Ohnmächtige geschlafen und sich dann in eine Welt aus Sprechgesang und Summen geflüchtet hatte. Semhar setzte sich also ein bisschen bequemer an der Schiffswand zurecht und begann, zu ihren Leidensgenossen zu sprechen. Mancher fragte sich, wie so ein schmales Gerippe, eine so kleine Frau, die von hinten eher wie ein Junge wirkte, eine solch kraftvolle, entschlossene Stimme besitzen konnte. Ihr Gesicht, die weichen Züge ähnelten eher dem eines Kindes. Sie seien doch, sagte sie auf Englisch – und übersetzte es für die vielen Eritreer, Äthiopier und Sudanesen im Frachtraum gleich auf tigrinisch – alle Menschen. »Und als Menschen haben wir Respekt verdient. Wie alle anderen Menschen auch.« Natürlich hätten sie weniger gezahlt als die Leute an Deck. Aber na und? Sie seien doch alle in derselben Situation. Das unberechenbare Klima, die Diktatur, der Krieg hätten sie aus ihrer Heimat verjagt. Sie alle wollten leben. Hautfarbe, Ethnie, sozialer Status oder Religion spielten da keine Rolle. Ob man nun Atheist, Ungläubiger sei, an einen einzigen Gott oder viele Götter glaubte. Wenn das Schiff sank, würde das Meer keinen Unterschied zwischen denen an Deck und im Frachtraum machen. Allerdings seien sie hier unten eingeschlossen und hätten bestimmt keine Chance, sich zu retten. Nicht einmal die besten Schwimmer, zu denen auch sie sich zähle, würden es schaffen, zu der verdammten Klappe zu gelangen und sie im Kampf mit Mittelmeer, Dunkelheit und Luftknappheit zu öffnen. Kurzum, da man sich nicht solidarisch mit ihnen zeige, müssten sie sich wenigstens Respekt verschaffen.

»Das ist doch nicht normal, dass sie die Klappe einfach schließen. Wenn das so bleibt, gehen wir noch alle vor Hitze oder Atemnot ein. All unsere bisherigen Opfer, das Martyrium, das die meisten von uns durchgemacht haben – auch die Männer wissen wohl, wovon ich rede – wären dann umsonst. Umsonst, versteht ihr?«

Semhar erklärte den Frachtlern ihren Plan, alle hörten schweigend zu. Nicht einmal ein Stöhnen war zu hören. Nur ab und zu flüsterte jemand, weil er ihre Worte für die Französischsprachigen übersetzte. Und als eine Welle abfloss, schien sich sogar das Mittelmeer einen Moment lang vor ihrer machtvollen Ausstrahlung zu verbeugen. Jedenfalls hörte man im Frachtraum weder Wind noch Wellen. Semhars Herz pochte, als sie sprach, so stark, dass ihr Brustkorb zu zerspringen schien. Ihre Nachbarn konnten es bestimmt hören, dachte sie besorgt. Eigentlich war sie es nicht gewohnt, vor Publikum zu sprechen. In der Schule hatte sie es gehasst, wenn sie vor der ganzen Klasse aufstehen, etwas wiederholen oder ein Gedicht aufsagen oder, schlimmer noch, vorn am Rednerpult ein Referat halten musste, während Lehrer und Klassenkameraden sie pausenlos anstarrten. Trotz der gnädigen Dunkelheit beschlich sie das Gefühl, am falschen Platz zu sein, kein Recht dazu zu haben. Was sie sagte, schien ihr zusammenhanglos.

Wahrscheinlich verstand man sie gar nicht. Trotzdem redete sie einfach weiter. Vor der Schlacht ihres Lebens konnte sie nicht kneifen. Das war ganz Semhar, die Viper. Ein Che Guevara im Rock, beglückwünschte sie später Chochana, die durch die Rede zu neuem Leben erweckt worden war. Sie sprach einfach aus dem Bauch heraus, Worte, von denen sie gar nicht wusste, dass sie sie kannte, spielte mit ihrer Stimme wie auf einem Musikinstrument, lockte, beschimpfte, betörte ihr Publikum. Sie müssten die Klappe stürmen, schloss sie, sonst würden sie alle sterben.

Im Frachtraum breitete sich eine bedrückende Stille aus. »Da brauchst du jetzt echt die Motorsäge zum Schneiden, Baby«, hätte Meaza gesagt, um die Lage zu entspannen. Wie lange hielt das Schweigen an? Eine Minute oder drei? Eine Viertelstunde? Semhar schien es endlos. Der ganze Raum atmete im selben Rhythmus, stoßweise. Wie ein Chor, der einen Kanon schmettert, eine Phrasierung aus Atemnot zerhackt und dann, mit neuer Luft, ein wenig rascher weitersingt. In dem Halbdunkel erhob sich schließlich eine Männerstimme. Auf Deck seien sie bewaffnet, sagte sie auf Französisch. Mit Messern, Baseballschlägern und Eisenstangen.

»Wir haben nichts als unsere bloßen Hände. Wir müssen uns zusammenreißen, Geduld haben, dann schaffen wir das. Mit Geduld erkennt man sogar den Nabel einer Ameise. Es ist nur eine Frage der Zeit.« Simultan wurden seine Worte in verschiedenen Sprachen geflüstert. Noch ehe er geendet hatte, fielen schon andere ein. Der Beitrag des »Franzosen« hatte sie ermutigt.

»Der Mann hat recht«, sagte eine Frau auf Englisch.

»Das wären Riesen gegen Zwerge«, sagte ein Mann halb auf tigrinisch, halb auf Arabisch.

»Oder David gegen Goliath«, warf Semhar schlagfertig ein. »Der kleine David mit seiner Steinschleuder gegen den Philisterriesen mit Kettenhemd und Sieben-Kilo-Lanze. Wir wissen, wie die Geschichte ausging. Dank dem da ganz oben. Dank der Macht der Ahnen. Dank Davids Tapferkeit.«

Und abgesehen davon, fuhr die Eritreerin fort, gehe es nicht darum, denen an Deck den Krieg zu erklären. Auch wenn sie das könnten, falls sie es wollten. Schließlich seien sie in der Überzahl, und die anderen besäßen nur ein paar Schusswaffen. Wie schnell könnten sie sie einkreisen und überwältigen. Sie wisse, wovon sie rede, sie habe zwei Jahre Militärdienst hinter sich. Aber das habe sie gar nicht vor. Sie wolle nur verhandeln, damit die Klappe offenbleibe. Und allenfalls die Schwächsten aus dem Frachtraum an Deck könnten. Davon würden alle profitieren.

»Meinst du wirklich, dass wir hier unten durchhalten können?«, fragte sie den ersten Sprecher. »Schau dich um, Bruder. Wir kriegen alle kaum noch Luft. Und hier sind auch Schwangere, Kinder, eure Kinder, die nicht so viel aushalten. Da, direkt neben mir, ist vorhin ein Jugendlicher gestorben. Und er ist nicht der Einzige. Wer wird der Nächste sein? Du? Ich? Wer?«

Semhars Worte konnten die eingeschüchterten Frachtler nicht überzeugen. Sie fürchteten, ihr letztes Hemd zu verwetten und alles zu verlieren, ehe das Spiel zu Ende war. Solange sie noch lebten, hofften sie. Warum den Teufel herausfordern und einen Tod sterben, der einem vielleicht noch von keiner Gottheit bestimmt war? Semhar gingen die Argumente aus. Sie schrieb es ihrer Jugend und Unerfahrenheit zu. Verärgert, mit nassem Gesicht, sie fragte sich, ob von Tränen oder Schweiß, war sie bereit, aufzugeben. Oder die Sache zumindest in die Hände des Erlösers zu legen. Er würde die richtigen Worte finden, um die Herzen der Menschen zu berühren, ihnen ihre Heidenangst zu nehmen und den nötigen Mut zu geben. Oder er würde sie gesund und munter auf die andere Mittelmeerseite bringen. Hatte er nicht Wasser in Wein verwandelt? Brot und Fische vermehrt? Lazarus aus dem Totenreich zurückgeholt? Christus war ihre letzte Hoffnung. Und was sie anging, dachte sie: »Ich habe einen guten Kampf gekämpft, ich habe den Lauf vollendet, ich habe Glauben gehalten; hinfort ist mir beigelegt die Krone der Gerechtigkeit, welche mir der Herr an jenem Tage, der gerechte Richter, geben wird ...«

Doch dann zerriss Chochanas Stimme die Stille. Sie hatte die letzten Worte ihrer Freundin gehört und sang nun mit kräftiger, schöner, natürlicher Kopfstimme. Eigentlich hatte sie an ihrer Stimme nie gearbeitet, aber als Jugendliche war sie der Stolz ihrer Eltern gewesen. Erst recht, als sie anfing, bei Hochzeiten, *Bat* und *Bar Mitzwa* zu singen. Sogar außerhalb ihrer kleinen Gemeinde kannte man sie. In Onitsha wollte man sie sogar dafür bezahlen, dass sie die Zeremonien mit ihrem Gesang verschönerte. Aber das interessierte sie eigentlich nicht. Sie genoss dabei einfach, Ihresgleichen glücklich zu machen, die Ekstase in ihren Augen sehen. Weil sie für ein oder zwei Stunden ihre kleinen Alltagssorgen vergaßen. Sie genoss nur, zum Ruhm des Einen, dessen Name man nicht nennt, zu singen wie es König David gelehrt hat. Machtvoll ertönten die ersten Gospeltöne, schwollen an, breiteten sich aus. Füllten den Frachtraum bis in den letzten Winkel. Drangen in die Herzen. Auf einmal war die Luft besser zu ertragen, das Atmen wurde leichter.

Joshua fit the battle of Jericho
Jericho, Jericho
Joshua fit the battle of Jericho
And the walls came tumblin' down
Hallelujah

You may talk about the men of Gideon
You may talk about the men of Saul
But there's none like good old Joshua
At the battle of Jericho
Hallelujah

Als Chochana den »guten alten Josua« heraufbeschwor, der mit seiner Armee die dicken Mauern von Jericho wie Dominosteine zum Einstürzen brachte, hob sich auf einmal die Stimmung. Selbst die Männer von »Gideon und Saul« hatten solches nicht vollbracht. Einen Moment lang vergaßen die Frachtler die widerwärtige Enge, die Hitze, die Furcht. Den Sturm, der von draußen erneut hereinbrüllte und gemeinsam mit dem Mittelmeer das Schiff bedrängte. Es ächzte und stöhnte aus allen Planken, hörte nicht auf, wurde immer stärker. Doch die Passagiere ließen sich von dem Lied mitreißen und stimmten im Chor den Antwortgesang an: *Halleluja!* Alle im Frachtraum sangen mit Chochana. Beflügelt holte die Nigerianerin alles aus ihrer Stimme heraus, gab mit Fingerschnipsen und den Füßen den Takt an, wurde zu einem perfekt harmonierenden Orchester. Vor ihrem inneren Auge sah sie Mahalia Jackson, die sie seit ihrer Kindheit vergötterte. Seit sie ihre Musik durch ihren Vater kennengelernt hatte. Da musste sie sieben oder acht gewesen sein. Sie sang die Version der Frau aus New Orleans. »Blast in eure Halljahrshörner, schrie Josua, mit gezogenem Schwert, vor den Mauern von Jericho. Ich nehm die Sache in die Hand.« Und die Frachtler antworteten im Chor: *Halleluja*.

Up to the walls of Jericho
With sword drawn in his hand
Go blow them horns, cried Joshua
The battle is in my hands

Then the lamb ram sheep horns began to blow
The trumpets began to sound
Old Joshua shouted glory
And the walls came tumblin' down

»Da bliesen die Hörner, da erklangen die Posaunen. Und der alte Josua schrie: Ehre sei Gott! Und die Mauern fielen um.« Und plötzlich geschah etwas Erstaunliches. Während die einen mit Chochana den Refrain sangen: »Joshua fit the battle of Jericho«, machten sich andere daran, die Luke zu stürmen. Wer stieg auf wessen Schulter? So wie es Semhar vorgeschlagen hatte. Was soll's. Sie waren guten Mutes. Von draußen schlugen die Wellen mit vermehrter Kraft gegen das Schiff, aber die Menschen im Frachtraum hörten es nicht oder ignorieren es. Sie fochten ihren Kampf um Jericho. Sie waren zwei- oder dreihundert. Oder noch mehr. Es schienen Tausende zu sein, so strotzten ihre Lungen vor Hoffnung. Mit bloßen Fäusten schlugen sie entschlossen gegen die Klappe. Mit bloßen Fäusten hämmerten sie, in der Hoffnung auf Luft und Freiheit. Das Schiff geriet durch den vereinten Angriff von Fracht und Wellen noch mehr ins Schlingern.

In den Augen der Leute an Deck, die spürten, dass unter ihren Füßen etwas Schreckliches geschah, war deutlich die Angst lesen. Dima fragte sich panisch, ob diese *snudsch*, diese frechen Schwarzen, jetzt völlig durchgedreht waren. Das hatten bestimmt die beiden Unverschämten vom Einschiffen angezettelt. Zweifellos. Sie sah sie überall. Plötzlich standen die Schlepper wie ein Mann auf, wachsam, Schlagstock und Messer in der Hand. »Wir müssen sie zum Schweigen bringen«, sagte der Alte. »Bringt sie um Gottes Willen zum Schweigen«, wiederholte er, als müsse er sich selbst überzeugen. Der Gesang aus zighundert Mündern war eine tödliche Waffe, mächtiger noch als Wind und Wellen. Gefährlicher noch als das Mittelmeer.

ARMAGEDDON

Was dann passierte, schien wie aus einem Horrorfilm, so unbegreiflich war die Gewalt. Von Chochanas Stimme mitgerissen, hämmerten die Männer gegen die Klappe. Mit vereinten Kräften schafften sie es schließlich, den äußeren Riegel zu sprengen. Erstaunt und erschrocken schrien die Deckpassagiere auf; sie hätten nicht gedacht, dass Menschen, die sie unter sich *kelusch, sindsch* oder *qird* nannten, aufbegehrten. Mit Wind und Wellen waren sie ja schon mehr als genug beschäftigt. Und mit diesem Steuermann, der anscheinend die Kontrolle über sein Schiff verloren hatte. Das reichte. »Was machen die Nigger denn jetzt schon wieder?«, fragte sich Dima panisch. »Welche unerhörten Gräuel mussten sie und ihre Engel denn noch mitansehen?« Wie eine Löwenmutter zog sie ihren Wurf zu sich heran. Wenn es sein musste, würde sie sie ganz allein vor der angreifenden Horde beschützen.

Der Alte und seine Spießgesellen stellten sich mit ihren zusammengewürfelten Waffen neben der Luke auf und warteten, dass die Meuterer auftauchten. Sie konnten sich nicht verfehlen. Später sagten sie aus, auch die Passagiere hätten die Gewalt gutgeheißen, weil sie nicht nach Sabratha zurückkehren wollten. Die anderen erklärten den italienischen *carabinieri* hingegen, diese hätten sich auf die Rolle des vielleicht nicht gleichgültigen, aber doch völlig ohnmächtigen Zuschauers beschränkt. Dabei sei der Gegner, der allen imponiert habe, zu groß gewesen, um sich allein zu verteidigen. Wie dem auch sei, es kam zu einem Gemetzel, wie es das Mittelmeer seit ewigen Zeiten nicht mehr gesehen hatte. Und dazu waren, vor allem wenn man die Kürze der Zeit bedenkt, wahrscheinlich mehr als acht Kumpane erforderlich.

Die Frachtler wurden umgebracht, sobald sie aus ihrem Loch kamen. Wer seine Nase unglücklicherweise nach draußen streckte, dem wurde die Kehle durchgeschnitten, ein Messer in den Bauch gerammt. Mit Baseballschläger oder Eisenstange schlug man unvermittelt und eiskalt auf Kopf, Schulter, Oberkörper ein. Solange, bis sie dorthin zurückstürzten, wo sie hergekommen waren, oder ihre Peiniger sie an Deck zogen, um ihr Werk zu vollenden. Und der Strom riss nicht ab. Als die Klappe aufknallte, ein Lichtstrahl hereinflutete und das Vieh herausstürzte, geriet das Schiff aus dem Gleichgewicht, wie ein Zeuge vom Deck erzählte. Es neigte sich zur Seite, wie von einem Piratenschiff mit geblähten Segeln voll getroffen. Und von unten, wo einer jeweils auf den Schultern des nächsten stand, drückten sie immer stärker nach. Die Leidensgenossen dahinter drängten ungeduldig zum Tageslicht. Und trampelten, ohne es zu wollen, die Schwächsten und Wehrlosesten nieder.

Die weiter hinten merkten zunächst nicht, welches Schicksal die vorn erwartete. Mit aller Kraft der Verdammten dieser Erde drängten sie vorwärts, zu Licht und Sauerstoff. Ihre Wut- und Angstschreie verstärkten das Chaos noch, und hinter sich hörten sie Chochana weiter singen: »*Joshua fit the battle of Jericho.*« Der Strom wogte so stark, dass die Hiebe nicht genügten, um jeden blitzschnell umzubringen. Manche brachen nicht beim ersten Schlag zusammen und wollten sich nicht wie Opferlämmer abschlachten lassen. Mit der Kraft der Verzweiflung leisteten sie erbitterten Widerstand. Wem es gelang, ungeschoren davon zu kommen, oder wer sich nicht sofort mit Fäusten wehren musste, reichte den Kameraden unten aus Solidarität oder zum Trost die Hand und zog sie hoch. Am Ende hatten es viele Frachtler aufs Deck geschafft, entschlossen, ihre Haut möglichst teuer zu verkaufen. Entsetzt drängten sich die Deckpassagiere wie die Heringe am Bug zusammen, um für die Kriegsparteien ein Schlachtfeld frei zu räumen, einen MMA-Käfig wie bei diesem Kampfsport, wo alle Schläge erlaubt sind.

»Kein Pardon!«, brüllte der Alte wie ein General beim Sturm auf die Bastion. Selber hielt er sich allerdings im Hintergrund und versetzte nur verletzten Meuterern den letzten Gnadenstoß. »Kein Pardon. Macht die Hurensöhne fertig.«

Der Kampf weitete sich aus. Es folgte Schlag auf Schlag. Die Frachtler wehrten sich wutentbrannt. Ihr junger Anführer war ein senegalesisches Muskelpaket, einer der beiden Muslime, die einige Stunden zuvor das *Salat Janaza* für den ermordeten Kameraden gesprochen hatten. Nach der langen Zeit im Frachtraum konnte er bei dem Kampf seine steifen Glieder ein wenig lockern und überschüssigen Stress abbauen. Immerhin war ihr Schicksal trotz aller Gefahren noch besser als das der Sklaven von Gorée, die im Frachtraum dahinvegetieren mussten und zur Verbesserung der Blutzirkulation einmal am Tag von den Sklavenhändlern herausgeholt und mit Peitschenschlägen zum Tanzen gezwungen wurden. Damit die menschliche Ware auf der anderen Atlantikseite in besserem Zustand ankam. Der Senegalese kämpfte auch, um ihnen posthum Gerechtigkeit widerfahren zu lassen.

Nach ihrem ersten Angriff fiel es den unbewaffneten, dehydrierten, vom Tageslicht geblendeten und der kräftezehrenden Fahrt erschöpften Frachtlern zunehmend schwerer, ihrem Gegner Widerstand zu leisten. Aber sie gaben nicht auf. Trotz gebrochener Arme, hervorquellender Eingeweide, einem herausgetretenen, von einer Hand festgehaltenem Auge; mit dem anderen Arm schlugen sie blindlings um sich, um den Peiniger noch zu treffen. Zweifellos, weil sie spürten, es gäbe keine Gnade. Besser draufloshauen und würdig, wie ein Mensch, sterben. Auch wenn sie sterben mussten, vorher würden diese Hundesöhne noch teuer dafür bezahlen. Bald lagen Verletzte und Tote zuhauf an Deck. Die verängstigten Passagiere trauten sich, mit humanistischer Brille auf dem Kopf, nicht einzugreifen, schrien aber ohne Unterlass:

»Hört endlich auf! Aufhören! Um Gottes willen.«

Die Forderung war in zahlreichen arabischen Varianten und Tonlagen zu vernehmen. Doch im Eifer des Gefechts hörten sie die Schlepper nicht. Oder pfiffen darauf. Weil sie den Aufstand niederschlagen wollten, damit er sich nicht noch mehr ausweitete. Oder sie nicht zum Sündenbock werden wollten. Der Kampf ging also weiter. Unter dem trocknen Knacken der Knochen, von den Hieben der Baseballschläger gebrochen. Und den Schreien der Männer, Frauen und Kinder, die, kaum steckten sie den Kopf aus der Luke, eiskalt abgeschlachtet wurden.

Semhar und Chochana gelang es, sich mehr oder minder unbeschädigt aus dem Kampfgetümmel zu stehlen. Die Nigerianerin trug nur einen Messerstich am Arm davon, zum Glück nicht tief. Als sich die beiden unauffällig unter die anderen Passagiere gemischt hatten, konnte Semhar die Wunde bald verbinden. Aber die Konfrontation setzte sich noch eine Weile fort. Davon unbeirrt tosten die stürmischen Winde und Wellen weiter, in ihren eigenen wütenden Kampf verstrickt.

Das Schiff schien der Spieleinsatz zu sein. Wer, Wellen oder Winde, würde es zuerst zerfetzen und versenken? Wer würde, ohne Rücksicht auf Verluste, der Totengräber sein und zuerst vor Freude schreien?

Zunächst gelang es dem Senegalesen mit der Kämpferstatur und seinen Gefolgsleuten, den Spießgesellen des Alten die Messer abzunehmen. Dann riss der Anführer mit beiden Händen die zerbrochene Klappe heraus, schwenkte sie drohend über dem Kopf und warf sie in hohem Bogen ins Meer. Aber das war noch nicht der Sieg. Jetzt hatten die Schlepper den Senegalesen als Rädelsführer ausgemacht und konzentrierten sich ganz auf ihn. Der kleine Blonde schlich sich von hinten an, packte ihn am Bein und krallte sich daran fest wie eine Hyäne am Elefantenknie. Sie konnten den Senegalesen umwerfen, malträtierten ihn mit Fußtritten und schlugen ihn mit Eisenstangen. Aber selbst derart in die Enge getrieben, gab er nicht auf. Wie ein Tier, das nicht sterben will, kämpfte er weiter. Mit einem letzten, kräftigen Hüftstoß schüttelte er seinen Gegner ab, sprang auf, flüchtete zur Luke und stürzte sich kopfüber in den schützenden Frachtraum.

Längst kamen keine weiteren Kämpfer mehr nach oben. Als die Frachtler die vielen Leichen an Deck sahen, begriffen sie das ganze Ausmaß des Massakers. Von den Dutzenden Verletzten ganz zu schweigen, die in den Frachtraum zurückstürzten, wie ein Symbol des gescheiterten Angriffs betäubt aufgenommen wurden und dann starben. Und dann noch die verblüffend vielen Schwerverletzten, die unten im Frachtraum wie ein Schwein bluteten. Und bei denen Erste Hilfe ihrer Leidensgenossen rein gar nichts nutzte. Der senegalesische Kämpfer hatte nur leichte Verletzungen davongetragen und sich bei seinem Kopfsprung Blutergüsse und einen ausgekugelten Arm zugezogen. In ihrer verzweifelten Lage, dachte er, war das immerhin ein Sieg: die Klappe würde jetzt offenbleiben. Das erzählte er später den *carabinieri* und interessierten Journalisten. Nun fiel wieder ein Lichtkegel durch die Luke und erhellte je nach Fahrtrichtung und Sonnenstand den Frachtraum.

An Deck sorgten der Alte und seine Spießgesellen, Blutspritzer an Kleidung und Gesicht, für Ordnung. Einige Passagiere mussten helfen, die Besiegten ins Meer zu schmeißen. Wie viele atmeten wohl noch? Die Schlepper beachteten das Stöhnen nicht. Als alle über Bord geworfen waren, reinigten sie die Planken mit eimerweise Meerwasser. Bestimmt sollten keine verräterischen Spuren zurückbleiben, falls ihr Schiff bei der Ankunft von den Behörden durchsucht würde. Nach getaner Arbeit zogen sie die verschmutzte Kleidung aus und zogen saubere, trockene an, die sie in einem wasserdichten Beutel mitgebracht hatten. Dima war die ganze Zeit darum bemüht, dass ihre Töchter nichts von dem furchtbaren Schauspiel zu sehen bekamen, und bemerkte darum nicht, dass die beiden *sindschiyat* sich neben sie gesetzt hatten. Schließlich schob der Alte seinen Kopf in die Luke und teilte dem Vieh da unten mit, dass er, in einem Akt der Großzügigkeit und nicht, weil sie sich das erkämpft hätten, die Luke nun offenlasse. Und da sie ja nun hätten, was sie wollten, würde er ihnen empfehlen, sich ab sofort ruhig zu verhalten, wenn sie das Fahrtziel erreichen und nicht dasselbe Ende wie ihre Kameraden finden wollten. Schließlich würden sie ja wohl nicht so blöd sein, sich so kurz vom Ziel noch alles zu verderben. Noch so ein Aufstand, und das wars mit der Fahrt, mit ihrem Leben. Eins müssten sie nämlich wissen: Jetzt würden sie hier oben genau aufpassen. Das alles sagte er auf Französisch, Englisch und

Arabisch. Dabei redete er von Anfang bis Ende sehr beherrscht, mit festem Ton. Dann drehte er sich zufrieden lächelnd zu dem Blonden um und bat ihn, ihm zur Entspannung einen Joint anzuzünden. Das hätten sie sich jetzt verdient, oder? Abgesehen von ein paar Schläge und Kratzern, da hatten sie schon ganz anderes erlebt, hatten sie keine menschlichen Verluste zu beklagen.

Mit geschlossenen Augen nahm der Alte zwei Züge, dann gab er den Joint an Mickey Mouse weiter. Der Mann, der neben dem Kapitän stand, hatte während der Schlägerei, die ja wirklich nur kurz war, einmal den Kopf aus der Kabine gesteckt, um zu sehen, ob alles unter Kontrolle war. Dann war er an seinen Platz zurückgekehrt und nicht mehr aufgetaucht.

AUGE IN AUGE

Chochana und Semhar erholten sich erst einmal von der Aufregung und bemühten sich, dabei möglichst wenig aufzufallen. Zweifellos war die Nigerianerin die Glücklichere von beiden. Sie konnte es kaum fassen. Endlich draußen! Berauscht vom Licht und der Freiheit atmete sie tief durch, sog die frische Luft ein. Der Kampf von Wind und Wellen? Eine Kabbelei, eine Lappalie, die sie nichts anging, verglichen mit dem, was sie, begraben im dunklen Schiffsbauch, erlebt hatte. Nach und nach normalisierte sich ihr Herzschlag. Doch unter ihrer Freude lauerte die Unruhe. Was, wenn sie jemand verpfiff? In dem Durcheinander hatten sie sich einfach achtlos irgendwo hingesetzt. Hoffentlich nicht gerade in die Nähe dieser Araberin. Die Schnepfe würde sie am Ende noch in den dunklen Frachtraum zurückschicken. Aber auch von der würde sie sich ihr Glück nicht vermiesen lassen. Wenn, beruhigte sie sich, würde die Luke ja jetzt offenbleiben und Licht ins Verlies kommen. So könnte sie ihre Dämonen auf Abstand halten und bis zur Ankunft in Lampedusa fast mit gleichen Waffen zurückschlagen. Momentan genoss sie einfach ihren kleinen persönlichen Sieg und vergaß sogar ihre Verletzung.

Die pragmatische Semhar holte sie in die Realität zurück. Mit sicherem Griff zerriss die Eritreerin den Blusenärmel, der durch den Messerstich ohnehin ramponiert war, und verwendete ihn als Verband. Auch wenn die Wunde nicht mehr blutete, das war besser. Dima, die die beiden Schwarzen mittlerweile bemerkt hatte, verfolgte ihr Tun genau. Keineswegs würde sie den Rest der Reise damit zubringen, sie zu überwachen. Einen Moment überlegte sie, ob sie sie verraten sollte. Besonders die Dicke mit dem frechen Mundwerk. Wie gern würde sie sie auf Nimmerwiedersehen dort runter zu schicken. Das wäre ein Heidenspaß. Dann würde dem Miststück die Unverschämtheit schon vergehen. Aber schließlich erinnerte sie sich an Allahs Gebot, seinen Zorn zu mäßigen und zu vergeben. Und wenn es nur wäre, dachte Dima, damit ihr leichter ums Herz würde. Als Semhir den Stoff zerrissen hatte, nahm sie ein Plastikfläschchen mit 90-prozentigem Alkohol aus ihrer Tasche, öffnete es halb und reichte es ihr:

»Das wäre vielleicht gut. Geben Sie es mir einfach später wieder«, sagte sie auf Englisch.

Semhar dankte der großzügigen Spenderin. Der Alkohol kam wie gerufen, um die Wunde zu desinfizieren. Sie konnte ihn wirklich gut gebrauchen. Die Bluse war seit Ewigkeiten nicht gewaschen worden, und im Lager von Sabratha und dem Frachtraum wimmelte es sicher vor Bakterien. Als Chochana aufblickte, um sich zu bedanken, erstarrte sie. Sie erkannte die Frau vom Einschiffen und erschrak dermaßen, dass ihr auf der Stelle der Arm schmerzte. »Ey. Tu tust mir weh«, knurrte sie Semhar an. »*Sorry, sister.*« Sie ließ ihren Ärger an Semhar aus, statt der blöden Kuh an die Gurgel zu gehen. Die Nigerianerin und die Syrerin maßen sich mit Blicken. Dima wollte den Blick nicht eher senken als die *sindschiyeh*. Doch wie dem auch sei, sie war einfach ihrem Herzen gefolgt. Jede gute Muslima hätte das getan. Der Prophet – Allahs Friede und Segen sei mit ihm – hatte es vorgelebt. Chochana wiederum blieb nicht die Zeit, abzulehnen und »Lieber krepiere ich« zu sagen. Semhar tröpfelte den Alkohol schon auf ein

Baumwolltuch, das ihr ein Mitreisender reichte, und reinigte die Wunde. Als sie fertig war, gab sie Dima das Fläschchen zurück und bedankte sich noch einmal.

»Nicht der Rede wert«, sagte die Syrerin. »Wenn Sie es noch einmal brauchen, ich gebe es Ihnen gern«, fügte sie noch hinzu, während sie Chochana weiter herausfordernd anblickte. Die Provokation war der Ausgleich für das Gefühl, zu gut, also zu blöd zu sein.

Hakim sagte zunächst nichts und begnügte sich damit, das Ganze zu beobachten. Dima bemerkte es gar nicht. Erst später, als sich die beiden Schwarzen wegdrehten und weit genug entfernt schienen, kam sein Kommentar. Trotzdem sprach er leise, mehr weil er mit Dima unter vier Augen sprechen wollte, als aus Sorge, dass die *sindschiyat* ihn hörten. Wahrscheinlich verstehen sie sowieso kein Arabisch, dachte er.

»Sagst du nicht immer, die Familie geht unbedingt vor? Und jetzt hilfst du diesen Leuten? Und wenn diese Mörder das gesehen haben? Willst du, dass sie es noch auf uns absehen? Hat dir das nicht gereicht, was vorhin los war?

»Keine Sorge. Sie haben nichts gesehen. Sie waren zu sehr damit beschäftigt, Ordnung zu schaffen. Wenn Sie uns nicht verraten, merken sie nicht einmal, dass wir hier sind.«

Das war nicht Dimas Stimme. Trotz seiner Vorsichtsmaßnahmen hatte die Eritreerin ihn gehört. Am liebsten wäre Hakim im Erdboden versunken. Oder ans Ende der Welt geflohen, um seiner Engherzigkeit zu entrinnen. Oder selbst in den Frachtraum! Hoffentlich hatten seine Töchter nichts gehört. Was er gesagt hatte, war das Gegenteil von dem, was er ihnen immer beibringen wollte: Mitleid, Mitgefühl, Menschlichkeit. Als seine Ehefrau ihn finster anblickte, fühlte sich Hakim in all seiner Feigheit bloßgestellt. Hana, die Ältere, brach schließlich das Schweigen und erkundigte sich bei Chochana, was ihre Wunde mache. Tat es weh? Litt sie sehr? Die Kleine fragte in einem rudimentären Englisch, das sie den Privatstunden verdankte, die sie und ihre Schwester in Aleppo erhalten hatten. »Das ist so wichtig für eure Zukunft«, hatte Dima gesagt, ohne ihren Mann überhaupt zu fragen. Wie immer hatte sie recht. Der Beweis: Hana konnte sich der sindschi*yeh* verständlich machen.

»Das wird schon wieder, *sweetie*«, sagte Chochana. »Das wird schon.«

Auch die kleine Shayma, noch immer in den Armen des Vaters, wagte sich vor und sagte auf Arabisch:

»Das ist nur ein Wehwehchen. Das vergeht.«

Dimas Kleine legte ihre ganze kindliche Sanftheit in die Worte und lächelte, ein wenig müde. Als Semhar übersetzt hatte, antwortete Chochana, ebenfalls lächelnd: »*Shukran, sweetheart*«, eins der wenigen arabischen Wörter, die sie kannte. »Wie heißt du?« »Shayma«, sagte die Kleine, glücklich, dass man sie nach ihrem Namen fragte. »Das bedeutet ‚sehr schön‘«, erklärte sie stolz. Die Kinder sollten nicht für den Blödsinn ihrer Eltern bezahlen, dachte Chochana. Wahrscheinlich hielten sie schon den ihrer Scheißmutter kaum aus. Das diese Hoffnung klammerte sie sich. Als Shayma sie fragte: »Und wie heißt du?«, breitete ein Engel seine unschuldigen Flügel über die kleine Gruppe. Wie sollte sie ihren Namen sagen, ohne sich zu verraten? Doch Semhar erlöste sie und sagte etwas auf Arabisch, was sie nicht verstand. Indes fuhr das Schiff, wenn auch mit Quietschen und Wimmern, unermüdlich weiter. *Fluctuat mec mergitur* – »Es schwankt, aber geht nicht unter«. Das jedenfalls glaubte Chochana, so wie alle anderen an Bord. Selbst der Mann in der Führerkabine und der Kapitän.

SOS AUF DEM MITTELMEER

Ein, zwei Stunden ging es so weiter; das Schiff wankte und schwankte, knarrte, aber brach nicht entzwei. Vereinzelt tauchten in der Ferne Möwen auf, ihr Lärmen klang nach festem Boden und Hoffnung. Die erschöpften Passagiere nutzten das Tageslicht und das ruhigere Fahrwasser, um ein wenig zu dösen. Die vorhergehenden Prüfungen hatten sie mitgenommen. Es schlummerten selbst Menschen wie Chochana, die das weite und launenhafte Meer sonst in Angst und Schrecken versetzte. Dima nickte immer wieder ein, und ihre Kinder schliefen selig wie im eigenen Bett. Doch ihnen war nur eine kurze Atempause vergönnt. Ein Schreckensschrei, der aus dem Frachtraum kam, rüttelte sie wach:

»Wir haben ein Leck! Wir haben ein Leck!«

Zuerst schien niemand richtig zu verstehen. Vielleicht fand mancher auch nur mühsam aus seinem Traum heraus, in dem er sich schon an Land und von Lampedusas Behörden und Bevölkerung auf das Herzlichste empfangen sah. Oder der Schrei erfolgte in einer Sprache, die keiner an Deck kannte. Einige sagten später gegenüber Journalisten, jemand habe in Swahili gerufen. Andere schworen, es sei Lingala gewesen. Das Detail schien ihnen wichtig. Erst als die Schreie auf Tigrinisch zu Semhar vordrangen, nahm die Sache eine neue Wendung. Mit einem Satz befreite sich die junge Eritreerin aus der Menge, in der sie eingekeilt war, und brüllte die Übersetzung in Richtung des Alten und seiner Kumpane. Es dauerte, bis sie reagierten. Wahrscheinlich befürchteten sie, die *kalesch* dort unten wollten sie reinlegen. Aus dem Frachtraum war weiter panisches Rufen zu hören, in Sprachen, die sie nicht verstanden. Aber dann auf Englisch, bald auf Arabisch. Zwei oder drei Maghrebiner und ein paar Libyer gehörten auch zum Vieh. Als sie als Letzte schrien, so laut sie konnten, rührte sich der Alte mit seinen Komplizen endlich.

Aber er bewahrte ruhig Blut. Der Blonde und der Mann mit dem Militärschnitt sollten gefälligst eine Taschenlampe nehmen und nachschauen, was dort unten los sei. »Mit dem Gesindel weiß man ja nie.« Dann schickte er Mickey Mouse los, um dem Mann in der Kapitänskabine Bescheid zu sagen, der dort seit der Abfahrt die Stellung hielt und nicht mehr an Deck aufgetaucht war. Keiner wusste, ob er Zweiter Kapitän oder ein Schlepper war, der noch über dem Alten stand. Ein schweigsamer Typ. Die ganze Fahrt hatte ihn noch keiner ein Wort sagen hören. Die Nachricht vom Leck raste wie aufgescheuchte Ameisen über Deck, Panik breitete sich aus. Überall hörte man Jammern und Klagen. Die Aktiveren vergewisserten sich, dass bei ihnen und ihren Angehörigen die Schwimmweste richtig saß.

Dima, die Augen voller Angst, drückte ihre Töchter enger an sich. Der Gedanke, dass sie sie bei einem Untergang gar nicht retten könnte, kam ihr nicht in den Sinn. Sie wusste nicht mal, ob man zum Brustschwimmen Arme oder Beine bewegen musste. Chochana suchte die körperliche Nähe und drängte sich an Semhar. Beide schwiegen. Die Spannung um sie herum war deutlich spürbar: In den Blicken, den bis zum äußersten angespannten Körpern, dem mechanischen Murmeln der Gebete. Die Nigerianerin sprach leise: »Ich hebe meine Augen auf zu den Bergen. Woher kommt mir Hilfe?

Meine Hilfe kommt vom Herrn, der Himmel und Erde gemacht hat.« Und Semhar setzte fort: »Der Herr behütet dich. […] Der Herr behütet deinen Ausgang und Eingang von nun an bis in Ewigkeit.« Als die Schreie am lautesten und die Furcht am größten war, blickte auch Dima zum Himmel auf: »Euer Herr ist es, Der die Schiffe auf dem Meer für euch treibt, auf dass ihr nach Seiner Gnade trachten möget. Wahrlich, Er ist gegen euch barmherzig.«

Nur die vielen Kinder und Jugendlichen an Bord bemerkten die drohende Gefahr nicht. In ihrer Vorstellung konnte es nicht mehr schlimmer werden als das, was sie schon erlebt hatten. Auch wenn der Schrecken durch ihre Augen zuckte, für sie gehörte die entfesselte Natur wohl zum aufregenden Abenteuer, das sie später, bei der Ankunft, auf Instagram posten würden. Natürlich hatten sie ein bisschen Angst, aber dann auch Spaß, wenn das Meer ruhig war und direkt vor ihren Augen fliegende Fische auftauchten und wenige Meter weiter wieder im Wasser verschwanden. Ein Delfin sei mit dem Schiff um die Wette geschwommen, beteuerte Shayma gegenüber ihrer Schwester, als sie leider noch geschlafen habe. Hana schimpfte sie eine Lügnerin und schmollte einen Moment. Derweil versuchte der Alte, die Gemüter zu beruhigen.

»Kein Grund zur Aufregung«, schrie er. »Alles unter Kontrolle. Vor allem müssen sich alle ruhig verhalten, damit das Schiff nicht in Schieflage gerät.«

Das war er sich schuldig einzugreifen, damit die Situation nicht aus dem Ruder lief. Wenn seine Mitarbeiter genauere Informationen hätten, würde er weitersehen. Bei der um ihn herum herrschenden Panik musste er sich ordentlich ins Zeug legen. Er beauftragte die restlichen Kumpane, sich unter die Passagiere zu mischen und dafür zu sorgen, dass das Geschrei von unten nicht alle aufschreckte. Sein Motto: »Kein Grund zur Beunruhigung.« Sie seien schon in der Straße von Sizilien, irgendwo zwischen Lampedusa und Malta, auch wenn das Festland noch nicht zu sehen sei. Wenn irgendetwas passierte, was es nicht würde, wäre die Küstenwache rechtzeitig da. Das internationale Seerecht verpflichte sie zur Hilfeleistung. Als die beiden Abgesandten von unten zurückkehrten, verrieten dem Alten ihre Blicke mehr als sämtliche Worte. Das Schiff habe ein Leck: am Bug, Backbord, sagten sie mit ihren rudimentären Seemannskenntnissen, damit es fachmännisch klang.

»Wir müssen etwas tun, Chef«, rief der Blonde.

»Immer mit der Ruhe«, sagte der Alte immer noch kaltschnäuzig. »Was genau hast du gesehen? Wie groß ist das Leck, wieviel Wasser dringt ein?«

»Es ist schlimm, Chef«, sagte der Mann mit dem Militärschnitt. »Sehr schlimm.«

»Fuck«, stieß der Alte aus. »Das habe ich nicht gefragt!«

»Ich weiß nicht, Chef. Aber es kommt schnell, es kommt viel. Im großen Schwall. Wenn wir nichts tun, ist der Frachtraum in zwei, drei Stunden vollgelaufen.«

»Okay«, sagte der Alte. »Kommt mit. In der Kapitänskabine gibt es drei Teereimer. Die holen wir. Und ihr«, dabei zeigte er auf Mickey Mouse und zwei andere, »geht runter und dichtet das Leck ab. Und wehe, ihr sagt irgendetwas. Wenn an Deck einer fragt, es ist nichts. Und sorgt dafür, dass die unten das Maul halten. Wenn's sein muss, mit harten Bandagen. Nehmt eine Eisenstange mit, man weiß ja nie. Ich werde mit denen in der Kabine reden.«

Durch ein Leck von ungefähr dreißig mal zwanzig Zentimeter lief beständig Wasser in den Frachtraum. Wenn man es nicht abdichten würde, würde es mit jeder Welle, der sich das Schiff entgegenstemmte, garantiert noch größer. Unter dem sorgenvollen Blick der Frachtler versuchten die beiden Handlanger, es mit einem Holzstück und einer Teer-Werk-Mischung zu schließen. Am Ende gelang es ihnen, mehr schlecht als recht, es sickerte trotzdem noch Wasser herein. Das Ganze würde eindeutig nicht ewig halten. Und der Teer war aufgebraucht. Mit den Resten hatten die beiden hie und da noch Risse zugeschmiert, die sie vorn am Rumpf entdeckt hatten. Die leeren Eimer ließen sie den Frachtlern da, damit sie das Wasser, das im Frachtraum stand, ausschöpfen konnten. Dann wandte sich der eine zur Luke, machte eine Räuberleiter und half dem anderen hoch. Nunmehr hinge ihr Schicksal vom Geschick des Kapitäns ab. Sie müssten in Windeseile ankommen, ehe die Katastrophe über sie hereinbreche, erklärten sie dem Alten.

Der Alte hörte kopfschüttelnd zu, legte die Stirn in steile Falten, er dachte nach. Mit präzisen Fragen versuchte er herauszufinden, wie es um den Schiffsrumpf wirklich bestellt war, dann ging er in Richtung Kapitänskabine davon. Eine Weile redete er mit dem Mann neben dem Kapitän. Die beiden schienen auf derselben Wellenlänge zu sein. Schließlich zog der Schweigsame ein Satellitentelefon aus seiner neongelben Jacke und wählte die Nummer des, wie man später erfuhr, Generalkommandos der Hafenbehörde von Rom. Als die Verbindung stand, schilderte er überstürzt, in rudimentärem Englisch und Italienisch, die Lage.

»Wir sinken. Das Schiff befindet sich fünfundsechzig Meilen südlich von Lampedusa. Wir brauchen Hilfe. Schnell. Sonst sterben wir alle. Wir sind über siebenhundert. Viele Frauen und Kinder. Einige sind schon tot.«

Trotz der abgehackten Nachricht verstand der Beamte, worum es ging, und leitete die Aufzeichnung an seinen Vorgesetzten weiter. Da die Hafenbehörden in letzter Zeit oft überlastet waren, kümmerten sie sich nur noch um die dringendsten Fälle. Manchmal taten sie, wegen Budgetknappheit und fehlender Mittel auch gar nichts. Das Mittelmeer war zu einer wahren Autobahn geworden, einer besonders mörderischen, weil sich die Migranten Freizeitschiffern anvertrauten. Mit dem allerbesten Willen, sie konnten nicht alle retten. Manchmal reagierten sie auch nicht, um sich einen Riesenärger vom Hals zu halten. Besonders die Lega Nord und die Fünf-Sterne-Bewegung beschuldigten sie, wenn nicht mit den Schleppern gemeinsame Sache zu machen, so doch zumindest, Nicht-EU-Bürger und Muslime zu ermutigen, hordenweise in Italien einzufallen. Auf der anderen Seite warfen ihnen NGOs jeglicher Couleur sowie Menschenrechtsverbände, Wohltätigkeitsorganisationen und Kirchen Untätigkeit angesichts der größten humanitären Katastrophe des beginnenden 21. Jahrhunderts vor.

Von beiden Seiten in die Mangel genommen, blieb den Hafenbehörden oft nichts anderes übrig, als nach eigenem Wissen und Gewissen zu handeln. Die zahlreichen Gipfeltreffen verschiedener EU-Behörden hatten nämlich zu nichts als Absichtserklärungen geführt. Abgesehen von den paar Zehnmillionen Euro, die sie für bedingt sinnvolle Initiativen wie Frontex, Mare Nostrum oder Triton lockermachten, mit denen man sich kostengünstig ein reines Gewissen verschaffte. Ab und zu spielte auch Papst Franziskus auf seinem Balkon den Rufer in der Wüste und erklärte *urbi et orbi* in gesalbtem Ton, dass kein Mensch »als Abfall behandelt werden dürfe«. Doch immer noch starben massenhaft Flüchtlinge, so wie vor acht

Monaten, am 3. Oktober 2013, als dreihundertsechsundsechzig Menschen vor Lampedusa ertranken. Die Inselbevölkerung hatte das völlig traumatisiert, das wusste der Kommandant.

Diesen zigsten Notruf konnte er schnell erledigen. Der Anrufer hatte präzise, aufrüttelnde Angaben gemacht, um ihn zum Handeln zu bewegen. Glücklicherweise war an diesem Tag eine junge Unteroffizierin im Haus, die gut Englisch sprach. Der Kommandant bestellte sie ein, spielte ihr die Nachricht vor und bat sie, eine möglichst detaillierte Nachricht an alle Schiffe in der Nähe zu senden. Drei Minuten später ging der Hilfsappell des Generalkommandos über Funk raus.

DIE RETTUNG

Am 18. Juli 2014, einem Freitag, genau um 12.45 Uhr, fing Peter Sams, der Kapitän des dänischen Tankers *Torm Lotte*, einen SOS-Ruf der italienischen Hafenbehörde auf. Ein Fischtrawler mit fast siebenhundertfünfzig Migranten an Bord, darunter über hundert Kinder, sei in den Gewässern zwischen Malta und Libyen in höchste Seenot geraten. Es gäbe schon Dutzende Tote. *Captain* Sams wendete seinen Tanker, der eigentlich den Hafen La Skhira in Tunesien anlaufen sollte, und nahm Kurs auf die angegebene Position. Die Maschinen ließ er etwas höher laufen, ohne aber ein Risiko einzugehen. Sein Schiff hatte reichlich Öl geladen. Bei einer Explosion an Bord säße er mitten auf dem Mittelmeer fest und könnte sich am Ende noch um ein Feuer kümmern. Ein gefundenes Fressen für diese vegetarischen Ökos. Mit hundertprozentiger Sicherheit würden sie ihm vorwerfen, den gesamten Planeten zu verschmutzen und die Zukunft ihrer Blagen und Blagesblagen zu zerstören. Aber gleichzeitig solle man bitte nicht vergessen, die unglückseligen Afrikaner zu retten, die so verzweifelt waren, dass sie, komme, was das wolle, in See stachen.

Nach vier Stunden und fünfzehn Minuten hatte *Captain* Sams ersten Sichtkontakt mit dem in Seenot geratenen Schiff. Langsam fuhr er näher heran, um die Lage genauer zu prüfen und über das weitere Vorgehen zu entscheiden. Was er zumindest schon mal sagen konnte, der Kapitän des Fischtrawlers machte es einem nicht gerade leicht. Entweder war die Seefahrt seine Sache nicht oder er tat alles, um zu verhindern, dass man ihm half. Aber wieso hatte er dann einen Notruf abgesetzt? Je näher die *Torm Lotte* kam, desto mehr versteifte sich dieser Kapitän auf irgendwelche Manöver, die jeder Seemannsvernunft widersprachen. Aber natürlich, das Meer war bewegt. Und wenn das Mittelmeer verrücktspielte, hieß es, vorsichtig sein. Das Schiff, eine echte Nussschale, zerbarst ja unter der Last der Passagiere. Die Armen, wer weiß, wie viele Tage sie schon auf dem Meer herumirrten. Als sie den Tanker jetzt sahen, kletterten die Allermutigsten über die Reling und hielten sich nur noch an der Kante fest. Ob sie als Erste gerettet werden oder die Retter begeistert empfangen wollten? Eins war auf jeden Fall klar, der Kapitän war eine Gefahr für sein eigenes Schiff. Mehrmals musste die *Torm Lotte* abdrehen, um eine Kollision zu vermeiden.

Captain Sams griff zum Megafon – das in Seenot geratene Schiff verfügte über keine Kommunikationsmittel – und versuchte, zu erklären, was er vorhatte. Selbst das war nicht einfach. Nicht nur ließ das Englisch dieses Kapitäns und seiner Mannschaft zu wünschen übrig, sie verstanden auch kein einziges nautisches Fachwort. In ihrer Panik schrien die Passagiere in allen Sprachen der Welt. Die Kinder weinten lauthals, zweifellos versetzten sie die Schreie der Erwachsenen in Angst. Alles schien es darauf abgesehen zu haben, dass sich die beiden Schiffe nicht verständigen konnten. Als es der *Torm Lotte* schließlich gelang, einen guten Sicherheitsabstand einzuhalten, war es ungefähr neunzehn Uhr dreißig. Der Kapitän erteilte seiner Mannschaft den Befehl, ein erstes Rettungsboot zu Wasser zu lassen. Doch dann passierte, was sich der Däne in seinen schlimmsten Albträumen nicht hätte ausmalen können. Zwei Männer hatten die unglückselige Idee, ins Wasser

zu springen, um das Rettungsboot, das ihnen schon entgegen-
kam, schneller zu erreichen. Das war der Anfang der Panik.
Dutzende Migranten sprangen hinterher. Als würden Ge-
schenke verteilt und nur die Ersten bekämen welche. Man
habe sofort gesehen, sagte *Captain* Sams später den italienischen Behörden und Journalisten, dass die meisten nicht
schwimmen konnten. Aber zweifellos dachten sie, irgendwie
würden sie es auch so schaffen.

Der Kapitän auf dem Fischtrawler hatte seine Leute überhaupt nicht im Griff. Selbst nicht seine Mannschaft, wenn er
überhaupt eine hatte. Und die Passagiere rannten jetzt alle zu
der Seite, wo der Tanker lag. Der Trawler geriet in gefährliche
Schieflage. Was ein neues Tohuwabohu aus Schreckensschrei-
en und Wehklagen auslöste und weitere Unglückselige vor
Angst ins Meer springen ließ. Und die Aufgabe der *Torm Lotte*
weiter erschwerte. Als man versuchte, den Schwächsten im
Wasser Rettungsringe zuzuwerfen, versuchten sogar Leute, die
schwimmen konnten, ihnen diese wegzunehmen. Für die
Helfer auf dem Rettungsboot war es schwierig, die Streiten-
den zu beschwichtigen und denen, die den Rettungsring,
manchmal zu zweit oder dritt, aufgefangen hatten, klar zu machen, dass er nicht für sie bestimmt war. Am Ende holten sie
die Leute möglichst schnell an Bord, um die anderen möglichst noch zu retten, ehe die Fluten sie verschluckten.

Semhar, Chochana, Dima und ihre Familie suchten sich auf
dem Fischtrawler einen Platz hinter der mittleren Kabine, auf
der anderen Seite vom Tanker. Das war Semhars Idee gewesen.
In der Hitze des Gefechts hatte sie ihre militärischen Reflexe
wiedergefunden, war zur echten Kommandantin mutiert und
sprach mit so resoluter Stimme, dass die anderen ohne Wider-

worte machten, was sie sagte. Dima und Hakim hielten beide eine Tochter an der Hand. Die ganze Gruppe klammerte sich an Griffe oder die Tür der Kabine, die nun, von den Insassen verlassen, offenstand. Semhars Gedanke war nur logisch: Sollte das Schiff kentern, wären sie auf der Seite, die noch aus dem Wasser ragte. Und sollte es später vollständig untergehen, hätte der Tanker sie längst gerettet. Das erklärte Semhar den anderen, die froh waren, sich in ihrer Not an jemanden halten zu können. Und sei es nur eine kleine, zierliche Frau, die nicht größer war als Hana, Dimas Älteste.

Während die Rettungsboote versuchten, so viele Menschen wie möglich an Bord zu holen, warfen die Seeleute von der *Torm Lotte* eine Strickleiter herab, und die Menschen, die schon im Wasser waren, schwammen, außer Atem, dorthin. Doch auch dort ein gnadenloses Rette-sich-wer-kann. Die Schiffbrüchigen prügelten sich darum, wer zuerst hochklettern durfte. Und selbst wer endlich an der Leiter hing, hatte es nicht unbedingt geschafft. Andere, die noch verzweifelter waren, konnten ihn noch herunterzerren. Wie die Piranhas, die sich gegenseitig zerfleischen, weil alle das Fleischstück wollen, das man ihnen vom Boot zugeworfen hat. Das Mittelmeer sprudelte wie ein riesiger Geysir, verschluckte die Menschen, spie die nutzlosen Schwimmwesten aus, wie eine Schlange, die ein Ei verschlungen hat und die Schale wieder herauswürgt. Erneut kam Sturm auf, krempelte das Mittelmeer um; wie in einem rhythmischen Tanz bewegten sich die beiden Schiffe aufeinander zu und entfernten sich wieder. Wenn der Abstand sich vergrößerte, brüllten und schrien die Menschen auf dem Fischtrawler voller Verzweiflung. Ihr Traum löste sich in Luft auf. »Wie bei Mose«, dachte Chochana, an die Kabine geklammert, »der das versprochene Land schon sah, es aber nicht betreten konnte.«

Während sich die Rettungsaktion in die Länge zog, erreichten drei Patrouillenboote, zwei aus Lampedusa und eins aus Maltas Hauptstadt La Valletta, das in Seenot geratene Schiff. Doch die Schiffbrüchigen beruhigte das keineswegs, jetzt wollten sie erst recht so schnell wie möglich von Bord. Als würde ihr Schiff, mit dem sie bis hierhin gekommen waren, gerade ein Raub der Flammen und sie spürten sie schon am eigenen Rücken züngeln. Mehrmals drohte das Schiff zu kentern, richtete sich aber wie durch ein Wunder wieder auf. Trotzdem stürzten sich noch immer viele ins Wasser. Auch die Rufe der italienischen Küstenwache, die ebenfalls ein Megafon hatte, konnten sie nicht beruhigen:

»*Calmatevi. Keep quiet. We are here to save you.* Ruhe bewahren. Alle werden gerettet.«

»*Cazzo! Non possono rimanere tranquilli, ›sti stronzi*?« flüsterte ein *carabiniere* seinem Kollegen zu. »Fuck. Können die Idioten sich nicht einfach beruhigen?«

Plötzlich wehte eine Windböe von Backbord herüber und drückte den Fischtrawler gegen den Tanker. Um den Zusammenstoß zu verhindern, drehte der Kapitän, wie beim Auto, das Steuer bis zum Anschlag. Die Passagiere an Deck verloren das Gleichgewicht und konnten sich nicht mehr halten. Die kleine Shayma, Dimas Jüngste, wurde ins Wasser geschleudert, noch ehe ihr Vater, der sie an der Hand hatte, irgendetwas tun konnte. Während Hakim sich noch wie erstarrt fragte, ob ihre Entscheidung richtig gewesen sei, stürzte sich Semhar schon in die aufgewühlten Fluten. Ohne Fragen. Schon kämpfte sie gegen die Wellen und versuchte, den Arm der Kleinen zu packen, der sich ihr entgegenstreckte. Shayma schlug sich, so gut sie konnte, auch wenn ihr Kopf nicht immer über Wasser blieb. Wie ihre Mutter konnte sie nicht schwimmen. Das Mittelmeer verschluckte sie, spuckte sie wieder aus, verschlang sie erneut. Während Semhar auf sie zuschwamm, heftete sich ihr Blick fest auf die orange Schwimmweste, ihren einzigen Anhaltspunkt. Zum Glück war es Sommer. Trotz der späten Tageszeit konnte man noch etwas erkennen. Aber sie musste sich beeilen. Jedes Mal, wenn das Meer die Kleine zurückgab, die sich mit ihren zarten Gliedern verzweifelt gegen das Ertrinken wehrte, sah sie in ihren Augen die Panik.

Oben an Deck hatte Dima das Gefühl, der Magen drehe sich ihr um. Mit einer Hand krallte sie sich an der Kabinentür fest, mit der anderen umklammerte sie ihre Älteste. So fest, dass sie sie fast erwürgte. »*Mama*, du erstickst mich«, brachte Hana heraus. Dima lockerte ihren Griff und schaute ohnmächtig ins Wasser. An ihren Beinen spürte sie eine warme, dicke Flüssigkeit entlanglaufen, dabei war es noch nicht Zeit für die Regel. Gottseidank trug sie eine Hose und eine dicke, schwarze Dschellaba. Hakim schaute ebenfalls nach unten, das Schuldgefühl nahm ihm den Atem. Den Kopf in der einen Hand, die andere an der Kabine, hatte er nicht mehr die Kraft, etwas zu tun oder auch nur zu schreien. Wer sollte ihn in dem ganzen Durcheinander auch hören? Schließlich wandte er sich laut an Allah, den Barmherzigen, und seinen Propheten. Schon bald schloss sich Dima ihm an. Gemeinsam beteten sie, wie mit einer einzigen Stimme.

Neben ihnen verfolgte Chochana erschüttert jede Wellenbewegung. Allein vom Zusehen gefror ihr das Blut in den Adern. Reglos stand sie da, nicht den kleinsten Finger konnte sie rühren. Als sie endlich wieder ein Kribbeln im Körper spürte, streckte sie eine Hand aus und ergriff den Arm, mit dem Dima die Kabinentür umklammerte. Auch wenn sie das Mutterglück noch nicht kannte, sie begegnete bereits seinen Qualen. Dima ließ es geschehen oder bemerkte es gar nicht. Chochana fürchtete um die Kleine genauso wie um ihre Freundin. Zum zigsten Mal sprach sie das Gebet der Reisenden. Flehte still darum, dass Er, dessen Namen man nicht nennen durfte, diese beiden, die das ganze Leben noch vor sich hatten, verschonen möge. Semhar, deren geheimsten Träume sie kannte, war die Güte selbst. Der Beweis, *HaSchem*: Um die Kleine zu retten, hatte sie sich ohne Zögern in den Kampf mit dem aufgebrachten Mittelmeer gestürzt. Und wer ein Leben rettet, rettet die ganze Menschheit, das hatte Er doch selbst gelehrt. Und falls Er aus einem Grund, den sie als Mensch nicht beurteilen konnte, beschließen sollte, nur ein Leben zu retten, dann bitte, hörte Chochana sich sagen, das der kleinen Shayma, weil sie zum Sterben noch viel zu unschuldig war. Und was sollte ihre ältere Schwester denn in der Welt machen, die ihr nun offenstand?

Ihre Gebete wurden anscheinend erhört. Mit letzter Anstrengung schaffte es Semhar, die Schwimmweste und dann einen Arm des Mädchens zu packen, griff unter eine Achsel und schwamm mit ihm zum nächsten Patrouillenboot. Ein italienischer *carabiniere* warf ihr einen Rettungsring zu, den sie mit dem freien Arm auffangen konnte. Vom Kampf mit dem Mittelmeer erschöpft, ließ sie sich die letzten Meter bis zum Boot treiben. Als man sie an Bord zog, merkte sie, wie ihr die Beine zitterten. Dann fiel die Anspannung ab, und die Angst kam. Und danach das angenehme Gefühl, das Schicksal zum Guten gewendet, ihren fünfjährigen Cousin, den das

Rote Meer an einem Herbstnachmittag aus ihrer Obhut gerissen hatte, wieder zum Leben erweckt zu haben. Sie bekreuzigte sich und dankte der Küstenwache mit den wenigen italienischen Worten, die sie kannte: »*Grazie. Grazie di cuore. Dio vi benedica.* Vergelt's Gott.« Die *carabinieri* freuten sich, dass ihnen jemand in ihrer Sprache dankte. Oben, an Deck des Fischtrawlers umarmte Dima ihren Mann, ihre Älteste und Chochana. Dann erst versagten ihr die Nerven, und sie brach in Schluchzen aus. Auch Hakim weinte und Hana, weil ihre Eltern weinten. Chochana seufzte vor Erleichterung und löste sich aus der Umarmung. Ihr ganzer Körper entspannte sich. Und als sie *HaSchem* dankte, spürte sie ein elektrisches Zucken im Arm: Ihre gut behandelte Verletzung brachte sich in Erinnerung.

Dann wurde es vollends Nacht über dem Mittelmeer, nur hier und da leuchtete ein Scheinwerferkegel auf. Die Patrouillenboote suchten noch nach Überlebenden, die dem Blick der aufmerksamen und selbstlosen Retter bislang entgangen waren. Doch angesichts der Bedingungen und des immer noch unruhigen Meeres konnte man die Suche nicht mehr fortsetzen. *Captain* Sams befahl, die Maschinen zu stoppen. Auch die Schnellboote machten den Motor aus. Der dänische Kommandant hoffte, in der Dunkelheit wenigsten noch ein paar Hilferufe zu hören. Dank seiner Intuition und Hartnäckigkeit entriss er dem Mittelmeer, seit fünfzehn Jahren ein gigantischer Friedhof, einige weitere Leben. Aber nicht alle hatten Glück. Als ein Zweijähriger ins Wasser fiel, sprang seine Mutter hinterher, um ihn zu retten, obwohl sie selbst nicht schwimmen konnte. Nach minutenlanger Suche brachten die Taucher die Mutter und den leblosen kleinen Momo an die Oberfläche, und noch weitere zwanzig Tote, die ebenfalls unter dem Schiff eingeklemmt gewesen waren. In Abstimmung mit den Patrouillenbooten entschied der dänische Kapitän, die Suche endgültig abzubrechen.

Bislang war der Wechsel von einem Schiff aufs andere nur in einer Richtung erfolgt. Die Schiffbrüchigen vom Fischtrawler, die von der *Torm Lotte* und den drei Patrouillenbooten gerettet worden waren, wurden an Bord des Tankers gebracht. Als die Seeleute jetzt den Trawler betraten, weil sie nachschauen wollten, ob sich in dem allgemeinen Wirrwarr Menschen vielleicht verletzt hatten oder zu schwach waren, um sich allein in Sicherheit zu bringen, bot sich ihnen ein Bild des Grauens. Im Frachtraum verstreut lagen zahllose Tote. Soweit sich auf den ersten Blick erkennen ließ, waren viele offenbar Opfer eines Kampfes. Sie zeigten Spuren gegnerischer Schläge. Andere waren scheinbar durch Abgase oder Sauerstoffmangel erstickt. Einige Retter, ganze Kerle, die ihr Leben auf dem Meer verbracht und schon manche Grausamkeit gesehen hatten, waren so schockiert, dass sie sich übergeben mussten. Die Toten wurden von der maltesischen Küstenwache übernommen. Der maltesische Staat, der offiziell wegen überfüllter Auffanglager keine Flüchtlinge mehr aufnahm, gestattete, die Leichen nach Malta zu überführen, um sie dort zu bestatten. Aber nicht den kleinen Momo. Er reiste, in Begleitung seiner Mutter, auf dem dänischen Tanker nach Italien.

Mittlerweile befanden sich alle Überlebenden an Bord der *Torm Lotte*. Insgesamt hatte die Tankermannschaft fünfhundertneunundsechzig Migrantinnen und Migranten aus Afrika, Nahost und der arabischen Halbinsel gerettet. Obwohl sehr erschöpft, dankten sie ihren Rettern und Göttern mit einem spontanen Lied. Als die Melodie in die Mittelmeernacht aufstieg, brachte sie Wind und Wellen zum Schweigen. Das Meer beruhigte sich, wie davon besänftigt. Doch manche konnten vor Müdigkeit und Angst nur noch kraftlos weinen. Und sicher auch vor Glück: Ihr Traum war zum Greifen nah.

Semhar und die kleine Shayma, die die italienische Küstenwache der Tankermannschaft übergeben hatten, wurden von Chochana, Dima, Hakim und Hana freudig begrüßt. Dima dankte Semhar überschwänglich – Allah möge es Ihnen danken und Sie vor allem Übel beschützen! –, Hakim und seine Älteste schlossen Shayma in die Arme. Nun nahm der Tanker, von den zwei Schnellbooten aus Lampedusa eskortiert, Kurs auf Süditalien, während das maltesische Marineboot, mit Dutzenden Leichensäcken an Bord, in Richtung La Valletta fuhr. Der Fischtrawler blieb, wo er war. Im großen Schwall lief von allen Seiten Wasser in den Frachtraum. Das notdürftig abgedichtete Leck war, wie andere Stellen am Rumpf auch, schon wieder aufgerissen, ehe die Retter eingetroffen waren. Innerhalb weniger Stunden sank er, wie zahlreiche andere Schiffe vor ihm, die ihr Ziel nicht erreicht hatten, auf den Grund des Mittelmeers.

Auf der *Torm Lotte* suchten sich Semhar und Chochana einen Platz ein wenig abseits der anderen. Die Nigerianerin umarmte die Eritreerin und schimpfte. »Mach das bloß nicht noch mal. Sonst bring‘ ich dich um, und wenn ich tot sein sollte. Ich will nicht noch eine Freundin verlieren, kapierst du das?« Als die Passagiere später alle im Trockenen saßen, man alle befragt und ihre Angaben verglichen hatte, stellte sich heraus, dass hunderteinundachtzig Esperanza-Reisende nicht lebend angekommen waren.

FESTEN BODEN UNTER DEN FÜSSEN

Erstaunt verfolgen die Urlauber am Paradiso-Strand, die sich in ihren Liegestühlen fläzen, wie der riesige Tanker *Torm Lotte* in die Bucht von Messina einfährt. Mindestens so groß wie ein Kreuzfahrtschiff, werden sie später freudig ihren Freunden berichten. Aus Sicherheitsgründen hat der dänische Kapitän darum gebeten, mit seinen seltsamen Passagieren einige Meilen vor der Küste ankern zu dürfen. Von da sollen Lotsenboote und Schleppkähne, die die enge Hafenzufahrt besser passieren können, die Menschen an Land bringen. Als die Sommerfrischler den Tanker sehen, zücken sie ihre Handys, von denen sie sich selbst beim Baden kaum trennen. Die einen wollen das Ereignis für die Ewigkeit festhalten, andere suchen nach Informationen zu Migranten, die in ihrer Stadt von Bord gehen sollen.

Normalerweise landen sie ja, wie von einem Riesenmagneten angezogen, in Lampedusa. Oder werden von einem Marine- oder NGO-Schiff oder Fischern aus höchster Seenot gerettet und dorthin gebracht. Manchmal, wenn die Frontex-Kriegsschiffe sie auf hoher See überprüfen, legen sie auch in Palermo an. Aber nur selten in Messina. Darum schauen die Segler an diesem Tag verblüfft zu, wie Trauben zerlumpter Menschen, meist nur mit Flipflops an den Füßen und in die übliche goldene Rettungsfolie gewickelt, von Bord gehen. Mit bläulich-fahlem Gesicht. Das aussieht, als ob sie nicht hundertprozentig überzeugt italienischen Boden betreten. Als ob sie vielleicht lieber in einem anderen Land angekommen wären. Nur die irgendwie erschöpft wirkenden Kinder freuen sich offenbar, und hüpfen lachend herum.

Der dänische Tanker hat die Reede noch nicht erreicht, als soziale Medien, NGOs, Hilfs-, Wohlfahrtsorganisationen und politische Parteien das Internet schon, je nach eigenen Befindlichkeiten und Interessen, gekapert haben. Und mithilfe gefälliger oder sensationslüsterner Medien Informationen veröffentlichen, die alle gleichermaßen frei erfunden sind. Eigentlich weiß nämlich kaum jemand, was von der Rettung der Migranten bis zur Ankunft der *Torm Lotte* in den Gewässern vorm Paradiso-Strand wirklich geschah.

Als die Geretteten endlich an Bord des Tankers nach Messina waren, kam nicht gerade Kreuzfahrtstimmung auf. Der Ton wurde schon bald hitziger. Aufgebracht beschuldigten sich drei Gruppen gegenseitig, für das Gemetzel im Frachtraum verantwortlich zu sein. Nur dank dem beherzten Eingreifen von zwanzig Besatzungsmitgliedern wurden sie nicht handgreiflich und beleidigten sich weiter. Offensichtlich gab es unter den Flüchtlingen irgendwelche Streitigkeiten, die die Matrosen der *Torm Lotte* nicht genauer auseinanderklamüsern konnten. Wie soll da einer in diesem schreienden, schimpfenden Turm zu Babel noch Richtig und Falsch unterscheiden können!

»Das ist nicht unsere Sache«, entschied *Captain* Sams schließlich. »Da müssen sich die italienischen Behörden an Land drum kümmern.« Ab sofort wolle er Ruhe auf seinem Schiff. Also *keep quiet*, und zwar alle. Dem Zweiten Mann befahl er, die zerstrittenen Gruppen getrennt unterzubringen, ein Dutzend Matrosen solle ein wachsames Auge auf sie werfen und im Notfall den Blauhelm spielen. Der entschiedene Ton des Kapitäns machte den Geretteten auch ohne Dolmetscher klar, dass sie sich nun besser still verhielten. Doch die Stimmung blieb die ganze Fahrt über gereizt.

Bei der Ankunft gingen die Beschuldigungen weiter. Einige, allen voran Chochana, Semhar und der senegalesische Kämpfer, verlangten sofortige Gerechtigkeit für die Opfer des Massakers. Ihrer Meinung nach handele es sich um ein rassistisches Verbrechen. Unterschiedslos hätten die Mörder Männer, Frauen und Kinder erstochen und ins Meer geworfen. Manche hätten sogar noch gelebt. Abgeschlachtet habe man sie. Und wie zufällig seien alle Opfer schwarz und alle Henker Araber, fügte Chochana, die munterste der dreien, hinzu. Andere konnten dagegen keinen Rassismus erkennen. Für sie war die Sache klar: Als das Unwetter am schlimmsten war, zettelten die Anarchisten, die nach Sabratha zurückwollten, und die, die, koste was es wolle, ans Ziel wollten, eine Schlägerei an. Schließlich hätten sie ihr ganzes Geld in die Reise gesteckt, und darum wollten sie nicht umkehren. Beide Gruppen hätten sich bis aufs Blut bekämpft und die Umkehrwilligen am Ende verloren. Das sei alles, sagten sie bei den ersten Befragungen, die man dank freiwilliger Dolmetscher durchführte und mehr um die Gemüter zu beruhigen, als um polizeiliche Ermittlungen einzuleiten. »Das hier ist dafür nicht der richtige Ort«, sagte ein Polizist.

Wenn man überall nur Rassismus sehen wolle, sagten die, die die Gruppe um den Alten verteidigten, wäre das Wort ja bald sinnentleert. Im wahren Kampf für die Gleichheit aller könnte das sogar kontraproduktiv sein. Man wisse ja, wie das ist, wenn man ständig Alarm schlage … »Dass das kein Rassismus ist, sieht man auch daran«, sagte einer, »dass die Syrerin,

die neben mir saß, auch tot ist.»Und auch einer meiner iraki-
schen Reisegefährten«, sagte ein anderer.

Eine dritte Gruppe erklärte den *carabinieri*, das sei lediglich
eine Sache unter *kalesch* gewesen.»Unter *negri*, wie ihr Italiener sagt.« Die Araber hätten damit gar nichts zu tun, die anderen wollten nur, dass sie in den Augen der Europäer, die hinter
jedem Muslim sowieso einen IS-Spinner sehen würden, wieder als Beelzebub dastanden. Im Übrigen sei das nicht der Islam. Der Islam sei eine Religion der Versöhnung und Liebe.
Darum begrüße man sich ja mit den Worten:»Friede sei mit
Ihnen.« Hakim gehörte zu den eifrigsten Verfechtern dieser
These. Manche *snudsch*, argumentierte er, hätten noch nie das
Meer gesehen.»Sie haben die Nerven verloren. Das kann man
verstehen. Sie hatten Angst. Aber wir auch. Der Sturm wollte
einfach nicht aufhören. Und dann war da das Leck im Rumpf,
und das hat die allgemeine Panik noch befeuert. Doch es
konnten einfach nicht alle an Deck. Wir saßen da schon wie
die Heringe. Am Ende sind sie einfach durchgedreht und haben sich gegenseitig zerfleischt. So war das. Ganz einfach.«

Dima konnte nicht fassen, was ihr Mann für Unwahrheiten
von sich gab. Und auch noch vor ihren Töchtern, die sie darum abzulenken versuchte, und vor der *sindschiyeh*, die hätte
sterben können, als sie ihre Shayma rettete. Das Lügen gehörte nicht zu den Werten, die sie ihren Töchtern beibringen
wollte. Nichtsdestotrotz war sie unter den Ersten, die sich wie
andere syrische Frauen weigerte, nach dem Ausschiffen gemeinsam mit Afrikanern in den Bus zu steigen, der sie ins Aufnahmezentrum bringen sollte. Sie seien lange genug mit denen unter Bedingungen gereist, die sie nicht mal Schweinen
zumuten würden. Jetzt, an Land, gebe es keinen Grund mehr,
die Kohabitation fortzusetzen. Trotz der versöhnlichen Worte

der Dolmetscherin, einer jungen Italienerin, die im Irak gelebte hatte, versteiften sie sich auf ihre Haltung. »Die Arme vergeudet ihre Zeit«, sagte eine üppige Normannin mittleren Alters, die in zweiter Ehe mit einem Syrer verheiratet war, der seit fünfzehn Jahren in Messina lebte, und versuchte, die Völkerverständigung zu fördern. »Die Syrerinnen sind mindestens so dickköpfig wie die Gallier.« Einige in den Hilfsorganisationen fragten sich, ob sie diese Selbstgefälligkeit nicht publik machen sollten.

»*Ma chi si credono di essere, 'ste donne?* Für wen halten die sich überhaupt?«

Mit den Nerven am Ende, gab die Hafenbehörde schließlich nach und schickte einen Sonderwagen, um das Ausschiffen endlich zu beschleunigen. Das dauerte schon zu lange. Dabei musste man bis zum Abend fertig werden. Aber von diesem Missverständnis abgesehen lief alles ohne größere Zwischenfälle. Dass unter den Geretteten fünfundvierzig Kinder waren, rührte viele in Messina und ließ sie über den eigenen Tellerrand schauen. Manche Kinder kamen mit ihren Eltern. Andere hatten ihre unterwegs verloren. Ob vor oder auf dem Todesschiff, wusste man nicht. Andere reisten ohne Angehörige. Am bewegendsten war der Moment, als zwei Matrosen mit dem Sarg des kleinen Momo an Land gingen, dem Buben, der vom Schiff gestürzt und ertrunken war. Die Mutter, untröstlich, ging hinterher, von einer Polizistin und einer ehrenamtlichen Rotkreuzmitarbeiterin gestützt. Die Kameraleute und Journalisten waren zufrieden; sie hatten die Bilder, die sie brauchten, um die Menschen in ihren Wohnzimmern zu Tränen zu rühren. Im italienischen Fernsehen lief die Szene drei Tage lang ununterbrochen und entzweite die Menschen beim Abendessen.

»Wie unverantwortlich muss man als Eltern sein, um eine so gefährliche Überfahrt mit seinen Kindern zu machen?«

»Und wo ist überhaupt der Vater?«

»Die sind eben verzweifelt. Das kann man doch verstehen. Wir sind auch jahrzehntelang durch die Weltgeschichte gereist, um anderswo ein besseres Leben zu haben. Und ihnen wollen wir das Recht dazu absprechen?«

»Unser Land wird doch nur wegen Leuten wie euch, wegen all den Gutmenschen, von Migranten überschwemmt. Hoffentlich habt ihr alle eine gute Lebensversicherung. Aber wahrscheinlich müssen sie erst euer Haus plündern und eure Töchter vergewaltigen, bevor ihr eure Meinung ändert.«

Als man dem Präfekten von Messina die Ankunft der Flüchtlinge ankündigte, rief er sofort Vertreter von Stadt, Hafenbehörde, Marine, Zivilschutz, ASP (Verband für Sicherheit und Vorbeugung) und Rotem Kreuz an einen Tisch. Das Ziel des Gipfeltreffens? Eine adäquate Unterkunft für die Migranten zu finden.

»Wir haben nicht viel Zeit«, warnte der Pragmatiker sofort. Sollte heißen, die Teilnehmer mögen von ihren politischen Meinungsverschiedenheiten und ihrer üblichen Neigung absehen, bei jeder Versammlung ihre, wenn auch noch so unpassenden, Lieblingsthemen hervorzuholen. Die Botschaft wurde verstanden. Einige meckerten natürlich trotzdem aus Prinzip.

Man entschied sich sehr schnell, die Neuankömmlinge in der Grundschule Pascoli-Crispi unterzubringen, die neben der Polizeipräfektur lag. Gegen fünfzehn Uhr hatten sich genügend Freiwillige gemeldet, die die Schule in ein Aufnahmezentrum verwandeln wollten. Den ganzen Nachmittag rannten sie über drei Etagen treppauf und treppab, trugen Matratzen, Feldbetten, Decken, Wasserflaschen, Nahrungsmittel, Toilettenartikel … Lärmend wie fröhliche Kinder und im unerschütterlichen Glauben an die Menschlichkeit.

Auch wenn erst Juli sei, betonte der Präfekt, könne dies nur eine vorübergehende Lösung sein. Bis zum Beginn der Schule im September müsse man schnellstmöglich etwas anderes finden. Keinesfalls würde, wie so oft in Italien, aus dem Provisorium eine Dauerlösung werden. Trotzdem warnten verschiedene Gegner schon am nächsten Tag davor, dass die Gesundheit der Kinder nach den Sommerferien in Gefahr sei. Die Schule würde sich in eine Bakterienschleuder verwandeln. Unterstützung bekamen sie von der Generazione Identitaria und der Lega Nord, die eine spontane Demonstration organisierten und behaupteten, Italien werde mit Hilfe lokaler Kräfte von Menschen aus Nicht-EU-Ländern gesteuert.

Eine Woche lang waren die fünfhundertsechsundsechzig Flüchtlinge in der Schule Pascoli-Crispi untergebracht. Chochana und Semhar freuten sich. »Endlich festen Boden unter den Füßen«, sagte die Nigerianerin, deren gelöster Gang die Erinnerung an das schwankende Schiff bewahrt zu haben schien. Ihre Sinnlichkeit kehrte langsam zurück und brachte die Augen nicht weniger freiwilliger Helfer zum Leuchten. Wenn es ging, blieb sie minutenlang unter der Dusche; solange, bis sich andere lautstark beschwerten, sie solle endlich Platz machen, sie wollten auch mal. Chochana spürte einen unbändigen Drang, sich den ganzen Mist abzuspülen, der ihr am Leib klebte, endlich die düsteren Gefühle loszuwerden, die sich seit neun Monaten, seit sie ihr Heimatdorf verlassen hatte, in ihr aufgestaut hatten.

Paolo, der sich bei Mare nostrum engagierte, erklärte ihnen auf Englisch, dass sie nicht verpflichtet wären, ihren Antrag mit einem Fingerabdruck abzugeben. Die Dublin-III-Verordnung zwang die Migranten, ihren Asylantrag in dem Land zu stellen, in dem sie zuerst europäischen Boden betraten. Würde ihr Antrag in Italien abgelehnt, würde kein anderer Schengenstaat sie mehr aufnehmen. »Die Länder schieben sich gegenseitig den Schwarzen Peter zu. Abgesehen von Nordeuropa und Deutschland nichts als warme Worte«, schimpfte der junge Mann. Und da die Stimmung hier schlecht sei, würden sie höchstwahrscheinlich abgelehnt. Dann hätten sie nur die Wahl, zurückzugehen und würden unversehens per Flugzeug in ihre Heimat abgeschoben, oder ohne Papiere zu bleiben. Und das hieß Ausbeutung in allen Varianten, besonders für Frauen. Darum empfehle er ihnen, die Verwaltungsabläufe möglichst hinauszuzögern und den Hilfsorganisationen so Zeit zu geben, eine Alternativstrategie zu entwickeln.

Nach zwei Tagen im Aufnahmezentrum wussten die Freundinnen noch immer nicht, wohin. Aber sie fanden, es sei ein Segen, überhaupt heil und gesund angekommen zu sein. Zehntausende hatten nicht das Glück, ließen ihr Leben auf dem Mittelmeer oder anderen Überlebensrouten. Die eine dankte dem alleinigen Gott, die andere dem, den man nicht nennen darf. Ob später Italien oder ein anderes europäisches Land, das war ihnen nicht egal. Doch in erster Linie glaubten sie fest daran, dass es das Schicksal endlich gut mit ihnen meinte. Dass sie einen Ort auftun würden, wo man sie nicht wie Aussätzige behandelte und sie sich ein Leben aufbauen konnten. »Wild in der Disco zu Goi-Musik tanzen«, sagte Chochana und wackelte unter dem Gelächter ihrer Freundin mit den Hüften.

Dima hatte von den dreien zweifellos das meiste Glück. Die Situation in Syrien und ihre zwei Kinder ließen es so gut wie sicher erscheinen, dass sie als Kriegsflüchtling anerkannt würde. Sie könnten sich, wenn sie wollten, auch in Italien niederlassen. Aber Dima träumte für ihre Töchter von England. Schlimmstenfalls Nordeuropa, trotz der rauen Kälte, die da herrschen sollte. Dort hätten sie gute Zukunftsaussichten. Angeblich waren die Gesellschaften dieser Länder gegenüber Muslimen toleranter. Jedenfalls war es schon mal gut, dass sie dank Allah – gebenedeit sei sein Name – ihr Ziel erreicht hatten. Und dass sie, laut ihrem Sachbearbeiter, Flüchtlingsstatus genießen würden. Außerdem hatte er ihnen versichert, dass die Caritas Familien wie ihre vorrangig in ehemaligen Hotels unterbringen würde, die man in Aufnahmezentren verwandelte. Dann könnte sie, wenn sie wieder ein wenig unter sich sein würden, mit ruhigem Kopf weitersehen.

Auch Semhar hatte gute Chancen, als politischer Flüchtling anerkannt zu werden. Die internationale Gemeinschaft kannte die Situation in ihrem Land, das wenig beneidenswerte Schicksal der Zehntausenden jungen Eritreerinnen und Eritreer unter der Militärdiktatur von Isaias Afwerki. Idealerweise, sagte Paolo, würde jemand in Europa für sie bürgen. Das sähen die italienischen Behörden gern. Denn das hieß, dass der Asylsuchende nicht in Italien bleiben wollte. Semhar konnte ihre Unterstützer rasch durchgehen. Amanuel wäre bereit, die Bürgschaft zu übernehmen: »Keine Frage, meine Cousine.« Außerdem dachte sie an den Freund von Dawit, Meazas Verlobten. Nach der Ankunft könne sie ruhig anrufen, hatte er gesagt, er würde ihr, soweit er könne, helfen. Meaza hatte darauf bestanden, dass sie die Nummer von Salomon, wie er hieß, auswendig lernte. Man wisse ja nie. Und das hatte sie getan. In ihrem Bemühen, sie unter die Haube zu bringen, hatte ihre Freundin auch seine Vorzüge aufgezählt: »Ein guter Typ. Und er ist Single.«

Chochanas Lage war dafür komplizierter. Es sei denn, sie konnte nachweisen, dass sie in ihrem Land politisch verfolgt wurde … Was wenig glaubhaft war. Nigerianer galten in Italien als Wirtschaftsflüchtlinge. Als Leute, die vor der Armut flohen und, vor allem die Frauen, Zuhältern und der italonigerianischen Mafia in die Hände fielen. Wurde Chochana, fragte Paolo, nicht vielleicht von Boko Haram bedroht, dieser radikalislamistischen Gruppierung, die sich für Al Kaida hielt? Oder vergewaltigt und schwanger? Das könnte günstig sein. Wenn nicht, könnte sie nur auf das Wohlwollen der Beamten hoffen, die sich gegenüber Frauen, von denen sich ja nicht so viele aufs Mittelmeer wagten, oft milder zeigten. Die Beamten wüssten ja, welche Hölle die meisten auf dem Weg ins Exil mitgemacht hatten. Und empfindlichere Seelen entschieden allein deshalb, dass sie bleiben dürften.

Während Paolo sprach, dachte Chochana nur an eins, daran, ihre Eltern anzurufen, um ihnen zu sagen, dass sie endlich angekommen war. Schließlich hielt sie ein Nokia-Handy mit Prepaid-Card in der Hand, die freiwilligen Helfer hatten mehreren Flüchtlingen, die kein Handy hatten, eins geschenkt. Manche bekamen auch ein altes Samsung-Handy. Doch jetzt zögerte sie.

Zwei Tage überlegte sie hin und her. Wie sollte sie ihnen sagen, dass ihr Bruder in Libyen zurückgeblieben war? Dass sie seit Sabratha nichts mehr von ihm gehört hatte? Dass er im Augenblick wohl für die Kerkermeister als Sklave arbeiten und schlimmste Misshandlungen über sich ergehen lassen musste? Um die trüben Gedanken zu verscheuchen, sagte sie sich schließlich, dass Rachels Kennerblick den schönen Italiener bestimmt zu schätzen gewusst hätte.

»Ein ganz Süßer«, hätte ihre Freundin gesagt. »Echt zum Reinbeißen.«

Manchmal begegneten Chochana und Semhar der Syrerin auf dem Schulhof, wagten aber nicht, sich anzusprechen. Auch Dima schrak davor zurück. Als ob sie sich noch nie im Leben gesehen hätten. Oder sich jede in sich selbst zurückzöge und darauf wartete, dass die andere den ersten Schritt machte, zuerst grüßte. »Wie läuft's an Land? Wissen Sie schon, wo es danach hingeht?« Aber nichts dergleichen passierte.

Bis Hana eines Tages, die Hälfte der Woche war schon verstrichen, die Frau wiedererkannte, die ihre kleine Schwester aus dem aufgewühlten Mittelmeer gerettet hatte. Das Mädchen rannte zu Semhar hin und warf sich ihr wie einem Familienmitglied in die Arme. Das ging leicht, weil sie fast gleichgroß waren. Als Dima hinzukam, tat sie so, als schimpfte sie mit ihrer Tochter: »Belästige die Frau doch nicht.« »Oh. Sie stört mich überhaupt nicht. Im Gegenteil«, sagte Semhar. Die drei Frauen wechselten ein paar Worte und von nun an grüßten sie sich, wenn sie sich zufällig im Pausenhof trafen.

Am Sonntag nach Ankunft der *Torm Lotte* in Messina gelang es der italienischen Polizei dank mehrerer Zeugenaussagen, den Alten mit dem Militärschnitt, den Bärtigen und Mickey Mouse dingfest zu machen, die sich unbemerkt unter die zighundert Geretteten hatten mischen können. Da alles darauf hindeutete, dass sie für das Gemetzel im Frachtraum verantwortlich waren, kamen sie bis zu ihrem Prozess in Untersuchungshaft. Die drei Männer waren, wie Dima richtig an ihrem Akzent erkannt hatte, Tunesier. Fünf weitere Komplizen, zwei Marokkaner, ein Palästinenser, ein Syrer und ein Saudi, wurden am nächsten Tag festgenommen. Dank ihres italienischen Netzwerks war es ihnen gelungen, die Schule Pascoli-Crispi zu verlassen, ohne als Asylsuchende fotografiert und registriert zu werden. Die Polizei schnappte sie, als sie gerade in einen Bus nach Mailand steigen wollten. Was mit dem Kapitän war, wusste keiner, kein Passagier hatte sein Gesicht gesehen. Auch der Mann, der während der Überfahrt neben ihm stand, wurde nie gefunden. Als hätte er sich in Luft aufgelöst.

Am Freitag, den 25. Juli, also eine Woche, nachdem man die Flüchtlinge von dem dänischen Tanker aufgenommen hatte, veröffentlichte die Präfektur in Messina folgende Mitteilung:

Für die am 20. Juli im Hafen von Messina an Land gegangenen und in einer städtischen Schule provisorisch untergebrachten Flüchtlinge konnten, gemäß der mit der Abteilung für Bürgerrechte und Immigration des Innenministeriums getroffenen detaillierten Vereinbarungen, verfügbare Plätze in SPRAR-Unterkünften (Schutzsystem für Asylantragsteller und anerkannte Flüchtlinge) organisiert werden.
Nach einer direkten Kontaktaufnahme mit der SPRAR-Zentrale konnten die Flüchtlingstransporte organisiert und die Schule, hinsichtlich der starken Kritik in puncto Hygiene und Gesundheit geäußert worden war, am heutigen Abend vollständig geräumt werden.

Nach den neuesten Informationen erhielten Dima und ihre Familie den erhofften Status als Kriegsflüchtlinge. Zudem gehörten sie zu der Quote, die sich, wie von der Syrerin gewünscht, in Großbritannien niederlassen durfte. Auch Semhar besaß das richtige Sesam-Öffne-Dich und konnte sich zu

ihrem Cousin Amanuel in Schweden aufmachen. Ehe sie
ging, unterhielt sie sich noch einmal mit Chochana über die
Fragen, die beiden auf dem Herzen brannten. Da sie, sagte
Semhar, immer öfter mit Salomon telefoniere, der es offenbar
nicht einen Tag ohne ihre Stimme aushalte, sei es sehr wahrscheinlich …»Du weißt, was ich sagen will.«»Weiß ich nicht«,
neckte Chochana sie. Auf dem Umweg über Amanuels Familie habe sie sogar schon mit ihren Eltern gesprochen. Sie hätten ihren Segen gegeben.»Gott wird sich um alles kümmern«,
habe ihre Mutter gesagt.

Da Meaza nicht da sei, solle Chochana ihre Brautjungfer
werden.»Bitte, sag nicht nein.« Doch das hing, wie die Freundinnen wussten, vom Asylbescheid der Nigerianerin ab. Man
hatte sie bislang nicht eindeutig abgelehnt, wogegen sie hätte
klagen können. Es war ein bürokratischer Schwebezustand in
schönster Blüte.

Später schob man sie eine Zeit lang von einem Lager ins
nächste, von einer Stadt in die andere. Leicht hätte sie sich
vom Acker machen können, aber Paolo, der italienische Dolmetscher, riet ihr davon ab. Er stand weiter mit ihr in Verbindung und vermittelte sie an eine Frauengruppe, die sich in der
Flüchtlingsaufnahme engagierte und versprach, sie aus den
SPRAR-Unterkünften herauszuholen. Die Anwältin des Ver-
eins nahm sich ihrer Sache persönlich an. Chochana verlor
nicht die Hoffnung.

»Du wirst sehen. Wir treffen uns wieder«, hatte die Eritreerin bei ihrem Abschied gesagt, ehe sie zum zigsten Mal in
Chochanas Armen verschwand.»Wenn ich, Semhar, die Viper,
es dir doch sage.«

LITERATURHINWEISE

Ein paar Literaturhinweise zu der Tragödie, die sich auf dem Fischtrawler und bei der Rettung der Passagiere durch den dänischen Tanker *Torm Lotte* abgespielt hat und die Gegenstand dieses Romans ist:

Marco Aime, *L'isola del non arrivo: Voci da Lampedusa*, Turin 2018

Jean-Paul Mari, *Les Bateaux ivres. L'Odyssée des migrants en Méditerranée*, Paris 2015

Laura Bellomi, »*In preghiera per il bimbo siriano. Musulmani e cristiani uniti per il piccolo Ahmed*«, https://www.credere.it/n-32-2014/ahmedin-preghiera-per-il-bimbo-siriano.html

Frédéric Bobin, »*Libye: Sabratha, la capitale des passeurs de migrants*«, https://www.cercledesvoisins.org/blog/index.php/rubriques/actualite/776-libye-sabratha-la-capitale-des-passeurs-de-migrants-2-3

Frédéric Bobin et Jérôme Cautheret, »*Entre la Libye et l'Italie, un accord en eaux troubles contre les migrants*«, https://www.letemps.ch/monde/ entre-libye-litalie-un-accord-eaux-troubles-contre-migrants

Ilaria Calabrò, »*Messina, gli agghiaccianti racconti degli immigrati: 5 arresti, avrebbero ucciso decine di africani*«, http://www.strettoweb.com/2014/07/messina-gli-agghiaccianti-racconti-degli-immigrati-5- arresti-avrebbero-ucciso-decine-africani-nomi-foto/163142/

»*Shipping companies warn of migrant rescue risks*«, https://www.ft.com/content/d8d0f67a-9bfe-11e4-b6cc-00144feabdc0

Stefano Liberti, »*Le grand business des centres d'accueil en Italie*«, https://asile.ch/chronique/chronique-italie-stefano-liberti-le-grand-busisiness-des-centres-daccueil-en-italie/

Luca Misculin, »*I dati su i migranti in Italia, una volta per tutte*«, https://www.ilpost.it/2018/06/12/dati-italia-immigrazione/

Alessandro Puglia, Francesco Viviano, »*I naufraghi superstiti: ›Barcone strapieno, ne sono annegati 180‹*«, https://www.repubblica.it/cronaca/2014/07/22/news/i_naufraghi_superstiti_barcone_strapieno_ne_sono_annegati_180-92107078/

Alessandra Serio, »*Sbarco Torm Lotte, gli scafisti sconteranno 25 anni dicarcere*«», https://www.tempostretto.it/news/migranti-sbarco-torn-lottescafisti-sconteranno-25-anni-carcere.html

»*Product tanker Torm Lotte helps to save up to 300 lives*«, https://maritimecyprus.com/2014/07/28/product-tanker-torm-lotte-helps-to-saveup-to-300-lives/

»*Il viaggio della morte ›Uccisi a coltellate e gettati in mare‹*«, http://ricerca.gelocal.it/iltirreno/archivio/iltirreno/2014/07/23/LM_06_A.html

»*›Ho visto sessanta miei compagni pugnalati e dati in pasto ai pesci‹. I racconti dei sopravvissuti del barcone soccorso il 19 luglio dalla petroliera Torm Lotte*«, https://www.iltempo.it/politica/2014/07/23/gallery/hovisto-sessanta-miei-compagni-pugnalati-e-dati-in-pasto-ai-pesci-948732/

»*Si erano nascosti tra i migranti della petroliera Torm Lotte. Presi tre sospetti scafisti*«, http://www.messinaora.it/notizia/2014/07/21/si-erano-nascosti-tra-i-migranti-della-petroliera-torm-lotte-presi-tre-sospetti-sca-fisti/37293

Deutscher Artikel:
https://www.spiegel.de/panorama/massaker-auf-fluechtlingsschiff-180-menschen-sterben-im-mittelmeer-a-982545.html

DANKSAGUNG

Die Arbeit an diesem Roman wurde durch ein Aufenthalts-stipendium der Fondation des Treilles[1], einen Schreibaufent-halt der Mediothek Les Silos (in Chaumont) und das Pro-gramm »Hors Les Murs Stendhal« des Institut français, das einen einmonatigen Aufenthalt in Lampedusa ermöglicht, gefördert.

Die Arbeit an diesem Roman wurde zudem durch einen Auf-enthalt in der Villa Marguerite Yourcenar und ein Stipendium des Département du Nord gefördert.

Der Autor dankt Anne Bourjade, der ehemaligen Leiterin der Fondation des Treilles, Sandrine Bresolin, der Leiterin der Mediothek Les Silos, sowie Laurence Diebold, Valérie Dubec-Monoyez, Anne du Parquet, der syrischen Dichterin und Re-gisseurin Hala Mohammad und dem italienischen Roman-autor und Essayisten Marco Aime.

---

1 Die von Anne Gruner Schlumberger gegründete Fondation des Treilles hat es sich zur Aufgabe gemacht, den Dialog zwischen Forschung und Kunst zu fördern und so zur Weiterentwicklung beider Bereiche beizutragen. Sie bietet Forschern und Künstlern Aufenthalte in ihrem Haus in Treilles (Var). www.les-treilles.com